Mireille Zindel

Fest

Verlag und Autorin danken der Stadt Zürich
für die Unterstützung des vorliegenden Buches.

Stadt Zürich
Kultur

Mireille Zindel
Fest
Roman

lectorbooks GmbH, Zürich
info@lectorbooks.com
www.lectorbooks.com

Umschlagbild: Fabian Frey
Buchgestaltung: Samara Keller, Christian Knoepfel
Satz: Peter Löffelholz
Lektorat: Patrick Schär
Korrektorat: André Gstettenhofer
Gesamtherstellung: CPI Books GmbH, Leck

1. Auflage 2024

ISBN 978-3-906913-43-8
Printed in Germany

FSC www.fsc.org MIX Papier | Fördert gute Waldnutzung FSC® C083411

Klimaschutz-Beitrag First Climate.com 2024 CO2-Zertifikate

La vraie vie est absente.
Nous ne sommes pas au monde.

Arthur Rimbaud, *Une saison en enfer*

Die Dosis macht das Gift.

Paracelsus

I

Es ist kalt.

Der Wind bläst den Geruch von Jauche über das Feld.

Die Erde ist nass und schwarz.

Der Baum ist eine Tanne, ein Nadelgehölz, die genaue Bezeichnung weiß sie nicht. Mit Bäumen kennt sie sich nicht so aus, mit ihren Wurzeln schon. Dort vergräbt sie kleine Zettel mit dem immer gleichen Namen darauf. Hexe Muira (aus dem Moor) beteuert, das bringe ihn zu ihr. Noëlle achtet darauf, den Baum nicht zu verletzen. Mit einem Löffel gräbt sie ein Loch, Zentimeter um Zentimeter, setzt das Papier ein, schüttet das Erdhäufchen darauf, klopft die Erde an, legt die Hand auf den Baum, hört zu, was er ihr zu sagen hat, kehrt zurück ins Haus.

Es gibt einen Vorhang aus Flieder, eine Küche aus Holz. Ihr tut wieder einmal jeder Knochen weh, weil sie David vermisst. Die Tage lässt sie verstreichen, blickt vom Küchentisch aus auf die lila Blüten, in die blaue Luft, ist mit den Augen auf der Suche nach der Farbe Rosa, findet sie auf Dosenetiketten, in Form von Flecken an der gelben Wand, Fettflecken vermutlich (Mayonnaise?).

Das Fenster lässt sich nur kippen, wegen des neuen Sicherheitssystems. Es gibt eine Alarmanlage am Haus, eine rote Signalleuchte ist genau über dem Fenster angebracht. Wenn sie im Dunkeln in der Küche sitzt, fällt ein roter Lichtkegel auf den Boden, wie ein moderner Morgenstern, der den Weg ins Innere weist.

Sie packt einen Stapel Notizhefte aus, schwarze Hefte mit weißem Papier. Den obersten Einband beschreibt sie mit *Land.* Der Tisch wackelt. Das zweite Heft schiebt sie unter das zu kurze Bein. Ihr ist noch nicht ganz klar, was sie in diese Bücher schreiben wird: Eindrücke, Stimmungen, Gesehenes, Gehörtes ... Der Verlag hat sich gemeldet. *100 Seiten!*, hat sie gelogen. Das wird ein kleiner Wettlauf gegen die Zeit.

Das Haus steht außerhalb des Dorfes, auf abgelegenen Weiden, weiß und lang gezogen. Es gehört Bertrams Mutter, und Noëlle hegt eine tiefe Abneigung dagegen, wie gegen alles, das aus seiner Verwandtschaft kommt. Schon früh hat sie aufgehört, Bertram hierher auf Familienfeiern zu begleiten, doch als er vorgeschlagen hat, sie in den Jura zu fahren, hat sie nicht gezögert. Er hat sie chauffiert, als hätte es kein Ende zwischen ihnen gegeben.

Ein Schotterweg führt von der Hauptstraße hinauf. Das Haus hat zwei Stockwerke und zwanzig Zimmer, mächtig tritt es aus der Landschaft heraus. Auf der Vorderseite ein schmaler Streifen Garten, ein Zaun und ein verdorrter Baum, in den ein Blitz eingeschlagen hat. Hinten eine grau betonierte Veranda, die in ein Feld übergeht, auf dem in einem Gehege aus Stacheldraht ein Esel steht. Das Feld hebt auf der linken Seite an, wird zu einem baumlosen Hügel, bis es an ein Waldstück stößt, zu einer

Welle großer und kleiner Tannen, zu denen es zu Fuß zwanzig Minuten braucht.

Kein anderes Haus in Sicht.

Wem der Esel gehört, weiß Noëlle nicht, sie hat keine Erinnerung an ihn. Es gibt eine Badewanne, die immer voll Wasser ist, selbst wenn es mehrere Tage hintereinander nicht geregnet hat. Sie hat nie gesehen, wer sie füllt. Das Tier ist alt und bewegt sich kaum. Stundenlang steht es da wie ein Baum. Manchmal hebt es ein Bein an, dann das andere.

»Sagst du immer die Wahrheit?«

Wenn es ganz schlimm ist, geht sie zu Muira. Sie ist stets schwarz gekleidet, wie Hexen das sind.

»Natürlich nicht, die Leute würden nie wiederkommen oder sofort davonlaufen. Die Wahrheit ist oft unangenehm, die Leute wollen sie nicht hören.«

»Schön, lüg mich an. Werde ich mit ihm zusammen sein?«

»Ihr seid schon zusammen! Und ich lüge nie, ich sage nur nicht alles.«

Einen Moment lang schauen sie sich schweigend an.

»Was soll ich tun?«

»Was willst du?«, fragt Muira in strengem Ton.

»Er soll zu mir kommen.«

»Dann nimmst du die.«

Sie geht die drei Stufen zur unteren Verkaufsebene hinunter, einem dunklen Raum mit Oberlichtern, und bleibt vor einem Regal voller Glaskerzen stehen. Eine *Fixed Candle* für jedes menschliche Bedürfnis: *Domination, Transformation, Crown of Success, Pay me, Come to Me, Attraction ... Pure Soul* liest Noëlle auf dem Glas in Muiras Hand und zieht die Augenbrauen hoch, skeptisch, ob das passt.

»Das funktioniert! Er hat viel zu tun, der meldet sich schon wieder, der will dich! Du bist auch nicht immer nur nett ... Du schreibst deinen Wunsch auf einen Zettel und klebst ihn unten an das Glas. Aber positiv formulieren! *Danke, liebes Universum, lieber Gott* oder was auch immer, *dass ich den richtigen Mann für mich habe.* So, als wäre es bereits Realität. Am nächsten Neumond, diesen Samstag um dreiundzwanzig nach elf, zündest du sie an. Nie löschen! Wenn du das Haus verlässt, stellst du sie in die Dusche. Sobald die Kerze runtergebrannt ist, gräbst du den Zettel am Fuß eines Baumes ein und vergisst deinen Wunsch, lässt ihn los, damit er umso besser zu dir zurückkehren kann.«

»Ich habe gerade einen Zettel vergraben.«

»Dann mach es noch mal.«

Der Zettel war übersät mit dem Namen *David.*

Ob es in jeder Ortschaft eine Hexe gibt?

Im Gebüsch sitzt eine Amsel.

Noëlle bleibt stehen.

»Guten Morgen.«

Sie bleibt noch länger stehen in Erwartung einer Antwort. Auch Vögel können sich ausdrücken. Auf ihre Art. Aber die Amsel nimmt keine Kenntnis von ihr. Sie hüpft nur von Ast zu Ast.

Eine Kreiselskulptur in Form eines fliehenden Pferdes.

In der Region soll es viele Pferde geben. Bis auf dieses metallene ist ihr noch keines begegnet.

Sie kommt an Bauernhöfen vorbei, alle mit identischen Sträuchern.

Auf dem Weg hierher gab es Wälder, die an ihr vorbeigezogen sind. Sie saß auf dem Beifahrersitz von Bertrams Wagen. Es regnete während der ganzen Fahrt. Leise sagte sie die Namen der Tiere auf, die im Wald leben. »Luchs, Eule, Hase, Käfer, Schmetterling, Hase.«

Autonummern wurden kleiner, Straßenschilder tauchten auf. Niemand würde sie dort, wo sie hinging, jemals finden. Bertram würde sie besuchen kommen, egal was sie ihm angetan hatte.

Es gab Hügel. Die Stimmung wurde immer dunkler. Sie hatte Lust zu pfeifen, doch es schien ihr unangebracht. Pfeifen wie eine Verrückte, wie eine Verrückte würdest du klingen, Noëlle, tu es nicht, ermahnte sie sich, schweig, schweig wie Bertram, der in zweieinhalb Stunden Fahrt noch kein Wort gesagt hat, schweig wie David, der bestimmt wieder zu beschäftigt ist, um den Himmel zu betrachten, zu beschäftigt, um mit dir Schluss zu machen, und so hoffst du weiterhin, Minute für Minute, Sekunde für Sekunde, seit fünf Jahren machst du nichts anderes, als auf David zu warten, und wenn du im Haus im Jura angekommen sein wirst, wirst du weiter auf ihn warten, immer drängender, immer verzweifelter, weil allein, ohne Ablenkung, im tiefsten Nichts gelandet, wie soll da die Zeit vergehen?

Der Plan ist, so lange hier zu bleiben, bis das Buch fertig ist.

Schreiben könne heilsam sein, hat Sacha gesagt.

Sacha ist ihr Psychiater. Dreimal die Woche Gesprächstherapie. Die Sitzungen finden in der Küche statt. Bertram hat es so organisiert.

Was machst du gerade? Wie geht es dir?

Keine Antwort von David.

Penelope schickt ihr ein Text-Meme, auf dem steht:

> STOP BEING SO FORGIVING. PEOPLE KNOW EXACTLY WHAT THE FUCK THEY ARE DOING.

Noëlle sieht, wie Penelope sie in der Stadt mit dem Fahrrad besuchen kommt.

Ein Jahr, zwölf Monate, vier Jahreszeiten, seit David das letzte Mal bei ihr war. Eine Umrundung der »infernalischen, alles versengenden Sonne.« Die Worte hört sie aus Harrys Mund. Harry scheint über ein Wissen zu verfügen, das sich nicht mehr vermitteln lässt, außer in ganz einfachen Bildern. Er ist Physikprofessor und wohnt im Dorf. Sie ist ihm auf ihrem Spaziergang begegnet. Er hat sie zu sich eingeladen, und sie ist ihm gefolgt. In seinem Wohnzimmer trinken sie ein Glas Wasser.

»In zweitausend Jahren ist alles wieder Wald und Meer, am Ende verglüht unser Planet.«

Harry hat Atlasse herumliegen, Kugeln herumstehen. Vor Noëlle auf dem Salontisch befinden sich rätselhafte Tüftelspiele.

»Die sind für meine Studenten. Im Grunde löse ich nur Probleme, ich bin gut im Problemlösen, das ist meine Leidenschaft.«

Er trägt eine Brille. Sie kann seine Augen nicht sehen,

nur sein seltsam breites Lächeln. Aus seinem Fenster ragen Teleskope. Die Bäume vor dem Haus hat er zurückgeschnitten. Er lebt auf dem Land, weil die Sterne besser zu sehen sind, in der Stadt brennen nachts zu viele Lichter. Da die Gegend erhöht liegt, gibt es außerdem weniger Wasser in der Luft, die Sicht ist klarer. Seine Frau ist in der Stadt geblieben, sie hält das Land nicht aus. Einmal die Woche fährt er nach Zürich an die Technische Hochschule zum Unterrichten.

»Bekommst du manchmal Besuch?«

Sie schüttelt den Kopf.

Sein Hund taucht auf und schnüffelt an ihrem Geschlecht. Sie stößt ihn weg.

Harrys Lächeln verschwindet aus seinem Gesicht.

Sie nimmt ihre Jacke und steht auf.

»Warte«, sagt er und greift nach ihrem Arm. »Komm bald wieder, ja?«

Ihr Zimmer ist klein, und mit seinem kärglichen Mobiliar erinnert es an eine Zelle. Es verfügt über ein Bett, einen Schreibtisch am Fenster, einen Wandschrank, ein Bad mit Dusche, Waschbecken und Toilette, ein Telefon und einen Fernseher. Die anderen Räume sind abgeschlossen. In welchen sie schon übernachtet hat, kann sie nicht mehr sagen. Es sind zu viele.

Der Mond strahlt die Wand als schmale Sichel an.

Von ihrem Bett aus blickt sie auf das fahle Licht, schüttelt ihr Kissen auf, das sie am Morgen frisch bezogen hat, und drückt ihren Kopf wieder hinein. Seit vier Wochen ist sie hier.

Es gibt einen zweiten Mond, hat Harry gesagt. Einen ganz kleinen, autogroßen, der sich wieder verabschieden wird, aber im Moment sind es zwei Monde, die die Erde umkreisen.

Ein neuer Morgen.

Auf dem Fenstersims in der Küche keimen Gurkensetzlinge.

Nasse Steine, die den Weg weisen.

Einmal am Tag zum Haus raus.

Es regnet.

Ob jemand für Regen gebetet hat? Oder gegen? Es regnet so oder so.

Die Tür zu Muiras Geschäft öffnet sich unter einem leisen Klingeln. Ihr Laden befindet sich am Rande des Dorfes, im Erdgeschoss eines gelb gestrichenen Hauses. Es hat zwei kleine Schaufenster zur Straße hin, die voller Fläschchen mit farbigen Flüssigkeiten, Orakelkarten und Statuen sind. Im Geschäft herrscht ein durchdringender Geruch aus Räucherkohle, Duftölen und Weihrauch.

Muira hat langes schwarzes Haar und sehr helle Augen, die von dunklem Kajal umrandet sind. In ihrem Kopf sind nur Augen. Noëlle fürchtet jedes Mal, hypnotisiert zu werden, wenn sie diesem magnetischen Blick zu lange begegnet. Meistens sitzt Muira hinter der Theke in ihren Computer vertieft, schaut nur kurz auf, grüßt und widmet sich wieder ihrem Bildschirm. Einmal hat Noëlle gesehen, wie Muira auf dem Computer Patiencen legt.

»Und seine Frau? Chinesin.«

»Die Asiaten sind gefährlich, die können viel. Iss nie etwas, das er dir mitbringt. Sie macht es über das Kochen.«

»Ich glaube, sie weiß alles.«

»Sie weiß alles, aber sie sagt nichts. Iss nie etwas, das aus seinem Haus kommt.«

»Wie sollte ich? Ich bin ja nie dort.«

»Denk einfach daran. Ich könnte dir Geschichten erzählen ... Was glaubst du, warum bei mir alles in den Abfall wandert, was man mir bringt? Der kommt wieder, keine Angst. Bloß nicht drängen, du darfst deinen Liebhaber niemals drängen.«

»Tu ich nicht. Ich höre ihm zu. Wenn er bei mir ist, höre ich fast nur zu.«

»Das ist gut.«

»Im Nachhinein mache ich mir Vorwürfe, weil ich vieles vergessen habe zu fragen.«

»Zuhören ist gut. Sie macht lange nichts, aber dann kommt der Dolch. Gesichtsverlust ist das Schlimmste für sie.«

Muira heißt sie noch mehr Kerzen anzünden, die David zu ihr bringen.

»Das ist nicht nichts, das wirkt.«

Sie nimmt einen Anruf entgegen, und Noëlle geht dazu über, sich das Sortiment genauer anzusehen. Ein satingefütterter Koffer mit Schreibfeder, Tintenfass und Stempel fällt ihr auf. Die Tinte mit der Aufschrift *Rivas Batblood* (Fledermausblut).

»Das wäre was für dich«, sagt Muira mit Blick auf die Schreibfeder. Sie hat das Telefonat beendet. »Du wirst sehen.«

»Ich dachte eher an ein Sieben-Tage-Ritual«, sagt Noëlle vor dem Regal voller Glaskerzen.

Muira kommt zu ihr. Sie studiert die Kerzen und greift nach einer. »Nimm die.«

Attraction liest Noëlle.

»Du notierst auf einen Zettel deinen Wunsch und klebst ihn unten an das Glas. Aber positiv formulieren!«

Muira geht vor ihr zurück zur Kasse. Der große, dunkle Haarschopf, der schmale Körper im engen, schwarzen Kleid ... Bestimmt hat sie viele Verehrer, denkt Noëlle, aber sie wirkt auch steif in ihren Bewegungen, als drohe sie jeden Augenblick zur Säule zu erstarren.

»Ich habe schon daran gedacht, dass sie mich verflucht hat.«

»Das kann sie versuchen, aber es wird nicht funktionieren. Nein, sie tut nichts dergleichen, doch sie weiß, dass du DIE Konkurrentin bist. Die leidet schon genug an sich selbst. Und an ihm. Und an dir. Aber wehe, etwas läuft nicht nach ihrem Geschmack, dann wird sie brutal, sie wird zum Drachen. Wenn sie gemein sein kann, hat sie sehr viel Fantasie, aber es wird sich gegen sie selbst wenden. Was dich angeht: Schreibe oder erzähle nur, was du siehst und erlebst, hörst du? Das ist wichtig. Ich hasse Lügen! Zeige nur, was ist, ob in Wirklichkeit oder im Traum geschehen, das ist dasselbe.«

Erstaunt über die Worte, bleibt Noëlle lange still.

»Ich kann guten Gewissens sagen, nie gelogen zu haben, in meinem ganzen Leben nicht«, macht Muira weiter. »Rattengift! Die Chinesen machen es mit Rattengift. Gibt es in China in jeder Apotheke zu kaufen.«

Denkengehen.

Ein langsames Fortschreiten der Gedanken. Nicht mehr und nicht weniger.

Im Dickicht ein Grab. Für einen Vogel? Eine Katze?

Ein Hund bellt sie an.

Völlig inadäquate Schuhe an.

Das letzte Mal, als sie in Zürich einkaufen war, hat sie eine Wildlederjacke in Mauve gesehen, genau ihre Farbe. Kastenförmig geschnitten, viertausendsechshundert Franken. Das bezahlt Bertram aus der Portokasse, wie man so sagt.

Wenn sie in ihr Zimmer zurückkehrt, spürt sie die Einsamkeit am stärksten. Alles ist, wie sie es zurückgelassen hat, nur die Blumen in der Vase sind verdorrt.

David verteilt auf Facebook so viele Herzen, dass sie nichts mehr wert sind.

»Farming«, sagt Penelope am Telefon, »ist das. Ein Schäfchen hier, ein Schäfchen dort, das eine streicheln, danach das andere, damit es sich nicht vernachlässigt fühlt. Er macht immer mehrere Frauen gleichzeitig nervös. Ich war auch einmal eine Blume auf seiner Wiese«, sagt sie und schickt Screenshots. Da steht es schwarz auf weiß, gelb und rot die Kusssmileys, die er ihr geschickt hat.

»Es tut mir leid, dass ich ein Teil des Schocks bin.«

»Dass er diese Kussherzen herumschickt, tut schon weh.«

»Verstehe ich. Ich wusste aber, als er das machte,

dass sie im Umgang mit mir nichts bedeuteten. Reine Koketterie. Oh, wenn du nur sehen könntest, was ich sehe. Einen so kleinen Jungen. Unreif und wollend, alles immer wollend. Um Aufmerksamkeit buhlend. Größte Strafe ist dann das Nicht-mehr-Einlassen, Nicht-mehr-Aufnehmen. Emotional und sexuell. Eigentlich ist es misogyn, weil es in aller Begeisterung für Frauen ja nur um Quantität geht, wenig um die Einzelne. Außerdem sind es alles Quasi-Unmöglichkeiten, da er ja immer sein Ehering-rühr-mich-nicht-an vorschieben kann. Das mit dem vielen Arbeiten stimmt. Männer sind wirklich wenig multitaskingfähig, und so intensiv, wie er eine Sache nach der anderen betreibt, ist ja klar, dass er sich erschöpft.«

Jedes Mal, wenn Noëlle online geht, hält sie den Atem an und ihr Herz beginnt zu hämmern.

Man will immer zurückgeliebt werden, geht es ihr durch den Kopf.

Allein gekocht, allein gegessen.

Rührei an Schnittlauch aus dem Kräutergarten.

Der Schnittlauch blüht mit lila Blüten. Wie der Flieder vor dem Fenster.

Sie macht das Licht in der Küche aus.

Da ist er, der rote Schweif.

Das Telefon klingelt. Es ist Bertram.

Er will wissen, wie es ihr geht, ob die Leute nett sind.

»Ich kenne hier niemanden.«

Eine Wolke schiebt sich vor den Mond.

Mitten in der Nacht ist sie erwacht, jetzt starrt sie auf dem Rücken liegend durch das Fenster.

Ein Baum steht davor. Der Umriss des obersten Astes ähnelt einer fliegenden Hexe mit Hut.

In ihrem Traum stand Bertram in der Küche hinter dem Herd. Er hatte blondes Haar und war eine Frau.

Falls Bertram an sie glaubt, dann nicht aus Überzeugung, sondern um des Friedens willen. Er, der Millionärssohn aus der Stadt. Sie, das vernachlässigte Kind vom Land. Was braucht man mehr zu sagen?

Sie hat das Land nie gemocht, die unendlichen Wiesen, in denen sie sich nicht gespiegelt sieht, den abgelegenen Hof, auf dem sie aufgewachsen ist.

Mutter hat als Kind auf einem Gut gelebt, ganz in der Nähe.

Bis sie vier war, hat Noëlle nur Französisch geredet.

Ferme (Farm).

Um vier Uhr morgens hält sie das Schweigen nicht mehr aus und schreibt David, während er online ist:

Wie geht es dir?

Er schaltet das Handy aus.

Sechs Uhr früh.

Penelope textet, als hätte sie es gespürt:

Das ist der Song zur Misere: Aretha Franklin, See Saw

Noëlle geht ins Netz: »*Your love is like a see saw, going up, down, all around, like a see saw.*«

Sie setzt die Kopfhörer auf und dreht voll auf.

Morgengrauen.

Pickel auf der Nase. Wie eine Hexe.

Sie spritzt sich Wasser ins Gesicht.

Frühstück in der Küche.

Kaffee, Vollkornbrot, Honig, Orangensaft.

Eine gesunde Ernährung ist wichtig.

»Schlaf, Bewegung, frische Luft, Essen, Trinken ... das sind Behandlungsmöglichkeiten«, hat Sacha gesagt. Er spricht deutsch mit ihr, obwohl sie im französischsprachigen Jura sind. Er kommt aus Zürich wie sie.

Die Jacke für viertausendsechshundert hat sie zurückgebracht. Mauvefarben, kastenförmig, wie für sie gemacht.

Sie hat ein Bild von sich darin geschossen. Das war eine Woche bevor sie in den Jura gekommen ist.

Schneller Griff zum Mobiltelefon, um durch den Chatverlauf zu scrollen.

Wie aus Flüssigkristallen in einem Touchscreen, die unter elektrischer Spannung ihre Position verändern, so große Gefühle entstehen können. Sie tippt eine Nachricht an David und stellt sich vor, wie die Kristalle in seinem Bildschirm aufglühen, Stimmungen und Träume und Gefühle in ihm aufglühen, sie beide brennend in einem elektrischen Feld. Dann löscht sie die Mitteilung.

Die Eisheiligen sind vorbei.

Im Beet vor dem Haus lockert sie den Boden, setzt Kürbissamen und die Gurkensetzlinge, die sie in der Küche angezogen hat.

Kürbisse sollte man vor Schnecken schützen, doch sie unternimmt nichts gegen Schnecken, zieht kein Gitter hoch, streut kein Gift, nichts.

Muira nimmt die Karten und mischt sie. Gleich legt sie auf wie eine Hellseherin, denkt Noëlle, doch sie streckt ihr nur den Stapel entgegen und sagt: »Heb ab.«

Noëlle hebt in der Mitte ab und dreht das Paket nach oben, sodass die unterste Karte erkennbar wird.

»Der Narr! Eine der besten Karten«, ruft Muira begeistert.

»Warum?«

»Der Narr steht über allem. Ändere nichts an deiner Situation. Sechs weitere!«

»Diese Situation hält seit fünf Jahren an.«

»Es wird nie mehr so schön sein wie jetzt, so ganz ohne Verantwortung.«

Noëlle konzentriert sich auf das Gefühl in ihren Fingerspitzen und zieht.

»Bertram ist ein Guter. Schade, dass du ihn nicht mehr willst. Er wird immer für dich da sein, so einen findest du so schnell nicht wieder, aber du liebst David. Iss nie etwas, das er dir mitbringt. Sie hat Angst vor dir. Er auch. Er spürt die Kraft, die jetzt in dir aufkommt. Du wirst zur Konkurrentin. Und du schickst ihm nicht mehr all die lieben Nachrichten wie früher.«

»Nein, das tu ich nicht mehr.«

»Siehst du.«

»Sollte ich?«

»Ja, das freut ihn. Er muss von dir hören, dich sehen.«

»Ich sehe ihn nie.«

»Das ist prima!«

»Findest du?«

»Ja, das ist die beste Zeit. Der kommt wieder, keine Sorge. Mehr als zuvor. Besser, viel besser! Du brauchst einen Partner, einen richtigen Partner. Ich bin gespannt, was jetzt passiert, etwas wird bald passieren.«

Die Glöckchen über der geöffneten Tür klingeln, als ob jemand eingetreten wäre.

»Was war das?«

»Das geht den ganzen Tag so«, sagt Muira, ohne auch nur aufzuschauen.

»Der Wind?«

»Das geht immer so«, wiederholt sie ruhig.

An die weiteren sechs Karten erinnert Noëlle sich beim Verlassen des Geschäftes bereits nicht mehr. Muira hat alles ins Positive gewendet, sie meint es gut mit ihr.

Die Mahlzeiten bilden einen fixen Punkt in ihrem Tag. Ansonsten kann sie stundenlang rumliegen, hin und wieder mehrere Zigaretten hintereinander auf der Terrasse rauchen, lesen, schreiben, spazieren gehen, den Gang auf- und abschreiten ...

Oft ist sie müde und muss sich zwingen rauszugehen. Nachts aber hat sie Probleme mit Durchschlafen. Ihr Schlaf ist leicht, sie wacht oft auf. Sacha kombiniert ihr abendliches Zyprexa (Neuroleptika) neu mit Zolpidem (Schlafmittel).

Denkengehen, so weit, wie das Haus noch zu sehen ist. Die einzige Ausnahme bildet der Baum, zu dessen Wurzeln sie die Zettel vergräbt. Um zu ihm zu gelangen, muss sie einige Schritte ins Dickicht machen. Dort legt sie ihre Hand auf seinen dicken Stamm oder auf einen der untersten Äste, die fast den Boden berühren. Durch die Queräste blickt sie hinauf zur Krone.

Ein Mosaik aus Licht.

Auf der Höhe von ungefähr zwei Metern spaltet der Stamm sich in zwei pralle Schäfte, die sich in den Himmel bohren. Sie sind voller Knorren und Buckel.

Da glaubt man, eine Affäre sei kein Problem. Am Anfang ist es auch ein Glück, man geht im See schwimmen, schreibt sich jeden Tag. Dann beginnt die Geschichte, an der Realität zu ritzen: Wenn man sich schon so nahe ist, warum ist man nicht richtig zusammen? An dem Punkt wird es schwierig. Den Partner und das Kind verlassen? Den Freundeskreis aufgeben? Alles öffentlich machen? Die ersten haben schon etwas bemerkt. Plötzlich sind da sehr starke Kräfte am Werk. Jahrzehntealte Banden und Muster greifen. Ist das Neue stärker? Kann es stark bleiben? Schwierige Fragen. Schwierig ist nicht gut. Schwierig macht müde. Schwierig geht man aus dem Weg. Aber man hat sich schon so lieb gewonnen. Man möchte einander nicht missen. Die Gewohnheit. Die

Sucht. Und David hasst es, Menschen zu verlieren. Also jeden Abend ins Bett gehen und an den andern denken, ohne ihn zu sehen. Das ist vermutlich nicht so gesund. Es ist schwierig, sich ständig zu spalten. Vielleicht können das nur Bäume.

Einige von Davids Sätzen rattern selbstständig durch ihren Kopf:

»Wenn wir zusammen wären, wäre das zu sehr hohen Kosten, und die würden wir uns eines Tages vorwerfen –«

»Vielleicht sollte man den einen schönen Moment bei dir im Bett nicht ausdehnen und zum Dauerzustand machen wollen –«

»Unsere Körper wissen mehr als wir –«

Nur der letzte Satz fand Anklang bei ihr, sie wusste sofort, wie wahr er ist: *Unsere Körper wissen mehr als wir.*

Ansonsten: Warum sollten sie bereuen, sich getrennt zu haben, wenn sie in ihren Beziehungen unzufrieden waren? Doch sie unterließ es, ihm zu widersprechen. Sie widerspricht ihm nie.

Oft wollte sie ihn gar nicht hören.

Sie wollte nicht hören, was er ihr zu sagen hatte.

Alles, was sie zu wissen brauchte, erfuhr sie auch so.

Er hat versucht, sie nicht mehr zu treffen, und hat sie wieder getroffen.

Das Begehren, die stärkste Macht von allen, hat sie

immer wieder zueinander hingetrieben. (Oder war es etwas anderes?)

Sie löst sich vom Baum, löst den Blick vom Haus und macht sich auf den Weg zurück.

Unruhige Beine.

Er zählte ihre Rippen.

»Versprich mir, dass ich eines Tages neben dir aufwachen darf.«

»Versprochen.«

Gelten Versprechen noch, wenn man irgendwie nicht mehr zusammen ist?

Sie hat beschlossen, das Haus Mohn zu nennen, da es weiß gestrichen, aber innen von Flecken und Lufteinschlüssen an den Wänden schwarz gesprenkelt ist.

Die Kürbispflanze vor dem Haus hat vier Blätter. Sie lebt und wächst.

»Auch das beruhigt«, sagt Sacha. »Sich um Pflanzen kümmern.«

Kein Selbstmörder in der Familie bis jetzt außer einer Angeheirateten. Sie ist vom Balkon eines Hochhauses gesprungen, hat ein vierjähriges Mädchen hinterlassen.

Die Einsamkeit ist es, die Noëlle am meisten zusetzt. Der Mensch gehört unter Menschen. Mohn ist ein Haus am Rand mit einem Menschen darin, immer auf der Kante.

Doch, da ist ein Selbstmörder, ein sturer Kopf: Großvater hat sich zu Tode gehungert. Er hat sich ins Bett gelegt und sich da zu Tode gehungert, um Großmutter zu folgen, kurz nachdem sie gestorben ist.

»Das ist eine ernsthafte Affäre«, sagt Sacha und fährt sich durch das hellbraune, erstaunlich dichte Haar. Alles an ihm ist zart. Die Augen, stets wach und in sich ruhend, beobachten sie geduldig.

»Warum?«

»Eine nicht ernsthafte ist nach zehn Tagen beendet.«

Daran hat sie noch nicht gedacht.

»Aber schau mal, es ist doch so: Ein Aufhören ist gar nicht möglich, da sind elementare Gefühle, die ihr nicht wegbringt.«

Sacha ist nicht nur Mediziner, er hat auch Philosophie studiert.

»Die Sehnsucht nach der zweiten Hälfte, die uns ganz werden lässt, existiert seit zweitausend Jahren. Platon zufolge sind die Menschen ursprünglich zusammen mit ihrem Partner rundum glückliche Kugelmenschen –«

»Ich weiß«, schneidet Noëlle ihm das Wort ab.

»Die Götter des Olymps haben sie, um sie zu schwächen, in zwei Flächen zerschnitten«, macht Sacha weiter. »Seither sehnt jeder sich nach seiner anderen Hälfte und versucht, seinen Urpartner wiederzufinden.« Und dann sagt er ernst, verändert: »Es passt eben nicht einfach so, es passt etwas ganz Bestimmtes.«

Noëlle setzt sich an die Sonne und kneift die Augen zusammen.

Der Esel grast. Der Esel trinkt. Aus der Wanne, die immer voll ist, sich wie von Geisterhand füllt. Sie sollte Sacha fragen, wer dafür verantwortlich ist, wem das Tier gehört, wem das Land hinter dem Haus gehört. Doch da ist eine Vagheit in ihrem Kopf, die nicht weichen will, die sie immer wieder vergessen lässt, ihn zu fragen.

Zurück auf ihrem Zimmer setzt sie sich an den Tisch, um zu schreiben.

Jeden Tag einen Satz oder zwei.

Und wenn sie absichtlich versagt? Das traut sie sich zu.

In diesen Worten sollte Dynamit stecken, sie sind ihre einzige Waffe, damit David eines Tages versteht. Doch es fällt ihr schwer, sich zu konzentrieren.

»Ich weiß wirklich nicht, was du an ihm findest«, sagt Penelope am Telefon.

Noëlle stellt sich vor, wie ihre Freundin am Fenster ihres Ateliers steht und über den Hof blickt. Starke Schultern, tiefe Stimme. Sie steckt mitten in einem neuen Bild. Penelope ist eine angesehene Malerin.

Unter ihrem Baum lauscht Noëlle dem Rauschen des Windes, Mohn fest im Blick. In diesem Haus, das mit den Wiesen eine Einheit bildet, lebt sie allein. Zwanzig Zimmer, und nur eines davon ist bewohnt, das ist verrückt. Sie geht die Wege der Umgebung, aber nie abseits von ihnen und nie so weit, dass sie das Haus nicht mehr sehen kann. Sie geht auch nicht beliebige Wege, sondern immer die gleichen Pfade, und merkt sich genau, wo sie entlang ging, vor Furcht, nicht zurückzufinden. Die Dörfer liegen weit voneinander entfernt, sodass sie stundenlang gehen könnte, ohne ein Zeichen von Zivilisation zu sehen. Allein bei der Vorstellung gefriert ihr das Blut zu Eis.

Ihre Nerven sind schlecht heute.

Eine Maus huscht durch das Gestrüpp und macht alles nur noch schlimmer.

Schneller Griff in die Handtasche.

Hat sie ihr Temesta dabei?

Nie ohne ihr Temesta, ihren Angstlöser. Zur Sicherheit.

Regen auf Blättern. Vergiss alles, was du zu wissen glaubst.

Die große Frau am Straßenrand kennt sie doch. Den unordentlichen blonden Haarschopf, die blaue Uniform. Kommissarin Claire! Was macht sie hier?

Noëlle kickt Steine. Aus Versehen kickt sie ein Schneckenhaus und fährt zusammen. Steckt da noch Leben drin?

Harry hat eine neue Hängematte im Garten.

Am Fenster seine Silhouette.

Als sie am Haus vorbeikommt, schaut sie weg und geht weiter.

Es lässt sich schlecht gehen mit ihren Schuhen. Designerschuhe für achthundert Franken.

Glatte Sohle, schwarzer Canvas. Völlig unbrauchbar auf dem Land.

Ein Paar aus Leder mit dicker Gummisohle wäre gut.

Eine Feder auf der Fußmatte vor der Tür.

Nichts bewegt sich. Und wenn sich etwas bewegt, rennt sie ans Fenster.

»Bist du nie eifersüchtig?«

David hat den Kopf geschüttelt. »Weißt du, ich war in meinem Leben so oft eifersüchtig ...«

Bestimmt war er auf dem Pausenplatz das Kind, das im Abseits stand.

»Ich habe gedacht, an die komme ich nie ran«, hat er beim zweiten Treffen gesagt.

Sie hat daraus etwas abgeleitet. Einem Teil von ihm geht es darum, dieses Ziel zu erreichen: diese attraktive Frau zu besitzen. Er ist ein angesehener Mann, aber das ist er nicht immer gewesen. Vielleicht ist mit dem Erfolg der Mut gekommen, sich zu nehmen, was ihm bisher verwehrt geblieben ist.

Sie nimmt ihr Notizbuch.

Offen bleibt es vor ihr liegen.

Essen zubereiten:

Spiegelei auf Toast.

David zeigt kryptische Nachrichten auf Facebook, rätselhaft wie die ganze Situation.

David und sie führen eine Art Verrücktensprache, kommunizieren nur noch indirekt über Fotos, Liedzeilen und Bildunterschriften, die er im Netz absetzt. Das zwischen ihnen ist Kommunikation wie unter Tieren, ohne Worte, oder wie Muira, über Energien. Seltsamerweise, oder gerade nicht, ist diese Art von Kommunikation sehr effektiv, die Tiere wissen ja auch auf diese Weise zu überleben. Wölfe rufen, um sich zu finden. Ihr Heulen ist aufeinander abgestimmt.

Weiße Flecken auf dem Fußboden. (Butter?)

»Soll ich das Fenster schließen? Ist dir kalt?«

»Geht schon.«

Sacha steht auf. »Ich schließe es trotzdem.«

So kommt sie nicht weiter. Sie hat Claire gesehen, die Kommissarin. Sie wird von ihr gesucht, und Sacha tut unwissend.

»Sitzt du bequem?«

»Ist schon in Ordnung.«

Es gibt Bequemeres als Küchenstühle, das weiß er wohl auch.

Warum duzen sie sich, als wären sie gute Freunde?

Sie denkt an David. An die vielen vergeblichen Versuche, an ihn heranzukommen.

»Hast du dich an das Haus gewöhnen können?«

Sicher, sie kennt es seit neunzehn Jahren.

»Hast du meine Frage verstanden?«

Sacha schlägt das Buch zu.

»Fühlst du dich wohl? Willst du einen Spaziergang machen?«

Pferdegesicht: Mutter.

»Sie ist alt, sie ist alt«, sagt Muira über Davids Frau. Noëlle hat es zur Hexe gezogen. »Im Kopf und im Herz.

Das hat mit ihrer schwierigen Vergangenheit zu tun. Er hat sie gerettet, das habt ihr gemeinsam. Wie alt ist sein Sohn? Noch keine fünfzehn, nicht wahr? Wenn er fünfzehn ist, kommt David vielleicht und sagt: Wollen wir endlich zusammen sein und ein Kind haben? Jetzt kann er Frau und Kind noch nicht verlassen, aber er weiß, dass er sich in einer falschen Stabilität wähnt. Ihr zwei gehört zusammen, er wird immer ein Teil von dir sein.«

Sie öffnet eine Schublade.

»Warte, ich ziehe eine Karte. Ich habe gerade gute Laune. Für dich mache ich es gratis.«

Sie mischt und hebt ab.

»Der Aeon! Das seid ihr mit dem Kind in einer Blase. Ihr seid schon zusammen, und du wirst ihn noch ganz haben.«

»Warum schreibt er mir keine Zärtlichkeiten mehr?«

»Weil er nicht darf. Er ist verheiratet und hat ein Kind.«

»Ich bin auch noch verheiratet.«

»Und nur deshalb funktioniert es.«

»Ich wünsche niemandem, sich in einen Mann zu verlieben, der nicht zu haben ist.«

»Du musst nur lernen, im Kopf einen Schalter umzulegen. Die Frage ist: Was will dich das Ganze lehren?«

»Er hat gemerkt, dass ich mich zu sehr in ihn verliebt habe.«

»Ja, der hat dich schon gern, aber er kann dir nicht mehr geben, noch nicht.«

»*Noch nicht* ist das Schönste, was du mir bisher gesagt hast, daran halte ich mich jetzt fest. Vielleicht sind wir in ein paar Jahren zusammen.«

»Das ist gut möglich, das würde mich nicht erstaunen. Aber erst schreibst du dein Buch.«

Muira betrachtet sie eindringlich.

»Du solltest mehr Sport machen, Krafttraining.«

»Manchmal bin ich auf dem Heimtrainer.«

»Das reicht nicht. Geh joggen! Oder wandern.«

»Ich kriege Panik.«

»Du kriegst keine Panik.«

»Doch, ich habe Angst, mich zu weit vom Haus zu entfernen.«

Muira legt den Kopf schräg. Noëlle fragt sich, ob sie erstaunt wirkt, es ist aus ihrer Mimik nicht zu erraten. Ihr Blick verliert sich nicht weit hinter Noëlle, und sie hört sie etwas Unverständliches murmeln. Dann wieder an sie gerichtet: »Du vertraust zu sehr auf deinen Verstand. Du hast schöne Haare. Etwas dunkler würde dir gut stehen, etwas länger, und du solltest dich mehr schminken, vor allem die Augen.«

»Wieso lange Haare?«

»Langes Haar fängt die Energien besser ein.«

Zum Dank, dass Muira ihr als Orakel dient, kauft Noëlle bei jedem Besuch etwas ein. Meistens sind es Glaskerzen. Oder Steine: Amethyst, Rosenquarz, Lapislazuli ... Muira kennt von jedem Stein die Bedeutung. Diesmal entscheidet sie sich für einen Sonnenfänger. Er besteht aus funkelnden Kristallen und einer Blume des Lebens.

»Der ist hübsch«, sagt Muira. »Und günstig! Einmal habe ich auf dem Flohmarkt einen kaputten Kühlschrank für tausendfünfhundert Franken verkauft, nur weil *Coca-Cola* darauf stand. Ich könnte jedem alles andrehen!«

Noëlle stutzt. Ausgesprochen moralisch veranlagt scheint Muira nicht zu sein, und sie schämt sich nicht, es zuzugeben. Sie versteht es, sich selbst zu helfen. Auch eine Form von Zauber. Oder sie ist einfach eine geldgierige Betrügerin, die um den Wert der Symbole weiß.

Noëlle greift nach einem ausliegenden Buch, das den Begriff *Hexe* im Titel trägt, schlägt es auf und liest: *Der Teufel sitzt in den Haaren*. Das ist ein seltsamer Zufall, denkt sie, schließt das Buch schnell wieder und stellt es zurück an seinen Platz.

Von Muira zu Mohn dauert es zu Fuß fünfzehn Minuten.

Schlechter Empfang. Holzhacken.

Jetzt ist es schon so weit: Sie wartet auf Regen für die Pflanzen.

»Alles lässt sich nicht erklären«, sagt Sacha.

Sie hat ihm von Muira erzählt.

Er weiß nichts von einer Hexe.

Geht er denn nie ins Dorf?

»Die Weisheit der Hexe – sie fasziniert dich als Gegenbild. Du als Wartende bist verhaftet in der Uhrzeit, das macht dich fertig. Die Hexe aber ... Die Zeit interessiert sie nicht.«

Morgengrauen.

Ein schlammiger Weg, der dem Fluss folgt.

Fischreiher an Bächen und Tümpeln. Sie schrecken auf, wenn man sich nähert.

Krähen bleiben, verfolgen einen sogar.

Kleine Schweine gesehen.

Im Geist hält ihr Bruder ihre Hand, Jahrzehnte her, einen steilen Hügel hinaufsteigend.

Vielleicht erinnert sie sich auch nur an eine Fotografie.

Sie wollte schon einmal über David schreiben, es ist ihr nicht gelungen. Sie war zu nahe dran. Zwei Jahre Arbeit für diese Einsicht, und hier ist sie und schreibt schon wieder über ihn, um ihre Aufmerksamkeit weiterhin auf ihn zu richten, um irgendwas von ihm zu erraten.

Sie liest alte Whatsapp-Dialoge wieder. Es ist, als hörte sie ihn. Aber was macht diese Warterei, dieses ständige Sichverstecken mit einem? Am Vorabend hat sie ihm geschrieben:

Ich hab dich lieb.

Er hat nichts erwidert. Ist es ein Zaudern? Ist es, weil er nach Worten sucht, die genau und originell sein sollen, oder ist er in Aufruhr wie sie? Mit David befreundet zu sein, ist gefährlicher, als auf einem wackeligen Hocker zu stehen. Nichts in den Händen außer Gefühlen, Ahnungen, doppeldeutigen Worten. Wenn sie sich umschaut, ist nichts von ihm da. Nicht ein Gegenstand, den sie berühren, streicheln, an die Lippen heben kann. Kein Brief, kein Geschenk. Als wäre er ein Gespenst.

Sacha greift zu Stift und Block. Sommersprossen im Gesicht. Oder sind es Altersflecken? Wie üblich trägt er Khakihosen und ein weißes Stehkragenhemd wie Mao.

Langsam fährt Noëlle mit den Fingern über das trockene Holz des gemaserten Küchentisches. Sacha hat ihr geraten, sich an konkrete Dinge zu halten, wenn Panik über sie kommt. *Fünf Dinge, die du siehst, vier Dinge, die du hörst, drei Dinge, die du spürst* ... Die fünf-vier-drei-zwei-eins-Übung, der Gedankenstopp. Sie darf nicht daran denken, dass David ihr nicht mehr antwortet, oder nur so hermetisch, dass sie nie weiß, ob sie nicht womöglich wahnsinnig ist und sich nur was einbildet, etwas in seine Posts hineinliest, das gar nicht da ist.

»Ein Liebhaber ist nie ein Freund«, sagt Sacha vorsichtig.

Nach einem längeren Schweigen fährt er fort.

»Bei Liebeskummer solltest du dich mehr auf dich selbst konzentrieren als auf den andern.«

Wieder eine lange Pause.

»Sex ist immer an Gefühle gebunden. Na schön, es gibt vielleicht so etwas wie eine Sekundenverliebtheit, aber Leidenschaft hat immer etwas Grenzenloses.«

»Du glaubst nicht, dass er mich loswerden will?«

»Er braucht dich. Handeln wider besseres Wissen. Die Frage ist nur, wie lange du noch die Geisel deines Geiselnehmers sein willst. Schon vom Stockholm-Syndrom gehört? Aber er ist auch eine Geisel. Er ist die Geisel seiner Unfähigkeit, ein selbstbewusstes Leben zu führen. Das zu wissen, macht dich wiederum zur Stärkeren. Ihr seid beide Opfer und Geisel, es ist ein *Circulus vitiosus*, ein Teufelskreis.«

»Warum zieht er sich plötzlich zurück?«

»Du stellst ihn vor ein moralisches Problem, weil er erkannt hat, dass du zu Hause Probleme hast. Außerdem ist er je länger, je mehr beschäftigt. Und er spürt den Druck, sich auf dich einlassen zu müssen, das kann er aber nicht, dafür ist er zu fest auf sich bezogen.«

»Er hat, glaube ich, zu Hause auch Probleme bekommen.«

»Ganz bestimmt. Und jetzt hat er Angst, dass es teuer werden könnte.«

»Teuer?«

»Eine Scheidung.«

Geräuschvoll atmet sie durch den Mund aus. Die Haut an ihrem Finger ist ganz aufgeraut.

»Man weiß wenig darüber, woher Verliebtheiten kommen«, sagt Sacha besänftigend. »Irgendwann und bei irgendwem hängen sich diese Gefühle einfach mal ein. Aber wenn man den Mechanismus der Liebe zu verstehen versucht, stößt man auf die Schwierigkeiten des Unterbewussten. Auf was Liebe zurückzuführen ist, weiß man nicht. Man meint: weil er attraktiv ist, weil ich attraktiv bin, solche Sachen. Aber das stimmt nicht.«

Wieder auf dem Zimmer ruft Penelope an.

»Er ghostet dich nicht. Er ist tot.«

Bertram ruft an.

»Was hast du gekocht?«, will Noëlle von ihm wissen.

»Klare Brühe mit Kohl und Karotten.«

Ein typisches Bertram-Essen (akkurat zugeschnittenes Gemüse, beste Zutaten aus dem Delikatessengeschäft), das einen ungesättigt lässt.

Sie erinnert sich an viele Abende, die sie mit Bertram in Gesellschaft von Freunden verbracht hat, bei denen er gekocht und sie sich gelangweilt in eine Ecke zurückgezogen hat, mit dem deutlichen Gefühl, nicht dazuzugehören.

Ihr Blick fällt durchs Fenster aufs Abendrot.

Die Sonne geht auf und unter, ohne dass David und sie sich gesehen haben.

Sie feilt sich die Nägel, rund.

Mail vom Verlag.

150 Seiten!, lügt sie und geht spazieren.

Der Jura ist grün, vor allem nach vierundzwanzig Stunden Regen und keinem blauen Fleck am Himmel. Eine Million Schafe könnten diese Hügel nicht kahl fressen, weil das Gras bei dem vielen Regen so schnell nachwächst.

Und alle lehnen sie mit ihren braunen Gesichtern zum Fenster hinaus.

Ein Bauer bei der Arbeit. Er repariert einen Zaun.

Als sie von ihrem Spaziergang zurückkommt, steht ein Henkelkorb mit Erdbeeren vor der Tür.

Sie schaut sich um: niemand.

Sie weiß nicht mehr, wie sie David noch erreichen kann. Jeder Versuch, ihn zu sehen oder zu hören, bleibt unbeantwortet. Es ist, als wäre er gekidnappt worden.

Plötzlich schreibt sie ihm mehrere Nachrichten hintereinander.

Sehen wir uns nächste Woche?
Sagst du mir was?
Bist du mir böse?

Nichts.

Sie könnte ihn fragen, was er beabsichtigt.

Sollen wir Freunde bleiben?

Will er sie im richtigen Moment zur Frau nehmen?

Zur Frau nehmen. Das hat sie doch schon mal gehört?

»Versprich mir, dass ich eines Tages neben dir aufwachen darf.«

Was hat er damit gemeint?

Irgendwann braucht sie Antworten auf ihre Fragen.

Wieder einmal umsonst die Haare gewaschen.

Er kommt nicht.

»Weiß er, dass du hier bist?«

»Ja.«

Sachas Augen werden klein.

Wie alle Psychiater greift er zu Stift und Papier.

Ein gelber Fleck an der Gegenwand. (Schneckenschleim?)

Sacha blickt zu ihr auf.

»Hast du was gesagt?«

»Nein.«

»Sprichst du manchmal mit dir selbst?«

»Ich glaube nicht.«

Sie schaut ihre Fingernägel an. Sie sind noch immer zu lang.

»Warum drehst du beim Sprechen am Ring?«

Sie lässt ihn los. Ein Ring ohne Bedeutung. Er hat ihr gefallen, weiter nichts.

»Hast du deinen Kürbis gegossen?«

»Ja.«

Sie gießt ihn frühmorgens und abends.

Sacha ist verstummt.

Der Gesprächsstoff ist ihm ausgegangen.

Wenn Ärzten nichts mehr einfällt, sagen sie, es läge am Stress.

Immer sagen sie: Stress. Sie sollten ins Kompetenztraining Stressbewältigung …

Online gerät sie in einen Rausch und kauft vier neue Kleider auf einmal.

Ihr Handy liegt neben dem Kopfkissen, Nacht für Nacht, seit fünf Jahren.

Bevor sie einschläft, murmelt sie Davids Namen.

Wie einen Zauberspruch.

Oder ein Gedicht.

DHL kommt.

Sie hat David noch einmal zu sich eingeladen.

Bedeutungsvolles Schweigen.

Nicht an erster Stelle zu kommen, nervt gewaltig.

»Du schreibst gar nicht so oft«, hat er gesagt.

Es klang wie der Wunsch, öfter von ihr zu hören.

Penelope ist am Telefon: »Es fällt mir sehr schwer, ihn für voll zu nehmen.«

Im Bett produziert Noëlle die ihr vertrauten Geräusche und wickelt die Decke fester um sich.

Sie wird sich beherrschen und David nicht noch einmal schreiben.

Nichts von der durchwachten Nacht erzählen.

Nicht fragen, wie es ihm geht.

Kein Foto des Mondes schicken.

Sie ist müde vom Schweigen, aber wie sonst die Würde bewahren vor jemandem, der sich nicht meldet?

Wozu die Würde bewahren?

Sie hat in ihrem Verlangen nach ihm doch jede Würde verloren.

Wenn sie durch ihren Chatverlauf scrollt, sind da nur noch graue Kästchen, ihre.

Davids Sprache klang doch gleich. Die glückliche und brutale Sprache der Liebenden.

Und ich bin so neugierig, wie es ist, wenn wir mal Zeit und Raum haben, uns niemand hören und sehen kann

Womöglich hat er wieder einen Kopfschmerztag, dass er ihr nicht antwortet. Sie kennt Kopfschmerzen nur bei Nasennebenhöhlenentzündungen. Aber eine Freundin, die unter Migräneanfällen leidet, erinnert sich nicht an die Geburt ihrer Tochter, nur an die Kopfschmerzen an diesem Tag.

Vermutlich kann sie gar nicht nachvollziehen, wie furchtbar Migräne sich anfühlt. Genau wie sie sich sein hohes Arbeitspensum nicht vorstellen kann.

Wenn sie ihn wieder dranhat, will sie nur lieb sein, ausschließlich Liebes sagen, nicht mehr von sich selbst reden, sich nach seinem Befinden erkundigen, sich zurücknehmen, damit er nicht gleich wieder verschwindet, damit sie ihm gefallen kann.

Auf Facebook wurde er in Begleitung von Freunden beim Lunch abgelichtet.

Für die hat er Zeit. Bei ihr heißt es immer: Termine!

»Bei dir steht auch was auf dem Spiel«, sagt Penelope am anderen Ende der Leitung.

David schmeckt wie Metall. Am liebsten steckt sie ihre Nase überall dorthin, wo sie ihn besonders gut riechen kann: zwischen die Beine, in den Bauchnabel, an seine Brustwarzen, seinen Hals. Sie saugt ihn ein und leckt ihn auf, bis sie ganz und gar betäubt von ihm ist und keine Worte mehr findet.

Einmal rochen seine Unterhosen nach Schweiß. Sie war überrascht, als sie den Geruch wahrnahm. Gibt es Schweißdrüsen am Penis? Am Schaft? An der Eichel? Am Penisansatz? Sind es die Bakterien, die sich in den Hautfalten der Hoden ansammeln, die zu riechen beginnen? Ist er womöglich noch aufgeregter als sie?

Sie besucht das Facebook-Konto seiner Frau wie einen verborgenen Raum auf einer der öffentlichsten Plattformen der Welt. Jedes Foto braucht viel Zeit. Die ganzen Details, die zu ihr sprechen.

Fen (ihr Name) arbeitet im Old Asia Market im Backoffice. Sie ist kaum größer als ein Kind. Schwarze Haare, rundes Gesicht, eine etwas platte Nase, goldfarbene Haut. Sie erinnert Noëlle an Urlaub in exotischen Ländern, in die sie nie zurückgekehrt ist. Fens Freundinnen stammen alle aus China. Sie schreibt in chinesischen Schriftzeichen. Sie scheint mit jeder Faser in China zu sein.

Ansonsten: Blumen, Blumen und nochmals Blumen. Eine enthaltsame Person beim Spazieren. Ein ausgeprägter Stolz auf ihr Kind, wie alle Frauen, die sich ihres Mannes nicht sicher sind. Vermutlich kocht sie jeden Abend, stellt keine Fragen, zündet Kerzen an für Buddha. Eine Frau, deren unsteter, wahnsinniger Gatte sich nicht gut um sie kümmert. Keine Farbe, kein Schmuck, kein Strahlen, dafür eine schwarze Multifunktionsjacke, eine zu große Brille, ein Lächeln für niemanden. Und Noëlle will an ihre Stelle treten? Sieht ganz so aus.

Die Sekunden gezählt zwischen dem Blitz und dem Donner.

Gibt es einen Blitzableiter am Haus?

Sie hat David doch geschrieben und auf Antwort gewartet.

Wie geht es dir?

Es ist eine Reinigung, auch wenn er nicht antwortet. Sie nimmt das Band zu ihm auf, kommuniziert mit ihm, ist da in ihrer Silbermine.

Penelope am Telefon: »Er ist ein Quäler.«

Sie ist gar nicht *so forgiving*, wie Penelope denkt. Sie hält David vielleicht nichts vor, doch dadurch hält sie die Möglichkeit ALLER Verfehlungen offen, die er begangen haben könnte.

David reagiert nicht.

Sie entdeckt neue Geräusche. Blitze, die in Bäume einschlagen. In der Nacht erwacht sie, weil sie mit den Zähnen geknirscht hat.

Sacha schlägt einen Ausflug nach Delémont vor: in Halbfreiheit lebende Pferde, Reitkurse, Zuchtbetriebe ... Sie findet eine Ausrede.

Sie will gar nicht, dass David sie besuchen kommt, und wenn, dann nur für immer. Nicht eine seiner Stippvisiten.

Komme
Habe nur eine Stunde
Sei bereit

David und sein libidinöser Antrieb.

Er hat etwas Lehrerhaftes. Er ist ja Lehrer.

Oder er macht das Gegenteil und spielt den Ahnungslosen.

Das mit der Zeit, Migräne und Müdigkeit ist doch so: Es stimmt und es stimmt nicht. Sie hat plötzlich selbst viel zu tun, um dieses Buch zu schreiben, doch sie hätte ihm ohne Weiteres schon zwanzig Nachrichten schicken können an diesem Tag.

Die Frage lautet vermutlich nicht: Wann kommen wir zusammen? Die Frage ist wohl eher: Wie lange dauert dieser Moment noch an? Wann wird er vorüber sein, so wie alles irgendwann vorübergeht?

Sie wird sich David aus dem Kopf schlagen müssen, irgendwann, ganz und gar aus dem Kopf schlagen müssen, bis er nur noch eine Erinnerung ist, eine Melodie. Wie kann man sich eine Zukunft mit jemandem wünschen, der einem nicht einmal antwortet?

Penelope am Telefon: »Er hält dich hin. Wie ein Dealer seinen Junkie.«

Nein, denkt Noëlle, David ist mehr als eine sexuelle Affäre. Sonst hätte er sie längst fallen lassen. Sonst würde er ihr nicht nach über fünf Jahren noch immer Zeichen schicken, die mit Liebe zu tun haben.

»Ich kann meine Frau nicht verlassen. Wir haben schon so viel gemeinsam durchgemacht.«

Das war vor einigen Jahren. Sie saßen in einer Bar auf dem Sofa, und er schob seine Hand unter ihren Rock. Die südamerikanische Bedienung, die die Bestellung aufnahm, runzelte die Stirn.

Eine Stunde später hinterließ er ihr aus seinem Zimmer Nachrichten:

Ich hätte dich so gerne nach Hause begleitet

Hast du noch dasselbe an wie vorher?

Leg dich aufs Bett

Sie starrte auf den Bildschirm, und ihr brach der Schweiß aus, während sie ihre Worte eintippte.

Einmal ist sie Fen im Zara begegnet. Davon hat sie noch nie jemandem erzählt.

Es war in Zürich. Sie geht sonst nie in den Zara. Sie kam die Rolltreppe hoch, und da stand sie vor ihr. Fen hatte sie nicht gesehen, aber Noëlle sah sie: die Frau des Mannes, den sie liebt. Seit drei Jahren sind sie zusammen, können sie nicht zusammen sein, weil er Gattin und Sohn nicht verlassen kann. Von Instagram und Facebook weiß sie, wie Fen aussieht, doch als sie auf einmal vor ihr steht, vor dem Ständer mit Partykleidchen und Glitzerzeug, ist sie überrascht: Fen reicht ihr nicht einmal bis zur Schulter. Reflexartig duckt sie sich. Eine große Lesebrille, schwarze Turnschuhe, eine Handtasche aus brüchigem

Leder, die ausgeleierte Jacke rutscht Fen nicht über das Gesäß. Schulterlanges, schwarzes Haar, ihre Schritte sind zackig. Wie ein Insekt bewegt sie sich von einem Ständer zum andern, jetzt zur Garderobe, einen Haufen Kleider über dem Arm. Pailletten? Noëlle kann es nicht erkennen, sie wüsste schon gerne, ob sie ein festliches Kleid für eine Veranstaltung mit David braucht. Er zeigt sich nie mit ihr in der Öffentlichkeit, auch nicht auf Social Media, als existierte sie nur in Form seines Eherings, von dem er bei ihrem ersten Treffen gesagt hat: »Ich bin gar nicht verheiratet, den hat bloß ihre Familie mir an den Finger gesteckt.« Folge ihr! Schnapp dir was! Steh hinter ihr an! Wie sie dasteht, sieht Noëlle ihr Profil. Als wäre etwas in ihr Blickfeld geraten, zuckt Fens Kopf einen Zentimeter in Noëlles Richtung, aber sie sieht sie nicht, sie ist nicht interessiert, zu zielstrebig, zu versehrt, zu wütend, zu ... vielleicht existiert ein chinesisches Wort dafür, das Noëlle nie erfahren wird. Fen erinnert nicht an das China der weißen Lotusblüten, sie wirkt wie die gefährliche, dunkle Seite des zuvorkommenden und höflichen Chinesen, und Noëlle ist die böse Frau, die ihr den Mann wegnehmen will. Es war wohl kaum Liebe auf den ersten Blick zwischen dem Deutschen und ihr. Es gab vielleicht gewisse Erwartungen. Und nun sorgt er nicht nur für sie, sondern für ihre ganze Sippe, für die er mitverantwortlich ist, auch für die Tanten, Eltern, den Dorfältesten. Schnappst du dir was und stehst hinter ihr an? Atmest ihren Geruch ein, die Nase über ihrem Haar? Hörst ihre Stimme? »Das Problem ist, sie spricht nicht«, hat David gesagt. Keine Angestellte, die Fen in ein Gespräch verwickeln könnte, aber vielleicht klingelt in dem

Moment ihr Telefon und David ist dran. Bei dem Gedanken hat Noëlle Lust zu lachen. Sie weiß nicht einmal, in welcher Sprache sie sich unterhalten. Sie macht kehrt und geht. Nimmt die drei Rolltreppen an den Spiegelwänden entlang, ihr Gesicht von der Seite. Sie will noch immer daran glauben, dass sie mit diesem Mann eine Zukunft hat. Sie verlässt das Geschäft. Sicher ist sie schon aufgefallen, wie sie zur Garderobe starrt und keinen Blick für Kleider übrig hat. Auf der Straße bleierne Dämmerung, die sie umfasst. Straßenbahnen und Menschen, die es nach der Arbeit eilig haben. *So* sieht sein Alltag also aus, denkt Noëlle. Auf unerklärliche Weise hat diese Begegnung ihr etwas gesagt.

Bertram ruft an. Er will mit ihr essen gehen. Sie hat keine Lust dazu, aber noch sind sie nicht geschieden, es gibt noch Dinge zu besprechen, also steigt sie in seinen blitzsauberen Offroader, in dem er sie abholen kommt.

Im Maison des Deux Clefs (Haus der zwei Schlüssel) hat er reserviert. Die Holztische sind verwaist. Er guckt immer dorthin, wo sie hinguckt, dabei ist dort nichts, sie denkt nur nach, sie gähnt.

Bertram hat eine neue Freundin, sie heißt Kaira. Noëlle hatte es so im Gefühl. Er will nicht darüber reden. Ihm geht es um die Möbel. Wer bekommt was? Sie betrachtet ihn und sieht, wie sie einmal ein Buch nach ihm geworfen hat, diesen dicken Wälzer von Mathias Énard, wo ein Anthropologe in so ein Dorf kommt. Bertram hatte sie nachgeäfft, das war schwer zu ertragen gewesen. Jetzt ist sie selber in einem solchen Kaff gestrandet.

Sie erzählt ihm von Muira, um das Schweigen am Tisch zu brechen. Er scheint interessiert, sein Blick wird wach.

Nach der Vorspeise entschuldigt sie sich und sagt, ihr sei übel. Über dem Waschbecken vor den Toiletten hängt ein Geweih. Wenn sie sich vor den Spiegel stellt, wird sie zur Gehörnten. Ja, in Wahrheit hat Bertram sie verraten. Er wollte nicht mit ihr in dieselbe Richtung gehen. Vor vielen Jahren ist er einfach stehen geblieben. Sie ist dankbar für seine Väterlichkeit, aber da gibt es diese große Lücke, die sie einander nicht füllen können, die macht sie müde. Er war mit der Situation zufrieden, sie nicht, das wurde irgendwann auch zu seinem Problem. Und dann hat er die Nachrichten auf ihrem Telefon gelesen.

Sie öffnet den Hahn. Verzweiflung flutet sie, und für einen Moment verliert sie jede Hoffnung. Bertram ist Geschichte, David ist nicht da. »Dein Phantom«, hat Penelope über David gesagt.

Noëlle spürt, wie ihr die Tränen kommen. All die vergangenen Lebensjahre, in absoluter Verlässlichkeit zugebracht, Bertrams Verlässlichkeit – einfach weggegeben. Und jetzt verlässt sie die Kraft? Für Bertram war sie das Zentrum seiner Welt. Von David wurde sie aufgehoben und fallen gelassen wie das Blatt vom Wind. Aber auch Bertram hat sie fallen lassen. Es war eine falsche Verlässlichkeit, eine konditionierte Liebe, in der sie sich gewiegt hat. Sie hat sich bei Bertram geborgen gefühlt, so geborgen darf man sich nicht fühlen. Jetzt ist ihr wirklich übel.

Deshacedor – Undo.

»Heute Abend«, sagt Muira, die Glaskerze mit einem lauten Knall auf den Tresen stellend, »zündest du sie an. Dir muss ich ja nicht mehr sagen, um welche Zeit, das weißt du schon selbst.«

»Und das löst seine Ehe auf?«

»Ja. Sie wird gehen.«

Noëlle seufzt, um ihrem Zweifel Ausdruck zu verleihen.

»Er ist schon bald ganz bei dir«, sagt Muira unbeirrt. Keine Sekunde scheint sie an ihren Prophezeiungen zu zweifeln.

»Ich weiß nicht ... Aber wie lange noch?«

»Das ist gar nicht die Frage.«

Nach einer Weile, in der Noëlle sich gewundert hat: »Ich will dich nicht runterziehen, aber mir geht es schlecht.«

»Du ziehst mich nicht runter, ich baue dich auf.«

»Er meldet sich nicht. Er hat aufgehört, viel von sich zu erzählen. Er hat aufgehört zu fragen, wie mein Tag war. Ich habe einen Menschen verloren, der mir täglich schrieb.«

»Der meldet sich schon noch. Er will dich, aber er kann jetzt nicht. Jetzt wartest du erst einmal. Es gibt doch ein Lied, das davon handelt, dass ... *Liebe ist, keine Worte zu haben.* Kennst du das?«

In Muiras Schaufenster steht ein großer Ganesha, der elefantenköpfige Gott. Seine Geschichte, lehrt Muira sie, ist die: Ganesha wurde als Kind vom Vater der Kopf abgeschlagen, als dieser nach langer Abwesenheit nach Hause zurückkehrte und sich beim Anblick des Jungen betrogen glaubte. Als er von seinem fürchterlichen Fehler erfuhr und begriff, dass er der Vater war, rannte er los, um das Leben seines Sohnes zu retten und einen neuen Kopf für ihn zu finden. Das erste Tier, das ihm begegnete, war ein Elefant.

Muira klatscht in die Hände.

»In Indien steht in beinahe jedem Hauseingang ein Ganesha. Er ist dort sehr populär, ein richtiger Glücksbringer!«

»Weil der Mensch in ihm seinen tierischen Anteil sieht?«

»Weil sie ihm vertrauen.«

Beim Verlassen des Geschäftes regnet es. Hinter Ganesha, dem Hybrid (halb Mensch, halb Elefant) sieht Noëlle Muira in ihren Bildschirm vertieft (Patience).

»Es ist wichtig, dass man sich Zeit lässt«, hat David gesagt. »Am Anfang kann es sehr intensiv sein.« Daran erinnert sie sich jetzt.

Ob Muira für den Regen verantwortlich ist?

Ob sie, wenn sie bei ihr war, Flüche bricht, die auf ihr lasten?

Zauberformeln spricht, mit Naturgeistern kommuniziert, ihr Können heimlich für sie nutzt?

Ob sie die Dinge wirklich vorhersagen kann?

Mit Tieren sprechen kann?

Ein Fächer aus Eulenfedern war ausgestellt. »Zum Räuchern«, meinte Muira ungezwungen wie ein Kind. Schwarz-weiße Federn. »Schweizer Handarbeit, alles ausverkauft.«

Hohle Knochen in Ypsilon-Form lagen neben dem letzten Eulenfächer auf. »Für Schnupftabak, aus dem Amazonas. Die beiden oberen Schenkel füllst du mit Rapé und bläst von unten rein; zuerst links, dann rechts.«

»Von welchem Tier stammen die Knochen?«, hat Noëlle gefragt.

»Von Wölfen.«

Auf dem Weg zu Mohn zu viele Tiergesichter, sprachlos und finster.

Wie weit ist es vom Indianergift bis ins Irrenhaus?

Waren die Tiere schon tot, von denen die Federn und Knochen stammen?

Weidende Schafe.

Ihre Wolle ist weiß wie Schnee, mitten im Sommer.

Vater wollte, dass sie Jacqueline heißt.

Die Löcher, denen es auszuweichen gilt, werden immer größer. Denk nicht daran, dass du Vater verloren hast, deinen Mann verlassen hast, dass dein Liebhaber dich nicht mehr besucht, dir nicht einmal mehr schreibt. Denk nicht daran, dass du sie alle verloren hast, auch die, die noch am Leben sind: Mutter, Bruder, Freundinnen, weil du ihnen auf die Nerven gegangen bist mit deinem Dauergerede über David, weil sie nicht mehr gesagt haben, was du hören willst, weil du sie nicht mehr erträgst. Die Freundinnen, die zufrieden in ihren Beziehungen leben, kommen dir auf einmal sonderbar unbedarft vor. Nur noch Penelope, die sich hin und wieder meldet. Alle andern, die nett zu dir sind, meidest du. Du vermisst sie nicht. Du spürst sie ohnehin kaum. Du hast dich überall unmöglich gemacht.

Wolken, die über sie hinwegziehen.

So gibt es immer wieder eine Art von Bewegung.

Lass dir Zeit liest sie auf Muiras Webseite, zurück im Zimmer.

Wütend schaltet sie den Computer aus.

Ihr geht alles viel zu langsam!

Penelope sagt am Telefon: »Er nervt mich. Seit ich weiß, dass er dir solchen Schmerz bereitet, mag ich ihn nicht mehr. Gar nicht mehr.«

»Schwarz oder weiß, das sind die Extreme, die er für mich bereithält.«

»Er macht es sich – so oder so –, wie es ihm gefällt.«

Bei diesen Worten zuckt Noëlle zusammen und starrt an die Wand hinüber. Sie hat nie einen Beweis dafür gehabt, dass David sie betrügt. Sie glaubt nicht, dass er sie betrügt. Angst davor hat sie trotzdem.

Sacha erklärt ihr seine Definition von geistiger Gesundheit.

»Stell dir ein Ventil vor, das alle deine Gefühle dosiert zu dir durchlässt. Ist dieses Ventil kaputt, bist du krank.«

Vielleicht hat sie etwas zu viele traurige Gefühle. Sie weiß nicht, ob die Menge normal ist.

Nachdenklich blickt Sacha zum Fenster hinaus.

»David hat Macht über dich, solange du in der Vorstellung lebst.«

»Tun wir das nicht alle: in der Vorstellung leben?«

»Die einen mehr, die andern weniger. Aber wenn du das Falsche daran ausblendest, weil du dich oft nur durch die Lüge am Leben erhalten kannst, innerlich abhängig bist von der Lüge, dann wird es zum Problem. Fiktion ist in mancherlei Hinsicht realer als die Realität, weil mehrere Ebenen hineinspielen, sich verzahnen und ergänzen – Hörst du mir noch zu?«

Auf dem Weg zum Zimmer vernimmt sie quietschende Angeln und dreht sich um.

Der Flur ist menschenleer.

Sie hat ein Selfie von sich gepostet.

Er antwortet mit einem Plattencover, auf dem *Temptation* prangt.

Schnell überprüfen, ob eine seiner »Freundinnen« auch ein Selbstporträt hochgeladen hat und die Botschaft jemand anderem gelten könnte.

Nichts dergleichen.

Dem Himmel sei Dank.

Es regnet, und sie arbeitet.

Deshacedor – Undo ist heruntergebrannt.

Es regnet noch immer.

Hinaus.

Ob es bei David auch regnet?

Ob Fen ihn jetzt verlässt *(undo)*?

Die Äste biegen sich im Wind.

Ihr Baum schimmert wie von Metall überzogen. Als sie einen Ast zur Seite schiebt, schüttelt er seine Tropfen ab. Sie rollen über ihre Kopfhaut.

Tief in ihrer Hosentasche der gefaltete Zettel.

Zettel wie Sämlinge.

Aus der rechten Gesäßtasche ragt der Silberlöffel heraus, schwarz angelaufen.

Auf der Erde kniend, beginnt sie ein Loch zu graben, stößt auf kleine Steine, Wurzeln, ein anderes Stück Papier, das sie bereits vergraben hat. Sie legt den Zettel hinein, schüttet die Erde darauf, steht auf und stampft sie mit den Füßen fest.

Die Erinnerung an Ballettsprünge durchfährt ihre Nerven in Füßen und Beinen.

Sprung!

Überkreuzen!

Mit der Ferse auf der Stelle landen, wo der Zettel vergraben liegt.

Sprung!

Überkreuzen!

Seit Wochen war sie nicht mehr im Ballett. Seit sie aus Zürich weg ist. Das Training fehlt ihr, der Drill, die Unterwerfung, zum Hund der Schimpansin zu werden. Doch allein vor dem Gedanken, die Strecke nach Zürich zurückzulegen (zweihundert Kilometer), kapituliert sie.

»Ja, Noëlle, dort hinten hast du ja keinen Platz, du musst nach vorne kommen! Noëlle, spring in deine Schuhe! Noëlle, du hast kein Gefühl in den Füßen! Noëlle, was soll das? Mit den Armen wäre schön. *Croisé! Croisé!* Noëlle, du hast weh? Das interessiert niemanden. *Jeté!* Spannung! Du bist heute nicht ganz da. Alles musst du nicht können, das aber schon. In die Mitte! An die Stange! Üb das zu Hause vor dem Fernseher!«

Wenn die Ballettlehrerin lacht, erinnert es an einen Schimpansen. Will heißen, sie lacht nicht, sie droht dir.

Als sie unter ihrem Baum hervortritt, streift ein Ast ihr rechtes Auge. Ein schmerzhaftes Zucken in der Pupille und der Gedanke, dass diese Landschaft ihr böse gesinnt ist. Morgen, nimmt sie sich vor, will sie einen langen Spaziergang unternehmen, etwas Neues entdecken, nicht immer nur den Weg zum Baum gehen. Es heißt, man fürchte sich vor den Dingen, die man sich am meisten wünscht. Ließe sie sich los, kehrte sie vielleicht nie wieder. Sie würde weiter und immer weitergehen, ohne zu wissen wohin.

Am Abend ist ihr Auge angeschwollen. Sacha kennt einen Augenarzt. Die Netzhaut ist nicht verletzt, es ist nur die Bindehaut, die reagiert hat, das sei ganz normal.

Sie bekommt Augentropfen und eine Salbe, die sie vor dem Zubettgehen einen halben Zentimeter dick zwischen der Innenseite des Unterlides und dem Auge einstreichen muss.

»Achtzig Prozent unserer Sinneswahrnehmungen gehen aufs Sehen zurück, ohne Sicht ist vor allem das Gehör wichtig, Sie werden sehen.«

Auf dem Bett liegend streicht sie die Salbe ein und schließt die Augen. Jetzt ist sie blind.

Gespannt lauscht sie, doch sie hört keine Geräusche, nur ihr eigenes Blut, das in den Ohren rauscht. Die Ballettlehrerin taucht hinter den Augenlidern auf. Sie ist nicht zufrieden mit ihr. Sie hat Fehler gemacht. In der Schrittfolge. In der Haltung. Dutzende von Fehlern: Hände, Finger, Füße, Hals. Noëlle spürt, wie ihr vor Scham das Blut in die Wangen schießt, während die anderen Ballerinen makellos tanzen. Schnell reißt sie die Augen auf, aber ihr scheint, als bliebe sie abwesend, als wären die Ohren mit Wachs verstopft und die Augen noch immer mit einem Film überzogen.

Es dämmert bereits, als sie am nächsten Tag ins Freie tritt.

Der Baum, in den der Blitz eingeschlagen hat, steht starr vor dem Haus.

Sie setzt sich auf die Bank darunter. Eine Feierabendbank wie auf Bauernhöfen.

Ein Hauch von Lindenblütenduft steigt ihr in die Nase.

Linden blühen im Juli.

Ist schon Juli?

Sie sollte in ihrem Notizbuch nachschauen.

Ihr ist, als hörte sie die Äste über sich brechen. Sie drohen ihr, sie zu erschlagen und ihr in den Nacken zu fallen, wenn sie nicht aufhört, so viel zu denken.

Auf einmal erinnert sie sich an alte Nachrichten, die sie David geschickt hat, und schämt sich. Im Rückblick klingt sie so gierig, so begeistert, so peinlich. Hat ihre Schwärmerei David verjagt?

Ihr Blick wandert zum wenigen, das von der Baumkrone übrig ist. Sie kann nicht anders. Sie ist die Antistrategin, die vom Blitz Getroffene, wie dieses Geäst über ihr.

Komplett unzusammenhängend sind ihre Gedanken nicht, findet sie.

Dieses Buch wird aus losen Szenen bestehen, fortlaufend bis ganz zum Schluss.

Geburtstagsgrüße von Mutter, zwei Wochen zu früh.

Auf dem Hof, auf dem Mutter aufgewachsen ist, steht eine zweihundertjährige Linde.

Sie trinkt noch heute Lindenblütentee *(tilleul)*.

Ein Blatt fällt auf ihr Knie. Ein herzförmig gezacktes Blatt der lebendigen Linde, die neben der toten Linde steht. Heute ist wieder ein Tag, an dem sie in allem eine höhere Bedeutung sieht, dabei merkt sie vielleicht gar nicht, dass um sie herum längst wirklich alles schweigt.

Es ist die dritte Zigarette, die sie anzündet.

Wenn sie genug durch David krank geworden ist, wird es vielleicht besser werden. Sie wird sich selbst am Kragen packen, den Rücken gerade machen. Es gibt diesen Weg der Besserung, der durch die Talsohle führt, durch die neun Höllenkreise. In der *Göttlichen Komödie* kann Dante nicht direkt auf den Gipfel des Berges, zu dem er blickt. »Du musst dich an einen anderen Weg halten«, sagt Vergil im ersten Gesang des *Inferno* zu Dante. Die Strecke zum Gipfel des Berges führt nach unten, durch das Innere der Erde, durch Fegefeuer und Hölle.

Es ist dunkel geworden.

Sie geht auf ihr Zimmer.

Auf dem Flur hört sie von irgendwoher »Guten Abend«.

Sie lauscht.

Sie kann niemanden sehen.

Einmal hat sie David nach sechzehn Tagen Schweigen getextet.

Seine Antwort war ein Smiley.

Auch David trägt immer ein Notizheft bei sich.

Er schreibt in sehr kleiner Schrift.

Als schriebe er Geheimnisse.

Oder Lügen.

Im Bett schaltet sie das Licht aus.

Ringsum ist schwärzeste Nacht, wie sie es nur auf dem Land geben kann.

Beim Mondbetrachten ist sie eingeschlafen.

Am nächsten Morgen scheint die Sonne.

Sie textet David:

Kann ich dich mal anrufen?

Vielleicht ist das der Spalt, durch den sie zu ihm vordringen kann.

Keine Antwort von David.

Sie spürt einen Druck in der Magengrube.

»Keine Antwort ist auch eine Antwort, und eine mächtige«, sagt Sacha.

Nicht bei David, denkt Noëlle. Er schweigt alle an. Er schweigt, um sich selbst zu schützen, das ist nicht persönlich zu nehmen. Er tut ihr auch leid.

Schon setzt sie an, ihn zu verteidigen: »*Was sind wir denn für dich, eine Affäre?*, habe ich ihn gefragt. Er hat gelacht: *Mindestens das!*«

»Wann war das?«, fragt Sacha knapp.

Das war vor vier Jahren.

Fünf Jahre ist es her, dass David und sie sich kennengelernt haben. Noch sieht sie jedes Detail, noch kennt sie jedes Puzzleteil ihrer Erinnerungen, sie vermischt nicht Traum und Wirklichkeit, nein.

Sie spaziert am Fluss entlang. Der Himmel orange. Plötzlich ist alles orange um sie herum, obwohl sie weiß, dass es nicht so ist, dass andere Leute zur selben Zeit einen blauen Himmel wahrnehmen, grüne Bäume, keine violetten. Die Farben tanzen vor ihren Augen, als hätte sie etwas im Blut (hat sie ja: Sachas Medikamente).

Sie denkt an David. Vielleicht ist es normal. Man denkt immer an das, was nicht da ist, was man nicht sehen kann.

Nur auf dem Nassen gehen. Nur auf dem Trockenen. Solche Spiele treibt sie mit sich. Eine schwarze Limousine, ein Hupen, ein Winken. Dann winkt sie halt zurück.

»Dein David ist einfach ein schlechter Liebhaber«, erhitzt Penelope sich am Telefon.

Noëlle liegt auf ihrem Bett mit Blick zur Decke, wie David gerne liegt.

Sie quengelt und drängelt nicht mehr, denkt sie nicht ohne Stolz. Sie lässt ihm Luft, wie er es sich wünscht.

Und dann tut sie, was man nicht tun sollte: Sie geht mit einem anderen ins Bett, mit Tichon, der extra aus Zürich angereist kommt, um sie zu besuchen. Sie mag Tichon nicht, deshalb funktioniert es, dass sie mit ihm ins Bett geht.

»Worüber man schreiben sollte, sind die Momente danach«, sagt Tichon in der Tür stehend. Er lacht. Er lacht viel. Er ist fünfzehn Jahre jünger als sie. Er lacht, wenn sie die Vorhänge zuzieht, er lacht beim Ausziehen, beim Wechsel der Positionen, bevor er auf sie niedersinkt, bevor er sich erhebt. Wenn man jung ist, gibt es eben mehr zu lachen, denkt sie und schließt die Tür hinter ihm. Er ist noch jung, er hat nur Spaß. Mitten im Akt hat er Spaß.

Eine Weile bleibt sie noch stehen, bis die Motorgeräusche nicht mehr zu hören sind, dann schlägt sie vor dem getrockneten Olivenzweig an der Wand neben der Tür dreimal das Kreuz. Bertrams Mutter, die Frömmlerin, hat ihn aufgehängt. Was sie wohl davon halten würde, dass Noëlle in ihrem Haus mit einem anderen als Bertram schläft? Jeden Sonntag geht sie mit italienisch-katholischem Eifer zur Messe. Sie verehrt die Mutter Gottes, wie Bertram seine Mutter verehrt. Wenn es ihr Ernst damit ist, gilt das Friedenszeichen auch für mich, denkt Noëlle und geht auf ihr Zimmer.

Tichon textet. Ein paar Zeilen, die nicht berühren. Am Schluss drei sich vor Lachen auf dem Boden wälzende Smileys, Tränen laufen aus den Augenwinkeln. Sie löscht seine Nachrichten.

Bevor sie einschläft, gehen ihr Abschlusssätze von David durch den Kopf.

Noëlle, mein Sohn will mit mir frühstücken
Noëlle, ich muss hier mal nach dem Rechten sehen
Bevor ich hier auffalle … Gute Nacht!
Hier stimmt was nicht … Sorry …
Moment …

»Ausgerechnet *nach dem Rechten sehen*«, hört sie Penelope, die Stimme voller Hohn, sagen.

Noëlle blickt auf ihr Telefon, das auf dem Nachttisch liegt, und das ist stumm und schwarz.

Helllichter Tag.

Mutter ist am Telefon.

Sie erzählt, wie sie als Kind von bloßer Hand Kartoffeln und Rüben (für die Kühe) mit Stumpf und Stiel aus der Erde gerissen hat. Ganze Nachmittage auf dem Feld. In ihrer Kindheit sei ihr nichts geschenkt worden, und das habe ihr nicht geschadet.

Doch, es hat dir geschadet, möchte Noëlle schreien, aber es kommt kein Ton. Es juckt nur die Nase, und sie riecht Jauche bei geschlossenen Fenstern.

Mutter hat kein zweites Kind gewollt, Vater hat sich einmal versprochen. Mutter hat versucht, es abzustreiten. Das hat Noëlles Eindruck, dass es stimmt, nur verstärkt. Das ist, wie wenn einer, von dem es heißt, er sei verrückt, sagt, er sei nicht verrückt. Es unterstreicht die Behauptung, er sei verrückt nur noch.

Am Nachmittag begibt sie sich zu Muira.

An Kühen vorbei und Männern, die Mist auslegen.

Muira beschriftet von Hand kleine Glasbehälter, die mit einem braunen Pulver gefüllt sind.

»Was ist das?«

»Sand.«

»Vom Meer?«

»Ja.«

Muira blickt von ihrer Arbeit auf: »Was willst du?«

»Antworten.«

»Ha«, ruft Muira aus und fährt sich mit der Hand durch die Mähne. Dann verwandelt sich ihr strenger Blick in einen sanften.

»Du kannst mehr, als man meinen würde. Du hast es nicht nötig zu zeigen, was du kannst, das gefällt mir an dir. Du lässt deine Fantasie schweifen, und du glaubst. Das lässt die Dinge geschehen. Und du hast viel Fantasie! Was magische Arbeit angeht, die dich so fasziniert, ist es ganz einfach. Magie ist nichts Übernatürliches. Es sind die Kräfte der Natur, die Magie hervorbringen. Zu den größten Geheimnissen der Magie gehört, dass es keine Geheimnisse gibt. Die Magie liegt in der Erde, in den Blumen, dem Bach, dem See, in einem Blatt, in deinem Hinterhof, in deinem Kopf. Es ist alles schon da. Was erhoffst du dir?«

»David ...«

»Du kannst seine Liebe nicht erzwingen. Und du darfst nur Gutes für ihn wollen.«

»Tu ich ja.«

»Gut, denn es gibt ein einfaches Prinzip in der magischen Arbeit: Du wirst das zurückbekommen, was du in sie investierst.«

»Du arbeitest nur mit der Natur?«, fragt Noëlle, den Blick auf ein Schwert gerichtet, das auf einer silberbeschlagenen Altarbox liegt. »Trägst keine Gewänder und praktizierst komplizierte Rituale?«

»Ich setze die Kräfte der Natur ein. Das hat man schon immer getan.«

»Ich stelle mir vor, dass –«

»Du hast eine gute Vorstellungskraft«, unterbricht Muira sie. »Das ist die Grundlage der Magie. In deinem Geist erschaffst du die Zukunft, indem du dir lebhaft Bilder vorstellst. Das kannst du gut. Du kannst dich gut konzentrieren. Aber es braucht noch mehr, es braucht einen dringlichen Wunsch. Du hast mehrere dringliche Wünsche«, lacht sie auf. »Dir traue ich alles zu!«

Muira kommt hinter der Theke hervor, geht zu einem Regal, auf dem ein Bastkorb mit Steinen steht, greift einen heraus und kehrt zur Kasse zurück.

»Nimm diesen.« Sie legt Noëlle einen blauen Stein mit braunvioletten Adern und Einschlüssen in die Hand. »Das ist ein Dumortierit.«

»Wofür steht er?«

»Damit du immer die richtigen Worte findest, du wirst sehen.«

Auf ihrem Zimmer schaut Noëlle sich lange Fotos an, die David im Netz veröffentlicht hat.

Vor allem solche, die bei ihm zu Hause aufgenommen worden sind. Sie betrachtet Möbel, Pflanzen, Bilder mit chinesischen Motiven an den Wänden (Fasane, Bambus, Drachen).

Er kennt ihre Räume. Sie setzt sich seine aus kleinsten Teilen zusammen (er hat sie nie zu sich eingeladen). Dann sieht sie sich dort leben. Dort wird sie sein: essen, schlafen, ihn küssen, mit seinem Sohn lachen ...

Ein neuer Song für mich heute Nacht?

Ja. Aber an dem hänge ich sehr, den höre ich, seit ich 16 bin Ich will in deinen Armen liegen und ihn hören.

Auch das machen wir einmal …

David sprach, als würde aus seinen Botschaften Wirklichkeit werden. Die ganze Zeit sprachen sie über die Zukunft und malten sich Begegnungen aus, die erst noch auf sie warteten. Für Noëlle wurde das zur dreidimensionalen Welt. Sie sah, wie sie eine Familie sein würden. Die Frage war nur wann. Das hatte nichts mit Magie zu tun, oder das war bereits die ganze Magie. Es lag auf der Hand, ließ sich an ihren Worten und Taten ablesen. Es waren kleine Zeichen der Zärtlichkeit, die Noëlle zur Prophetin werden ließen. Einer Prophetin, die im Grunde nur genau hinsah.

»Er muss diese Zukunftshoffnungen in dir ja geschürt haben«, sagt Penelope verächtlich.

Wie kann David seine Energie in Arbeit stecken, wenn nicht geklärt ist, was zwischen ihnen ist?

Sacha sagt: »Er hat keine Ahnung von Frauen. Interessiert sich nur für sich, für seine Entwicklung. Er ist sehr besetzt und besessen von der Notwendigkeit, Karriere zu machen.

Inzwischen müsstest du ihn ein bisschen hassen.«

Wie merkwürdig, dass er das sagt, als wäre er ein Hellseher. Hat sie die Worte etwa laut ausgesprochen? Oder nur im Stillen gedacht? Irgendetwas geht hier vor. Hinter ihrem Rücken. Direkt vor ihrer Nase.

Auf der Terrasse raucht sie eine Zigarette, eine zweite, eine dritte.

Ein lautloser Falter.

Eine mondlose Nacht.

Die größte Freiheit ist, sich freiwillig zu zerstören. Die Freiheit der Selbstmörder, ihr Körper gehört ihnen. Deshalb behält der Mensch tödliche Angewohnheiten bei wie rauchen, trinken, Drogen nehmen, den falschen Menschen lieben. Für das erhabene Gefühl der Freiheit.

Sacha hat recht: David lebt nur noch in seiner eigenen Zeit. Mittlerweile hat die Arbeit ihn komplett verschluckt.

Sie rätselt, macht sich aber nie ernsthaft Sorgen um ihn. Dafür scheint er ihr zu wenig labil.

»Der hat kein Burnout«, krächzt Muira. »Wer davon redet, hat keins. Der hat ein ganz anderes Problem: Er ist feige!«

Sie steht hinter der Kasse und fixiert Noëlle mit den Augen.

»Verkaufst du Holz?«, fragt Noëlle versuchsweise. Sie will ein bisschen Wissen über ihren Baum sammeln.

»Ja, Sandelholz, weißes und rotes.«

»Wo liegt der Unterschied?«

»Das rote wird für Erdverbindung benutzt, das weiße für *uplifting experiences*, für Tempelräucherungen. Ganz Indien riecht danach.«

»Vielleicht sollte ich nach Indien reisen.«

»Nein«, sagt Muira schroff. »Indien ist nichts für dich. Für mich auch nicht, und wir sind uns sehr ähnlich. Indien speit Frauen wie dich und mich aus. Wir sind zu stark für dieses Land. Ich wäre fast gestorben in Indien.«

»Warum?«

»Ich habe Malaria bekommen.«

»Also kein weißes Sandelholz für mich?«

»Nein.«

»Und rotes?«

»Magst du wahrscheinlich nicht.«

»Was dann?«

»Palo Santo.«

Muira wirft einen Blick auf einen Bastkorb zu ihrer Rechten, der auf einem Schemel steht, randvoll mit hellen Holzstäben und Splittern.

»*Bursera Graveolens*«, sagt sie hinter der Kasse hervortretend.

»Aus Südamerika?«

»Ja.«

»Wofür ist es?«

»Mit einem Feuerzeug zündest du es an und legst es auf einen Teller. Du rauchst doch noch? Das finde ich gut. Ich mag Leute, die sich ab und zu nicht im Griff haben.«

Ihr Blick weicht von Noëlle ab, als stünde jemand hinter ihr. Lächelnd nickt sie ins Leere.

»Ich weiß nicht einmal, welcher Baum es ist, zu dessen Fuß ich die Zettel vergrabe.«

»Es gibt eine App«, sagt Muira, »mit der kannst du die Pflanzen bestimmen.«

In einem Karton auf der Theke befinden sich zwei große Skulpturen. Noëlle wirft einen Blick hinein.

»Ganesha und Lakshmi.«

»Aus Indien?«

»Ja. Sie sind eigentlich viel zu schade, um verkauft zu werden. Am liebsten würde ich sie behalten.«

Noëlle hat aufgehört, Widersprüche in den Dingen zu sehen, die Muira sagt (Indien nicht mögen, aber indische Statuen mögen), und hilft ihr, die Berge von Papier und Luftpolsterfolie in Abfallsäcke zu stopfen. Die ganz konkreten Probleme einer kleinen magischen Welt. Erst das macht sie halbwegs glaubhaft.

Muira bittet sie, die Figuren herauszuheben. Sie sind bleischwer.

»Gibt es noch anderes Holz?«

»*Pinus*, *Cocote*. Aber das ist pures Feuerelement, danach schlafen die Leute nicht mehr.«

»Kann ich nicht gebrauchen, ich schlafe schon so schlecht, sogar mit Schlafmitteln. Was ist mit Kiefer?«

»Von Kiefern kommt noch was.«

»Wofür steht die Kiefer?«

»Für Klarsicht, klare Durchsicht.«

Noëlle versucht, sich darunter etwas vorzustellen.

»Ich glaube, es ist eine Kiefer.«

»Er ist schon bald ganz bei dir. Ändere jetzt nichts. Er will Sex. Vielleicht wirst du ein Kind mit ihm haben.«

Was jetzt? Will er nur Sex oder ein Kind mit ihr? Doch auf einmal denkt Noëlle, dass er in den Momenten, in denen er über Sex spricht, ihr die größten Liebeserklärungen macht. *Nur Sex*, meinte Penelope naserümpfend. Aber unsere Gefühle sind an unsere Körper gekoppelt, wir sind unsere Körper, das hat Noëlle lange nicht gesehen. Wie viel von der Liebe, die sie prophezeit hat, ist in Wirklichkeit schon da?

Am Computer gibt sie den Begriff *Kiefer* ein. Die Kiefer kann bis zu viertausend Jahre alt werden und wird mit Konfuzius und den taoistischen Unsterblichen in Verbindung gebracht. Sie ist ein beliebtes Motiv chinesischer und japanischer Maler und Dichter.

Das Bild eines Wandschirms steigt vor ihr auf, in wenigen, feinen Pinselstrichen mit einer Kiefer im grauen Winternebel bemalt. Ob David ein solches Bild zu Hause hat?

Die Kiefer, steht weiter, ist ein Symbol für Langlebigkeit, wie der Kranich oder die Schildkröte. Ihnen werden tausend oder auch zehntausend Jahre Lebenszeit angedichtet, was gleichbedeutend ist mit sehr lange, unendlich lange, eine Ewigkeit.

Der Verlag hat sich gemeldet.

200 Seiten!, lügt sie.

Sie schaltet die Nachttischlampe aus und erinnert sich an das Notizheft unter dem Küchentisch, eingeklemmt zwischen Boden und zu kurzem Bein. Beim Öffnen der Zimmertür bleibt sie überrascht stehen. Sie hat vergessen, das Licht im Flur auszumachen. Auf Zehenspitzen schleicht sie zur Küche, als ob jemand wegen ihr erwachen könnte.

In der Küche hebt sie den Tisch an und zieht das Heft hervor.

»Was sind Sie von Beruf?«, hat eine Japanerin sie einmal gefragt. – »Schriftstellerin.« – »Warum sind Sie dann nicht zu Hause und schreiben?«

In der Schublade ist ein Stift. Sie setzt sich hin und beginnt. Bevor sie lange nach Mitternacht auf ihr Zimmer zurückkehrt, schiebt sie das Heft wieder an seinen Platz, da sonst der Tisch zu fest wackelt.

Der Flieder vor der Küche ist an einigen Stellen abgeblüht. An anderen Stellen blüht er zum zweiten Mal. Die Natur befindet sich im Wandel.

Die Kiefer ruft.

Durch die Äste ihres Baumes fällt von allen Seiten das Licht. Sie legt die Hand auf den Stamm und spürt, dass unter ihrem Druck ein Stück Borke nachgibt. Mit spitzen Fingern greift sie unter den Rand der sich ablösenden Rinde und hebt sie vorsichtig an. Kleine weiße Würste, Larven, die sich zu Käfern bilden, und ein Tausendfüßler hausen darunter.

Für jemand, der beobachtet, wie sie sich an den Stamm schmiegt, muss es aussehen, als ob sie eine Hexe wäre, geht es ihr durch den Kopf. Noch vor dreihundert Jahren wären in Europa Frauen wie Muira und sie zum Tode verurteilt, auf den Scheiterhaufen gestellt oder ertränkt worden. Heute führen sie einen Hexenladen oder landen beim Analytiker.

Neben ihrer Kiefer (es ist doch eine Kiefer?) ein umgefallener Baum. Aus dem toten, moosbewachsenen Stamm wachsen Pilze. Ein Specht pickt eine Höhle ins Holz, hier hat er leichtes Spiel. Die Käfer wirken wie Relikte. Es gibt zitronengelbe Pilze. Auf einmal erscheint ihr der Wald stumm. Kein Baum schwankt mehr. Als wäre ein Schalter umgelegt worden.

Sie zieht das Telefon aus der Tasche und fotografiert los. Öffnet die App, von der Muira ihr erzählt hat: Der Pilz ist eine Tramete. Das Moos nennt man grünes Koboldmoos. Den blau-schwarzen Käfer Alpenbock. Der Specht ist ein Schwarzspecht, er frisst gerade Ameisen. Sie glaubt das Knacken von Chitinpanzer aus seinem Schnabel zu hören.

Ein kurzes Aufflackern von Angst, dass es sich bei ihrem Baum um etwas anderes als eine Kiefer handeln könnte (ewige Ewigkeit), und sie drückt ab: Es ist eine Kiefer.

Seit fünf Monaten ist sie hier. Es ist August.

Sie sieht Männer, die pflügen.

Der Lärm verhallt.

Kühe stehen im Schatten großer Bäume.

Es ist schwül wegen des vielen Regens. Die Natur ist prall und grün.

So stellt sie sich eine chinesische Landschaft vor, diese dumpf drückende, gewittrige, brütende Luft, diese üppige Szenerie. Vögel, die anders klingen als hier, aber ansonsten: Genau so stellt sie sich China vor. Sie war nie dort.

»Trinkst du genug?«, fragt Sacha. »Dehydrierung fördert Angstzustände. Bei der Hitze solltest du viel trinken.«

»Was passiert, wenn man ertrinkt?«

»Ertrinken ist eine Form des Erstickens in einer Flüssigkeit. Es dauert nur wenige Minuten. Warum fragst du?«

Hexen, hat Noëlle auf einer Zürcher Stadtführung gelernt, wurden außerhalb der Stadtmauern auf dem Scheiterhaufen verbrannt. Die Asche wurde direkt in den Fluss gekippt, damit kein Atom von ihnen übrig blieb. Oder sie wurden in der Stadt im Fluss ertränkt, ein Holzstock wurde durch die gefesselten Arme und Beine geschoben, und sie wurden vor den versammelten Schaulustigen aus dem Boot ins Wasser geworfen. Die Frauen kamen um wegen *Kräuterkenntnis*, *Schadensverzauberung* (weil das Vieh erlahmte, weil Dinge kaputt gingen), weil sie im Wald angetroffen worden waren, weil sie im Dorfbach gebadet hatten trotz Eiseskälte, weil sie ein Arzneibüchlein führten, weil sie vor sich hin murmelten, sich auffällig anzogen *(Paradiesvogel)*, weil ihre Gebärmutter *ein unersättlicher Schlund* war, weil sie *einen Pakt mit dem Teufel eingegangen* waren oder einen jüngeren Liebhaber hatten. Eine Frau, die magische Kräfte besaß, war zu gefährlich für das soziale Leben. Es galt, die Kontrolle über die Frauen zu gewinnen, sie zu domestizieren und einzuhegen, wie den Esel hinter dem Haus. Davon abweichende Wesen mussten ausgeschlossen werden.

Manchmal, denkt Noëlle, blickt Muira an ihr vorbei, nach vorn oder hinter sich, als blickte sie in die Zukunft oder in die Vergangenheit, als könnte sie alles sehen, überall sein.

Sacha räuspert sich.

»Warum hast du Erde an den Händen?«

»Warum ich sterbe an den Händen?«

»Warum du Erde an den Händen hast.«

»Ach so.«

Sacha darf fragen. Das ist sein Beruf. Er hat die Macht zu fragen.

Sie darf nicht zu viel fragen. Sie muss vor allem antworten.

Auch bei David. Er stellt die Fragen.

Wie alt warst du beim ersten Mal?
Wie war es?
Gibt es etwas, das dir besonders gefallen hat und das du mit mir würdest wiederholen wollen?

Stellt sie einmal eine Frage, bekommt sie nur eine ausweichende Antwort. Meistens gar keine.

Was sie wirklich gefragt werden will, fragt David nicht.

Warum fragt er nicht, ob sie sich sehen können?

Selber möchte er nicht gefragt werden. Er will nicht, dass sie an ihn herankommt. Er will sie ausquetschen, weichklopfen, leermachen.

Bis sie schweigt.

Schweig!

Nie ausgesprochen.

Inzwischen ist auch der Ausfrager verstummt.

Nie mehr auch nur die Frage: *Wie geht es dir?*

Jetzt gibt es keine harmlose Frage mehr.

Misstrauen gegen jedes Wort.

Jeder Satz bedeutsam und entscheidend.

Sie weicht nun auch aus, versteckt sich, gibt vor, nicht zu verstehen, und versteht nicht.

Weicht aus, um ihn kennenzulernen und ihm nahezukommen.

»Warum hast du Erde an den Händen?«

»Ich war im Wald.«

Die Sonne prallt.

Vor dem Haus mäht einer den Rasen.

Die Natur glüht in allen Farben.

Der Flieder vor dem Fenster blüht als tiefes Violett, obwohl der Frühling längst vorbei ist.

Sie bereitet das Abendessen zu.

Sie geht auf ihr Zimmer.

An der Wand eine Neumondsichel.

Acht Planeten kreisen um die Sonne. Das hat sie sich anhand des Modells gemerkt, das neben Harrys Sessel steht.

Sie mag die Art und Weise, wie Harry die Welt sieht. Es hat etwas Beruhigendes.

Hinsetzen und schreiben.

Seit Kurzem überträgt sie den Inhalt der Notizbücher in den Computer (auch aus dem Heft, das unter dem zu kurzen Bein des Küchentisches liegt).

Was ist das für eine Erzählstimme? Wer spricht denn hier? Warum spricht sie von sich in der dritten Person? Hat sie sich etwa verdoppelt?

Sie macht das Licht aus und versucht zu schlafen.

Ein neuer Tag.

In der Wohnzimmerwand eine dicke Paracelsus-Biografie. Darin steht (schwer entzifferbar), dass Paracelsus ein eigenes Wappen führte mit dem Spruch: *alterius non sit, qui suus esse potest* (»Wer in sich selber kann bestahn, gehöre keinem anderen an.«)

Paracelsus war ein Stotterer.

Im Jahre 1493 (nach anderen Angaben ist auch 1494 möglich) wird Theophrastus von Hohenheim, genannt Paracelsus, an der Teufelsbrücke am Fuße des Etzels in der Nähe von Einsiedeln geboren.

Der Teufel wird auch in seinem zukünftigen Leben eine Rolle spielen.

Genau wie Hexen.

Religion.

Astrologie.

Alchemie.

Der Makrokosmos.

Die Natur.

Er wird Arzt.

Ein sehr berühmter Arzt.

Er wird das, was man heute einen Heilpraktiker nennt, also einer, der den Menschen ganzheitlich therapiert.

Andere Ärzte nennt er Hundemetzger, Büffeldoktoren, Hornochsen.

Ab 1527 lehrt er in Basel an der Universität. Er macht seine Lesungen öffentlich, unterrichtet auf Deutsch statt auf Latein und verwirft so gut wie alles, was bisher in der Medizin gegolten hat.

Er flieht aus Basel.

Mit der Flucht beginnen für ihn die Wanderjahre sowie eine schriftstellerische Tätigkeit.

In St. Gallen beschäftigt er sich mit religiösen Wahnvorstellungen.

In Nürnberg erhält er ein Publikationsverbot.

Er verfasst drei Werke über Hexen *(De sagis)*.

Er ist brillant, visionär, polemisch, radikal.

Das bringt ihm bis heute die Sympathie diverser Sektierer ein. Man traut ihm die Herstellung von Gold und die Erweckung von Toten zu.

Er setzt Quecksilber zur Behandlung der Geschlechtskrankheit Syphilis *(Franzosenkrankheit)* ein.

Doch falsch oder zu hoch dosiert ist Quecksilber tödlich.

Paracelsus erfasst als Erster den Verlauf der Krankheit methodisch, zieht seine Schlussfolgerungen daraus und propagiert die richtige Dosierung.

Darauf zurückzuführen ist sein bekannter Ausspruch, die Dosis mache das Gift.

»Alle Dinge sind Gift und nichts ist ohne Gift; allein die Dosis macht, dass ein Ding kein Gift ist.«

Als er am 24. September 1541 in Salzburg stirbt, beginnt die Legendenbildung und hält bis heute an. Er hat viele Schriften hinterlassen. Paracelsus-Kliniken schießen aus dem Boden, auch wenn ihre Methoden manchmal umstritten sind.

Paracelsus ist in Salzburg auf dem Friedhof zu Sankt Sebastian bestattet.

Über seinen frühen Tod wird viel gerätselt. Man findet in seinen Knochen eine hundertfach erhöhte Konzentration an unlöslichem Quecksilber. Also erlag er wohl einer Quecksilbervergiftung, obwohl er um die Gefährlichkeit der Quecksilberdämpfe wusste.

Noëlle blickt vom Buch hoch und durch das Wohnzimmerfenster über die Wiesen.

Substanz David.

Muss sie jetzt zu früh an einer Überdosis sterben?

Bei vollem Bewusstsein ihres Fehlers?

Noch nicht.

Noch ist David eine Art Spannfeder, die sie am Leben hält.

Offene Felder. Ödnis.

Nicht weit von hier gibt es ein Trappistinnenkloster, die Abtei La Fille-Dieu. Die Trappistinnen sind bekannt für ihre völlige Abgeschiedenheit, ihre strenge Askese und körperliche Arbeit, vor allem im Garten, hat Sacha erzählt. Aber selbst der Trappist ist süchtig, hat Sacha gesagt. Er kommt hier in diese schwarze Welt im Jura, hört gregorianische Gesänge um vier Uhr morgens, und das ist psychogen, es macht süchtig.

»Klöster sind gut organisierte, gefestigte Orte, wie Mohn«, hat Sacha gesagt. »Du bist hier sicher. Ohne es zu wissen, bist du in eine Art klösterliche Existenz gegangen. Auch du praktizierst hier Askese, bist in einem anderen Zustand. Wie Derwische, die sich in ihren Röcken ganz langsam bewegen als eine mystische und muslimische Auslegung zum Lobe Gottes, drehst du dich um dich selbst und schnurrst wie ein Kreisel. Derwische tanzen nicht wie die Wilden auf einem Rockkonzert, es ist eine Kreisbewegung. Der Umkehrpunkt ist, wenn einer ohnmächtig wird.«

Sie tritt vor das Haus.

Ihr Kürbis hat sechs große Blätter. Sie schießen in die Höhe und breiten sich aus.

Sie topft eine Hortensie um, damit sie weiterwachsen kann.

Eine Zigarette!

Sie hört zu, wie der Tabak knisternd verbrennt.

Sie will versuchen, mit dem Rauchen aufzuhören.

Auf der Vorderseite des Hauses eine Tür, auf der zu lesen ist: *Türe muss immer geschlossen bleiben.*

Bertrams Mutter, die eifrige Ordnungshüterin. Immer für eine neue Regel gut.

Während sie den Rauch ausstößt, muss sie an die liturgischen Responsorien der katholischen Kirche denken. Dem Wechselgesang zwischen einem Vorsänger und der Gemeinde. Es sind keine Antworten auf Fragen und keine Fragen auf Antworten. Genau wie David und sie miteinander kommunizieren.

Löffel vergessen.

Schwarze Nägel.

Der Zettel liegt warm vergraben unter der Erde.

Morgensonne auf dem Fluss.

In der Stadt vermutlich geschäftiges Treiben.

Was David wohl gerade macht?

In Zürich gibt es so viele Sirenen, dass sie manchmal zusammen eine Melodie ergeben. Bis sie abrupt abbrechen und eine unheimliche Stille entsteht.

Mittagessen.

»Von allen Ausschweifungen weiß man, dass sie irgendwann langweilig werden«, sagt Sacha. »*Alle Lust will Ewigkeit*, schreibt Nietzsche im Mitternachtslied von *Also sprach Zarathustra*. Aber weil es eine Erfüllung ist, ist immer auch schon der Überdruss drin. Diese Grundlogik kann man an David festmachen. Ab einem Punkt hat er dich gehabt, und dann ist es langweilig geworden.«

Am Nachmittag wieder raus.

Muira hat einen Anfall von Schuppenflechte auf dem Dekolleté. Aufrecht steht sie hinter der Kasse.

»Du darfst nicht kratzen«, sagt Noëlle.

»Ich kratze nicht.«

Im Gesicht hat sie weiße Flecken, als würde sie eine dieser Aufhellcremes benutzen, die Asiatinnen so sehr lieben. An einer schwarzen Schmuckwand hängt sie Amulette auf.

»Was bedeutet das Pentagramm?«

»Schutz vor Menschen. Schau: Kopf, Hand, Hand, Fuß, Fuß.«

Muira hält den Fünfstern aufrecht, mit der Spitze nach oben, sodass Noëlle den symbolischen Menschen mit ausgestreckten Armen und gespreizten Beinen erkennen kann.

»Schutz vor anderen Menschen oder vor sich selbst?«

»Vor anderen Menschen. Vor sich selbst kann man sich ja schlecht schützen.«

»Ich nehme ihn. Er ähnelt einem Baum mit Stamm und Ästen.«

Muira legt ihr den Anhänger in die Hand. Noëlle betrachtet ihn und denkt an den Esel, der dasteht wie ein Baum.

»Du musst nur deine Einstellung ändern. Du darfst nicht auf ihn warten, du musst ihn *er*warten, im Erwarten ist kein Platz für Einsamkeit. Ich musste auch lange auf René warten. Er kommt schon, aber er wird seine Frau nie verlassen, das ist einfach eine Einstellungssache.«

»Und sie wird ihn bestimmt auch nicht verlassen, treu ergebene Asiatin, die sie ist.«

»Abwarten! Die hat die Nase schon voll. Es könnte durchaus sein, dass sie geht.«

»Du glaubst …?«

»Ja.«

»Hoffentlich tut sie es.«

»Hoffen nützt nichts«, sagt Muira streng. »Ich hoffe nie.«

Eine Kundin betritt das Geschäft.

Noëlle wendet sich wieder an Muira. »Verkauf mir eine Kerze.«

»Was soll sie können?«

»Er soll kommen«, flüstert sie, damit die Neue sie nicht hören kann. Eine bleiche Blonde, ganz in Weiß, die auf Französisch vor sich hin murmelt und mit ihrem Blick über die Regale schweift.

Muira senkt ihre Stimme nicht: »Nimm die.« Sie reicht ihr eine Glaskerze mit dem Etikett *Pure Soul*.

»Die hatte ich schon.« In der Tat hatte Noëlle die Kerze schon dreimal.

»Du machst sie wieder«, sagt Muira in ernstem Ton. »Diesmal wirkt sie besser. Heute ist Halbmond, alles nimmt ab, das ist gut.«

»Was bedeutet *Pure Soul*?«

»Dass deine Wünsche sich verstärken.«

In einer unordentlichen Reihe liegen Ohrringe und Kettenanhänger auf. Noëlle macht sich einen Spaß daraus, jedes Preisschild zu lesen und innerlich über den hohen Betrag zusammenzuzucken. Muira, denkt sie, ist schamlos. Ist ihr Gesicht nicht scheinheilig? Sie möchte zu gerne wissen, was sie an Magie treibt, wenn sie allein ist.

»Stress«, ruft Muira ihr zu.

»Montag hast du frei«, versucht Noëlle sie zu trösten.

»Montags produziere ich, da arbeite ich noch mehr als sonst.«

»Was produzierst du?«

»Na das«, sagt sie um sich zeigend.

»Du machst die Sachen selber?«

»Ja. Alle Produkte, die mit *Eigenproduktion Leylak* gekennzeichnet sind, sind von mir. Leylak ist mein Künstlername.«

Die andere Kundin rückt näher, eine große Fee in jeder Hand. Sie bleibt vor einem Regal mit Büchern stehen und spricht immer lauter mit sich selber. Noëlle nimmt es zum Anlass, zu gehen.

Leylak, liest Noëlle im Handy auf dem Nachhauseweg, bedeutet Flieder.

Wie der Flieder vor der Küche, der abgeblüht ist. Endgültig für dieses Jahr. Keine Blüten mehr. Auch die Rosen.

Wie kommt man auf den Namen Leylak?

Ob auf dem Eulenfächer *Leylak* stand?

Und auf dem Wolfsknochen für Schnupftabak?

Sie begegnet Harry. Er hat im Moortümpel einen Schuh verloren. Als er ihn rausziehen wollte, ist auch der zweite Schuh im Schlamm stecken geblieben. Er sieht mitgenommen aus, als würde er noch immer über schwappigen Boden gehen.

Diese Landschaft saugt einen ein, denkt Noëlle. Schlammlöcher, Moore, Morast ... Die nasse Erde klebt an den Sohlen und erzeugt einen Sog. Die Schwerkraft zieht an den Füßen, als wollte einen etwas in die Tiefe zerren. Oder man watet durch Modder und zieht die Erde mit hoch. Nicht festes Land, nicht flüssig. Ein Zwitter. Viele Häuser haben aufgequollene, verfaulte Wände. Hier könnte man noch bauen, es ist vielleicht der letzte Ort in der Schweiz, an dem es viele Quadratmeter Land zwischen den einsamen Bauernhöfen zu verbauen gibt, aber auch der beste Bauarbeiter vermag nichts gegen einen zu weichen, sumpfigen Boden auszurichten. Alles, was man auf ihm baut, versinkt eines Tages in ihm.

Harry lädt sie auf ein Glas Wasser zu sich ein und lässt sich abweisen, ohne ihr böse zu sein.

Sie wirft sich in die Arbeit. Sie braucht David nicht zu sehen, um ihn bei sich zu haben. Er ist in jedem Satz anwesend, den sie schreibt.

Sie tippt ins Telefon:

Sagst du mir was?

Und löscht es wieder.

Es könnte nach Vorwurf klingen.

Nach Druck.

Müde seufzt sie auf.

Sie weiß, was Penelope dazu sagen würde, und in ihrer Stimme würde tatsächlich ein Vorwurf schwingen: »Du schonst ihn! Du nennst die Dinge nicht beim Namen! Nie liegt was auf dem Tisch!«

Wie denn, wenn er die Nachrichten nicht liest?

Wann denn, wenn er nie Zeit hat?

Mitten in der Nacht erwacht sie und erschrickt darüber, dass sie im Haus von Bertrams Mutter ist. Aber nein, beruhigt sie sich und sinkt in das Kissen zurück. Bertrams Mutter taucht hier nicht auf. Sie ist hier für sich.

»Ein Kind von uns sähe bestimmt sehr schön aus«, hat David gesagt.

»Diese Sätze, die mitten in den Bauch zielen«, hat Penelope gesagt.

»Es liegt etwas Lehrreiches im Opfersein«, hat Sacha gesagt.

Sie ist umgeben von Interpreten.

Der Verlag hat geschrieben.

Fertig!, hat sie geantwortet.

Gelogen.

Um besser schreiben zu können, müsste sie Davids Körper vergessen können, seine Hände, die sich in ihre Haut gebrannt haben. Was sie notiert, sind Bruchstücke. Sie kann nur noch Bilder in ihrem Kopf aufs Papier bringen, kurz und haikuartig. Bilder, die man weiterdenken muss. Bilder, die sie gesehen hat. Sie ist nicht mehr intellektuell, sie schaut nur noch zu, ist nur noch ein Körper auf Entzug, der auf eine Berührung wartet. Alle Momente mit David haben sich zu einem einzigen langen, nicht mehr enden wollenden Moment zusammengezogen, aus dem sie nicht herauskann.

Die Chinesen meiden Kerzen. Sie werden nur angezündet, wenn jemand gestorben ist, liest sie im Netz.

»Verkauf mir eine Kerze«, sagt sie zu Muira, der sie am nächsten Tag einen Besuch abstattet.

»Ja, jetzt ist ein guter Moment. Gestern war Leermond.«

Stille, in der Noëlle sich wundert.

Hat Muira vor zwei Wochen nicht gesagt, Halbmond sei ein guter Moment, um eine Kerze anzuzünden, und heute sagt sie Leermond?

Muira bringt ihr eine Kerze im Glas.

»Nach dem Abbrennen dieser Kerze gehört der Zettel ins Wasser geworfen. Du kannst ihn auch die Toilette runterspülen, ich bin da pragmatisch.«

Sie wirft ihr einen musternden Blick zu.

»Nimm Biershampoo für dein Haar, die billige Halbliterflasche aus dem Coop. Und jeden Morgen zwei Löffel ungesättigtes Leinöl auf leeren Magen. Und Biotin.«

Sie mischt die Karten und hält sie Noëlle hin.

»Zieh!«

Was hat sie bloß mit meinen Haaren, denkt Noëlle und zieht eine Karte, die sich warm und schwer anfühlt: Der Gehenkte. Muira interpretiert etwas Gutes rein, das Noëlle gleich wieder vergisst, und zusammen rauchen sie eine Zigarette an der Theke, als befänden sie sich auf einem Campingplatz. Ganz leicht kann Noëlle einen Strand zu ihren Füßen erkennen (sehr viel Sand aus sehr vielen kleinen Gläsern?), am Ende des Zimmers das rauschende Meer. Als sie das Geschäft verlässt, ist es ihr, als hätte sie Stunden dort verbracht und sei einem Traum entsprungen, der Wirklichkeit geworden ist.

Auf ihrem Zimmer geht sie ins Netz. Der Gehenkte ist das Zeichen der Entweihung. Odin hängt sich neun Tage an der Weltenesche auf. Es ist das Symbol für die notwendige Geduld und die Fähigkeit, die Welt aus einem anderen Blickwinkel zu betrachten.

Sie hält inne.

Was, wenn David sie gar nicht fallen lässt?

Wenn er im Verborgenen die Fäden zieht?

Das Beste aus ihr herauszuholen versucht?

Wenn sie das alles nur nicht SIEHT?

Wenn sich ihr ein höherer Sinn nicht erschließt, der in dieser Beziehung steckt?

Wenn sie zu dumm dafür ist?

Vielleicht versucht er ihr etwas beizubringen, indem er schweigt. Ein Wissen über die Liebe, das ihr noch fremd ist.

Wenn er nur ein bisschen Unheil anrichtet?

Nur so viel, wie nötig ist?

Wenn *sie* in Wahrheit der Teufel ist?

»Gaslighting«, sagt die, die alles beim Namen nennt, ohne Lächeln in der Stimme.

Noëlle fragt nicht nach, was das bedeutet, und Penelope sagt: »Er versucht dir zu sagen, Liebe müsse wehtun, das sei ganz normal.«

Schon viel zu lange hat sie Davids Körper nicht mehr angefasst, lebt sie nur in Erinnerung daran. Will sie David wirklich besitzen? Sie will ihn lieben. Liebe ist größer, als ihn nackt neben sich zu haben. Liebe schließt aus, dass sie sich zu oft sehen. Er wusste das von Anfang an, er war ihr immer einen Schritt voraus.

Die Kerze auf dem Tisch brennt noch nicht. *VEN A MI* steht in Großbuchstaben über dem Bild einer sehnsüchtigen Geliebten.

Sie zündet die Kerze an.

Ihr ist plötzlich auf eine beruhigende Art alles egal.

Die Kerze hat vier Tage statt sieben gebrannt.

Den Zettel wirft sie in den Fluss. Am Ufer stehend schaut sie zu, wie er auf der Wasseroberfläche davongetragen wird. Er treibt dahin wie ein Blatt, er geht nicht unter.

Sie sieht, wie sie den Bildschirm küsste, wenn David einen Beitrag von ihr herzte.

Lange her, dass er das tat.

Plötzlich taucht Bertram vor ihr auf, die Szene liegt Jahre zurück, alles lebt in ihren Augen bis ins Kleinste wieder auf.

Bertram hatte begonnen, über sie herzufallen. In seinen größten Krisen schrie er, er wisse alles, sie brauche gar nichts zu sagen, er wolle es nicht hören, aber seit sie mit diesem David was trinken war ... Es überkam ihn. Er brüllte, er sei bereit, alles zu verzeihen, wenn sie nur aufhören würde, ihn zu sehen.

Sie blieb ruhig. Sie log. Sie schrieb David weiter wie zuvor. Allein im Bett aber raste ihr Herz, und sie meinte, jeden Moment sterben zu müssen.

Plötzlich flößte ihr David Angst ein. Sie machte Licht, griff zum Telefon und versuchte, die Nachrichten, zu denen es zwischen ihnen gekommen war, zu löschen, für den Fall, gleich in der Notaufnahme zu landen. Doch das Entfernen der Botschaften wollte nicht gelingen, sie fand die richtigen Tasten nicht. Gescheitert machte sie das Licht aus, legte sich hin, möglichst ohne sich zu bewegen, um das Herz nicht zusätzlich anzuregen. Offensichtlich war sie dem, was sie seit Monaten taten, nicht gewachsen. Sie musste an Davids Frau denken, an die Blumen und die exotischen Farben. Sie hatte den Gedanken, vielleicht mit einem fremdländischen Fluch belegt worden zu sein. Es hätte sie nicht gewundert. Wieso sollte seine Frau nichts ahnen, wenn Bertram es tat?

Es hätte aufhören müssen. Aber nachdem Noëlle nicht wegen Bertram aufgehört hatte, David zu schreiben, gab es keinen Grund mehr, es zu beenden.

Warum sie nicht aufgehört hatte, David zu sehen, obwohl Bertram sie darum gebeten hatte? Es war, als hätte man ihr befohlen, sich umzubringen, nachdem sie gerade lebendig geworden war. Als müsste sie sich ein Spiel vom Leib halten, das sie über alles liebte. Es war eine absurde Bitte gewesen.

Eine Weile war sie David ausgewichen, aus Furcht vor der klopfenden Brust. Dann hatte sie begonnen, wieder auf seine Nachrichten zu reagieren.

Der Traum ist verflogen. Sie steht wieder auf freiem Feld am Fluss.

Es ist einige Tage her, dass sie an der Kiefer war.

Sie setzt sich in Bewegung.

Der schmale Weg ins Dickicht ist verwachsen.

Links und rechts haben zwei kleine Tannen ihre Äste ausgestreckt.

Es regnet quer.

Ein Ast schlägt ihr wie ein nasser Lappen ins Gesicht. Unter dem Baum legt sie die Hand auf den Stamm und blickt hinauf.

Ein Tropfen fällt in ihr linkes Auge, genau ins Tränenpünktchen, wie eine Himmelsträne. Jetzt läuft ihr Auge über.

Beim Gang zurück durchs Tannentor streift ein nasser Zweig ihr Haar. Sie weiß schon, wie es sich nun wellen wird.

Zu Hause entdeckt sie vor dem Spiegel eine dunkelgrüne Nadel, die an ihrem Hals kleben geblieben ist. Sie sieht aus, als ob sie sich machtlos rückwärts entwickelte zu einem Baum.

Sie kann nicht schlafen. Sie ist zu unruhig. Mitten in der Nacht steht sie auf.

Mithilfe der Taschenlampe am Telefon geht sie zur Landstraße hinunter, setzt sich auf einen Stein und blickt zu den vielen Sternen. Der Himmel ist klar, wie er es sonst fast nur in den Bergen ist. Sie ist ganz allein.

Sie hat solche Kriege und Kämpfe durchzustehen gehabt. Menschen, die sie für zu wenig loyal, zu egoistisch, kaltblütig und zu starrköpfig hielten.

Auf dem Rückweg die Nacht nichts als dunkle Wände um sie herum, gegen die sie stößt.

Sie flüstert sich selbst zu: »Es gibt den Tag und die Nacht, das sollte ich mir merken. Man verschiebt diese Dinge nicht ohne Folgen.«

Sie richtet das Licht der Taschenlampe auf den Boden: ein Igel. Ein zweiter. Dicht aneinander gedrängt rascheln sie im Laub unter der großen Linde. Als sie näher herantritt, stellen sie sich tot. Noëlle sieht die Angst wieder, die sie auslöst. Die Gefahr, die von ihr ausgeht. Sie hat alle verrückt gemacht. Jetzt muss sie sich an den eigenen Haaren aus dem Sumpf ziehen.

Ein neuer Morgen.

Eine leere Chipstüte am Boden: *INFERNO*.

Nur ein kurzer Spaziergang zum Wald, den Waldrand entlangstreifen. Sie betritt das Gehölz noch immer nicht bewusst. Noch immer hat sie sich nicht getraut, weiter als bis zum Baum zu gehen.

Und wenn Mohn die Falle ist?

David.

Nicht den Glauben verlieren. Sie darf den Glauben nicht verlieren.

Sie holt ihr Handy aus der Tasche hervor und tippt:

Komme nach Zürich.

Im letzten Moment ist sie aus dem Zug gesprungen. Herzrasen, kalter Schweiß. Der Hals hat sich zugeknotet, der Puls in den Ohren gepocht. Ihr hat sich der Kopf gedreht, als die Türen sich unter hydraulischem Ächzen schlossen.

David hat stumpfe matte Haare bekommen. Ein neues Profilfoto auf Facebook ist seine Antwort auf ihre Frage:

Wie geht es dir?

Die Mundwinkel sagen alles, sein abgekämpfter Blick.

»Dieses Foto ist zwei Jahre alt«, sagt Sacha vorsichtig.
»Ja und? Er hat es eben wieder hervorgeholt.«

Sie erzählt niemandem vom Zug, von der misslungenen Fahrt, weil sie der Meinung ist, andere würden das nicht ganz verstehen.

David fragt nicht nach, ob sie in Zürich ist.
Er fragt einfach nicht.

David hätte noch ein Kind haben können, sehr früh, aber die Frau wollte es nicht behalten.

Was machst du?
Gibst du mir Zeichen?
Gute Nacht, schlaf gut. Ich hab dich lieb.

Er wartet vergebens darauf, dass die Wut aus ihr herausbricht. Sie bleibt engelsmild und sanft.

»Der kommt wieder«, schreit Muira.

Muira schreit sie dauernd an, als sei sie wütend auf sie, als würde sie ihr am liebsten einen Eimer Wasser ins Gesicht schütten. Nie spricht sie in normalem Tonfall mit ihr, und – was Noëlle bei dieser Entdeckung am meisten erstaunt – sie wundert sich nicht darüber, als wüsste sie, dass es nötig ist, dass jemand sie wachrüttelt.

»Bertram ist nicht dumm, er ist Ingenieur, er kann gar nicht dumm sein. Und er redet gar nicht so wenig, wie du immer sagst.«

Woher will sie das wissen?

Muira steht hinter der Theke und beschriftet kleine Gläser von Hand, die mit einem Pulver gefüllt sind.

»Was ist das?«

»Vulkanerde.«

Tanz um den Vulkan, denkt Noëlle und muss plötzlich lachen, so absurd kommt ihr auf einmal alles vor.

»Es gibt nicht nur die Welt, die wir sehen«, sagt Muira trocken. »Es gibt auch die, die wir spüren.«

»Gestern habe ich es nicht in die Stadt geschafft.«

»Das nächste Mal schaffst du es. Du wolltest einfach nicht.«

»Doch, ich wollte.«

»Nein, du willst noch nicht.«

Noëlle hat keine Ahnung, was sie darauf antworten

soll und versinkt minutenlang in die Betrachtung von Muiras Arbeit, die etwas Meditatives hat.

»Warum lebst du hier?«

»Wegen der Liebe, wegen René.«

»Und ich wollte nicht zu David?«

»Nein. Es ist zu früh.«

Anstatt aus voller Kehle zu rufen: Zu früh?!, lässt Noëlle stoisch einen Moment verstreichen.

»Heißt du schon immer Muira oder erst, seit du hier bist?«

»Schon immer. Moore sind gute Orte. Sie konservieren, was sich an der Luft längst zersetzt hätte. Dieses Land archiviert und bewahrt, was in ihm versunken und eingeschlossen ist.« Muira hält inne und schaut Noëlle mit einem vielsagenden Blick an: »Deshalb kommen die Leute hierher.«

»Verkauf mir grüne Kerzen für den Erfolg, den beruflichen.«

»Wie du willst.«

Auf dem Weg zu Mohn picken zwei Raben im Gras. Sie sind wütend, und Noëlle weiß auch warum: weil sie so klein sind, dass ein Menschenfuß sie zertreten kann. Warum müssen sie in diesem Leben so ohnmächtig sein? Was haben sie getan, dass man sie so behandeln darf? Was für ein heftiger Groll in diesen schwarzen Bäuchen, in diesen spitzen Schnäbeln, hinter diesen dunklen Augen. Noëlle versteht sie gut. Wenn du lange genug unterdrückt worden bist, wenn du oft genug gebrochen worden bist, wenn du derart gebrochen lange genug ein sinnloses Leben geführt hast, hältst du den

Blick gesenkt. Zwischendurch wirst du von einem seltsamen Zorn geritten, dann wieder von einer unerklärlichen Unterwerfungslust. Es hat längst nichts mehr mit dir zu tun. Es ist ein Vorgang, der sich verselbstständigt hat. Sie fragt sich oft, wie das enden soll.

Zurück im Haus, entnimmt sie der Bibliothek neben dem Kamin ein schmales Buch und setzt sich damit an die dünne Sonne. *Warten auf Godot.*

Wladimir zu Estragon:

Hör mal, Gogo, du musst mir von Zeit zu Zeit den Ball zuspielen.

Estragon:

Ich hör zu.

Vom Büchlein blickt Noëlle auf den Esel.

David hört ihr zu, er liebt aus der Ferne. Seine Stille ist nicht leer, sie ist voller Antworten.

Kann es sein, dass er sie erst versteht, seit er nicht mehr redet? All die Nachrichten, auf die er nicht reagiert hat – vielleicht haben sie doch etwas bewirkt.

Die Griechen pflegten die Zeit in zwei verschiedene Größen zu teilen: die chronologische Zeit Chronos und den nicht-quantitativen entscheidenden Moment: Kairos. Bei David und ihr gibt es keine Kairoi, keine Zeitpunkte, an denen die Sache sich dreht, die Verhältnisse kippen. Die Zeit fließt dahin, ohne dass sie sich sehen, inzwischen schon ohne dass sie reden. Und doch passiert etwas, ein Wandel, der nötig war, den jeder nur für sich vollziehen kann und der erst eingesetzt hat, seit er schweigt.

Sollte er eines Tages aufhören, für sie zu posten, noch dieses letzte Band kappen: würde sie auch darin noch eine Verbindung zu sich sehen? Bisher sind sie nie länger als vierzehn Tage füreinander verschwunden, dann folgt ein Zeichen, das sie aus dem Warten und Bangen (löst sich sein Griff, wird er fester?) befreit. Es sind selten Liebeserklärungen, wie sie sie erwartet. Eher Anspielungen. Anknüpfungen. Sonderbare.

Und jetzt?

Fen hat *Mooncakes* gebacken, entnimmt Noëlle Facebook. Kleine runde Mondkuchen, salzig oder süß gefüllt, rund wie der Mond, rund wie die Familie. In China ist es Tradition, nach dem ersten Vollmond im Herbst diese runden Teigtaschen zu backen, diese Glücksbringer für die Familie, und sie an Freunde zu verschenken. Fen trifft sich mit ihren chinesischen Bekannten unter batteriebetriebenen Lichterketten an einer Tischdecke mit Bambusmotiv. David ist auf den Aufnahmen nicht zu sehen.

Abendessen zubereiten:
Maissalat und Omelett.

Im Pyjama liegt sie auf dem Bett. Muiras Schrift ist die einer Irren, denkt Noëlle mit Blick auf den Ast, der eine fliegende Hexe ist. Die Etiketten auf den Gläsern voller Vulkanerde waren mit einem erschreckenden Gewirr an krakeligen vorwärts und rückwärts fallenden Buchstaben versehen.

Einen Moment lang denkt sie, die Schrift erschiene

am Himmel und spräche zu ihr, sie könnte sie lesen und Muiras Nachricht verstehen.

Wie lange ist ihr Kopf schon ein Klotz Nebel?

Ob David aus blau-weißem Chinaporzellan isst?

Tofu, Fisch, Ei?

Koriander?

Frühlingszwiebeln?

Gehackter Knoblauch?

Suppe?

In ihrer Vorstellung hängt über dem Bett der Chinesin ein Gemälde mit Orchideen. Vielleicht ist auch ein Kranich darauf zu sehen. Fen betont, sie brauche ein eigenes Zimmer, hin und wieder Ruhe. So wahrt sie ihr Gesicht, dass David seit Jahren nicht anwesend ist, auch wenn er in der Nähe bleibt. Dass sie nicht miteinander reden, gibt ihnen paradoxerweise eine gewisse Stabilität. Aber die Wohnung ist kalt, durchdrungen von Leid. Unordnung herrscht. Schmutzwäsche in der Badewanne (Socken, Shirts) sowie Haushaltsgeräte in Originalverpackung (ein Fensterreiniger, ein Staubsauger). Was haben sie dort verloren? Fen hat weiße Creme im Gesicht, wie schlecht verstrichen. Blickt sie nicht in den Spiegel? Sieht sie die dicke weiße Schicht denn nicht? Aber sie hat auch diese andere Seite: Sie hat immer für alle ein Geschenk zur Hand. »Ich bin Chinesin«, sagt sie. »Familie bedeutet mir viel.«

In Noëlles Fantasie bereitet Fen Bohnen an Öl und Sojasauce zu. Dazu serviert sie frisch geschnittene Ananas, Pomelos und Orangensaft. Frisch muss es sein, frisch! Das Gemüse aus dem Garten ihrer Kindheit war immer so frisch! Heute zieht sie auf dem Balkon selber Gurken und Tomaten. Sie kocht und ignoriert, dass ihr Mann im Netz mit Nachrichten an Noëlle sie vor den Augen aller herabsetzt und blamiert.

Der Mond steckt hinter den Wolken.

Den ganzen Tag nur Regen.

Am Morgen an der Küchenwand ein Fettfleck in der Form einer Kuh.

In ihrer Fantasie hört Noëlle die Glocke bimmeln.

Bald ist es Zeit für die Therapiesitzung.

Sacha erscheint im Türrahmen.

Jeder auf einer Seite des Tisches sitzen sie einander gegenüber.

Ihre Brüste sind geschwollen, die Wangen warm. Das muss mit ihrem Zyklus zu tun haben.

Ein dunkler Raum beleuchtet von chinesischen Lampen.

Roten und gelben.

Die Farben des Mondes.

Sieht so Davids Esszimmer aus?

Spazierengehen.

Große Bäume.

Kühe.

Einige stehen reglos wie die Engelsstatuen im Hexenladen.

Ein leeres Nest am Boden.

Eine Kinderstube.

Die Mutter hat ein Nest gebaut, dann ist es heruntergefallen.

Abendrot.

Noëlle verteilt ihr Essen auf kleine Schalen, wie die Chinesen es tun.

Heidelbeeren, Nüsse, Brot, Joghurt, Gurken.

Nicht sehr chinesisch das Essen, aber die Schalen.

Auf ihrem Zimmer schaltet sie die Schreibtischlampe ein und blickt reglos aus dem Fenster.

Nun lebt sie in diesem stillen großen Haus im Jura, in einer der ärmsten und trostlosesten Gegenden der Schweiz, restlos abgehängt und düster. Eine Landschaft wie aus einem Bergman-Film. Weite, unmöglich grüne Wiesen schließen das Haus konzentrisch ein.

Ihre Sachen waren schnell gepackt.

Sie steht auf und öffnet den Schrank.

Ein Mottenstreifen als Möbiusband an der Stange. Hat sie den auf diese Weise angebracht?

Drei Bügel mit Jeans.

Eine Lieblingsjeans.

Eine Jeans, die ihr nichts sagt.

Eine, die sie oft getragen hat.

Teuer war sie, das weiß sie noch.

Neunhundert, knapp tausend.

Es ist idiotisch, so viel Geld für einen Fetzen Stoff auszugeben. Immerhin hat sie die Hose oft getragen.

Plötzlich hat sie Lust zu verlumpen, jeden Tag nur

noch dasselbe anzuziehen, schmutzig über David herzufallen.

Am nächsten Tag Mittagessen zubereiten. Nudeln an Butter. Sie tritt ans Fenster, um den toten Baum zu betrachten. Erschrocken weicht sie zurück. Sie muss das Zyprexa absetzen! Ihr eigenes Spiegelbild verrät es. Ihre Wangen sind diejenigen eines Hamsters, und seit einigen Tagen spürt sie den Bund der Hose in ihrer Taille. Dick gefällt sie David bestimmt nicht. Fortan will sie abends das Zyprexa weglassen. Entschlossen nickt sie ihrem Spiegelbild zu. Wenn David sie demnächst besuchen kommt …

Sprung in die Luft: *Croisé!*

Sie wünschte, sie hätte einmal ganz im Dunkeln mit David Liebe gemacht, damit er sich in sie verliebt, nicht nur in ihren Körper.

Ich vermisse schon deinen Körper

Abwasch und Spaziergang.

Eine Schwalbe im Gebüsch.

Vögel sind immer pünktlich, sie kennen ihre Zeiten.

Sie macht sich auf den Weg zu Muira.

Ihr Blick fällt auf eine lila Orchidee im Schaufenster, die sie zum ersten Mal sieht. Sie findet Orchideen ordinär. Zimmerpflanzen im Allgemeinen. Es passt nicht zu Muira.

Diesmal kauft sie rote Stabkerzen (für die Liebe).

»Und wo soll ich etwas über Magie lernen?«

»Hier.«

»Hast du was zum Lesen?«

»Ja.«

Muira kehrt mit einem dicken Band zurück.

»Lies das. Es ist gut! Es ist das erste Buch, das ich gelesen habe, mit acht.«

»Hast du auch etwas über Hexen?«

»Das nicht. Das ist über Magie. Wenn du etwas über Hexen willst, lies das.«

Sie geht wieder zum Regal und bringt ein neues Buch an die Kasse.

»Das ist etwas ganz anderes.«

»Welches empfiehlst du mir?«

»Beide«, schreit Muira ärgerlich. »Lies beide! Läuft alles auf dasselbe hinaus!«

Das wundert Noëlle, aber sie fragt nicht weiter und kauft beide Bücher für hundert Franken. Plus ein drittes, das Muira vor sie hinlegt.

»*Der Ring der Kraft* von Carlo Castaneda. Es ist vergriffen. Lies es!«

Ihr Baum trägt rote Früchte, die zu Boden fallen und unter den Schuhsohlen zerplatzen.

Mit dreizehn las sie abends im Bett die Bibel und strich Stellen darin an, kritzelte sie mit Randbemerkungen voll, klebte Post-its auf die Seiten.

Neben ihrem Computer brennt eine rote Kerze, die sie bedächtig entzündet hat. Damit schickt sie David Nachrichten. Nicht solche auf dem Telefon. Drahtlose. Energetische. Rauchzeichen. Was weiß sie.

Die Kerze verzehrt sich vor ihren Augen.

Der Hexen-Ast hat sich bewegt.
Sie hat Schmerzen im Kreuz.
Ein Hexenschuss?
Dann ist der Ast gar kein Trugbild?

Sie schließt die Augen. Es dreht sich alles.

Sie kann die Bücher nicht lesen, die Muira ihr verkauft hat. Auch beim dritten Buch kapituliert sie. Castaneda, ein amerikanischer Ethnologe und Schriftsteller, hat einen mexikanischen Indianer kennengelernt, der ihm mithilfe natürlicher Drogen eine *seperate reality* beigebracht hat. Nach wenigen Seiten legt sie das Buch weg. Es ist zu verwirrend.

Die Heirat hat Davids Leben wohl kaum verändert. Die Chinesin schweigt und duldet. Stoisch lässt sie sich nichts anmerken.

»Die völlig blasse Chinesin«, sagt Sacha. »Stell dir bloß diese Beziehung vor. Die ist ja völlig gaga, diese Beziehung.«

So hat sie Sacha noch nie gehört. Spricht er plötzlich anders oder hört sie anders? Sacha mit seinem chinesischen Kragen. Ist es dieser Kragen, der ihr Visionen der Chinesin vor Augen führt? Oder die Orchidee in Muiras Geschäft? Sacha verschreibt ihr Xefo gegen Hexenschuss und macht sich viele Notizen. Heute ist es eine späte Sitzung, so spät wie noch nie. Zu zweit stehen sie am Küchentisch (sitzen geht nicht wegen der Rückenschmerzen). Der Mond geht auf. Noëlle blickt zweimal hin. Beim zweiten Mal ist er ein weißes, rundes Gesicht wie das der blonden Frau aus Muiras Geschäft, die auf Französisch vor sich hin gemurmelt hat, eine Fee in jeder Hand. Noëlle blickt wieder hin und es ist der Mond.

An der Wand ein weiterer getrockneter Olivenzweig, den Bertrams Mutter aufgehängt hat. Noëlle fragt sich, warum ihre Schwiegermutter an eine Religion glaubt, die Brot in Fleisch verwandelt und Wein in Blut. Völlig irrational. Passt gar nicht zu Bertrams Mutter.

»Gott existiert nur, wenn man an ihn glaubt«, sagt Sacha, als wäre er ihren Gedanken gefolgt. Sie weiß doch, dass sie nichts gesagt hat. Hat sich ihre Zunge von allein gelöst? Die seltsamen Worte, die sie auf einmal hört.

»Vergiss ihn«, sagt Penelope am Telefon.

»Findest du ihn so schlimm?«

»Ich nehme auf, was du erzählst, wie kann ich da für ihn sprechen?«

»Weißt du«, sagt Noëlle, »man könnte das Ganze auch so sehen, dass er mich mehr liebt als ich ihn. Er könnte sich sagen: Sie will mich nur sehen, um mich ins Bett zu kriegen, doch wenn man sich liebt, hat man das Bedürfnis, Zeichen zu geben, man schweigt sich nicht wochenlang an.«

»Du solltest ihn jetzt nicht als großen Liebenden hochstilisieren. Für nichts anderes als für Sex hat er sich qualifiziert.«

»Stimmt. Auf nichts anderes hat er jeweils reagiert.«

»Ach, wenn ich dir nur zeigen könnte, wie ich ihn sehe. Du solltest ihn so sehen wie ich.«

»Wie?«

»Mit Verachtung. Dein einziger Wunsch sollte sein, so weit weg wie möglich von ihm zu kommen.«

Ein Knacken im Ohr, wie beim Öffnen einer Coladose.

Seit sie das Zyprexa abends weglässt, sieht sie manchmal plötzlich klarer, wie ein Nebel, der sich lichtet.

Hat sie Mohn nicht schon anders gesehen?

Obwohl sie sich anstrengt, will es ihr nicht einfallen.

Mitten in der Nacht schreckt sie auf.

Phantomumarmungen um ihre Taille.

Sie fasst sich an den Bauch und spürt die weiche Fettwulst in ihrer Hand.

Sie muss an Gewicht verlieren. Sie muss ihren Körper auf Davids Rückkehr vorbereiten.

Sie beschließt, das Zyprexa nicht mehr zu nehmen, gar nicht mehr, auch die Tablette am Morgen nicht. Gegen die Rückenschmerzen wird sie viel gehen.

Wie lange es wohl dauert, bis das Gift aus dem Körper raus ist?

In ihrem Zimmer bescheint der Mond die Wand. Harry hat gesagt: »Was das Auge sieht, ist das Licht. Wir sehen nur die optisch sichtbaren Frequenzen, weil das menschliche Auge sich im Laufe der Evolution an die Sonne angepasst hat und diese am meisten Energie in einer sichtbaren Wellenlänge ausstrahlt. Wir sehen nicht, was roter ist als rot oder blauer als blau.«

Roter als rot.

Genau das ist es, was David ihr zu sagen versucht: roter als rot.

Man sieht es nicht, aber es ist da.

David geht sogar noch einen Schritt weiter und sagt: Nur was nicht ist, ist möglich. Nur im Roter-als-rot-Bereich existieren du und ich als Paar.

Ist so viel Alleinsein möglich?

Zum Frühstück Porridge.

Sie weiß nicht, was gut daran sein soll, die Mahlzeiten selber zuzubereiten, aber Sacha ist dieser Meinung. Also bereitet sie Porridge zu, das sie nicht isst.

Fünfte Position: *Entrechats deux!*

Gesprächstherapie in der Küche.

»Wie lange dauert es in der Regel, bis Medikamente wirken oder nicht mehr?«

»Drei bis vier Wochen.«

Sacha rüstet sie mit Temesta Expidet aus. Er findet, sie wirke nervös.

»Diese Sorte zergeht auf der Zunge und wirkt sofort. Ein-Milligramm-Tabletten: Das ist nicht viel. Wir haben Patienten in der Klinik, die nehmen zehn Milligramm am Tag. Es ist sehr angenehm, Temesta zu nehmen, du bist schön entspannt.«

Arbeitet er in einem Klinikum, dass er von Klinik spricht? Und weshalb erklärt er ihr die Wirkung von Temesta noch einmal und mit so viel Nachdruck? Sie weiß doch: Temesta dämmt alles ein wenig, es ist ein Beruhigungsmittel, ein Benzodiazepin. Nach einer Viertelstunde beginnt es zu wirken, danach baut es langsam auf, seine volle Wirkung hat es nach zwei Stunden erreicht, nach zwölf Stunden ist es ganz aus dem Körper raus, sodass man am nächsten Tag nicht müde ist. Inzwischen ist sie selber zum Profi in Sachen Tabletten geworden, zum Drogen-Guru, zur Eingeweihten. Unter Antidepressiva wirst du amorph wie ein Schleimpilz, Temesta macht nur müde und groggy, es beruhigt dich, nimmt dir die Ängste, du wirst melancholisch, es wirkt sehr schnell, aber es löst keine Probleme, nur Symptome.

»Und natürlich dein Zyprexa«, sagt Sacha und klopft auf den Tisch. »Jeden Abend und jeden Morgen, wie gehabt. Es gibt zwei Schienen, die wir fahren, es ist wie bei einem fiebrigen Kind. Wir senken das Fieber mit Medikamenten oder meinetwegen einem Zwiebelwickel, aber wir müssen auch wissen, woher das Fieber kommt, deshalb reden wir hier.«

Drei bis vier Wochen, bis die Tabletten aus dem Blut raus sind und sie wieder schlank sein kann für David.

Was sie alles gewinnen könnte, wenn sie aufhören würde, David zu schreiben. Wenn sie aufhören würde, nach einem logischen Grund zu suchen. Wenn sie endlich einsehen könnte, dass er ihr die Kommunikation verweigert, ganz egal wie verzweifelt sie versucht zu verstehen. Im Gegenteil, ihre Verzweiflung schürt seinen Hass. Je mehr sie die Dinge klären will, desto schlimmer macht sie sie. Es ist, als würde sie ihn mit jedem Satz mehr verlieren.

Er hat dieselben feisten Wangen bekommen wie sie.

»Würde mich nicht wundern, wenn er Antidepressiva nimmt«, sagt Sacha mit Blick auf Davids Foto.

Sie hat schon lange nichts mehr von Penelope gehört.

Sechs Uhr abends.

Bereitet die Chinesin Dumplings zu für drei?

Auch Noëlle muss kochen.

Suppe und Salat.

Zurück auf ihrem Zimmer lackiert sie ihre Nägel. Zuerst die Zehennägel, dann die Fingernägel. Das Resultat gefällt ihr. Das Schwarz bildet den größtmöglichen Kontrast zu ihrer schneeweißen Haut.

Ihr Blick heftet sich auf den fahlen gelben Kreis an der Wand, der heller und dunkler wird.

Einmal hat sie David nicht geantwortet.

Er hat sich mit einem anderen Mädchen abgelichtet.

Er ist in den Krieg gezogen, herrisch und kalt.

Er überlegt sich nicht, ob er vielleicht etwas falsch macht.

Er ist das Opfer. Er fühlt sich gekränkt.

Er hat sie darauf trainiert, nichts von ihm zu wollen, umgekehrt muss sie ihm bei jeder seelischen oder erotischen Aufwallung sofort Zeichen geben, sonst wird er wütend.

Nie bebt er vor Wut, nie schüttelt er seinen Körper, nie hebt er die Hand. Er schlägt aus dem Verborgenen, als wäre er geschlagen worden und müsste zurückschlagen. Feige Schläge, idiotische Schläge. Ohne Stimme, mit Worten oder Bildern.

Fragt sie, ob er Zeit hat, antwortet er nicht oder macht ein Drama, wie viel er zu tun hat, wie schlecht es ihm geht, dass er nicht einmal Zeit für sich selbst hat. Als sei ihre Frage eine Kritik.

Vielleicht will er sie zum Schweigen bringen, bevor sie anfängt zu benennen, was sie verstanden hat, bevor sie ihn durchschaut.

Sie bleibt trotzdem. Trotz all dieser Urteile und Verurteilungen. Sie bleibt.

Und heute mit einiger Verzögerung die Belohnung dafür?

Das Vertrauen, das sie in ihn gesteckt hat, die Treue: Greifen sie jetzt?

Sind sie sich im Verborgenen, im Schweigen und in der Einsamkeit endlich nähergekommen?

Trauen sie einander zu guter Letzt?

Plötzlich sieht sie dieses Bild vor sich: Zu zweit sitzen David und Fen beim Essen, der Sohn ist bei Freunden, als Fen mit einem vielsagenden Blick auf die Frühlingsrollen, das scharfe chinesische Hühnchen und die gebratenen Eiernudeln mit Gemüse, die sie zubereitet hat, David stumm zu verstehen gibt, dass sie alles weiß. Er steht auf und verlässt die Wohnung.

Sie will ein Kleid kaufen, das David ihr ausziehen kann. Die vielen Kleider, die sie zu diesem Zweck schon gekauft hat, die vielen Träume in ihrem Schrank. Dutzende von Kleidungsstücken erworben mit David im Sinn, wie sie ihm in ihnen gefällt, wie er seine Hand auf den Stoff legt, ihr die Stücke auszieht, über den Kopf, über das Becken, wie er die seitlichen Bikinibänder löst, seine Hand auf ihrer Hüfte.

Penelope textet, als hätte sie es gespürt:

Ein Song für dich: Sofia Bolt, Get Out of My Head

Noëlle setzt die Kopfhörer auf und klickt auf den Link: *»How many fucking dreams must I have about you?«*

»Du solltest versuchen, Spaß zu haben«, sagt Penelope, die auch gleich anruft. »Klingt banal, ist aber richtig, nehme ich an.«

Auf allen Fotos, die Noëlle von David besitzt, zeigt er ein gequältes Gesicht.

Es sind nicht viele, die er ihr geschickt hat.
Eine Aufnahme aus der Küche seiner Eltern.
Drei an Bahnsteigen in Deutschland.
Zu Hause hinter seinem Schreibtisch (mehrere).
Auf der Straße, nachdem er beim Friseur war.

Aus dem Büro.

Dazu die Zeilen: *Kann bald nicht mehr, bin völlig fertig*. Oder gar nichts, kein Wort, nur das Bild, als hätte er seinen Absturz vorhergesehen.

Er ist kein Betrüger, der sich aus der Affäre zieht, indem er sich krank stellt, in ein fremdes Land reist oder sich eine neue Freundin nimmt. Er kollabiert.

Es war an Weihnachten, als er sie anrief, um zu sagen, dass er Zeit für sich brauche, das sei gerade überlebenswichtig für ihn.

Jahreswechsel. Gezwungenermaßen ein paar Tage frei. Er wird im Davonrennen aufgehalten. Untätige Tage, wie es sie in seinem Leben nicht gibt. Da passiert es: So kann es nicht mit ihm weitergehen. Er muss sein Leben neu ordnen. Er muss »detoxen«. Es ist nicht gut mit ihm. Er wird sein Büro wechseln Anfang Jahr. Das muss ein Neuanfang werden. Er muss sich komplett neu aufstellen. Mit Frau und Sohn ist er in Deutschland bei seinen Eltern. Er spricht mit Fen und sagt ihr, er brauche einen Tag für sich, fährt mit dem Zug nach Frankfurt, wo er Bücher kauft, um sich abzulenken. Er kommt am Bahnhof an und geht über die Brücke. Unten die Gleise. Soll er? Wofür kämpft er? Er hat alles erreicht. Er hat die Stelle als Rektor, die unzählige andere wollten. Aber er kann sich selbst nicht leiden. Das Problem liegt weit zurück. Jeden Tag sitzt er am Tisch und hält sich an einem Text fest, bis er verschwindet. Da ist etwas an ihm, das er nicht aushält. Der Mechanismus ist kompliziert. Es ist ihm schon einmal passiert, vor vielen Jahren. Er dachte eigentlich, es wiederhole sich nicht. Aber über den Gleisen hält er inne, und ihm wird plötzlich klar: Er ist völlig kalt nach innen. Er holt das Handy heraus, fotografiert die Gleise, veröffentlicht das Bild auf Instagram und Facebook. In dem Moment schreibt sie ihm.

Er drückt aufs Mikrofon und nimmt eine Sprachnachricht auf für sie. Wenige Worte nur. Seine Stimme bricht. Er schickt sie ab. Ein galoppierender Herzschlag stählerner Räder nähert sich ihm. Das Echo sagt: nicht mehr weit weg. Er blickt hinter sich, in die Richtung, aus der das Geräusch kommt, ein inzwischen ungedämpfter Klang eines schnell herannahenden Zuges. Die Rollgeräusche schwellen an, Kurvenquietschen, Schienenstöße, ein Rumpeln ... Es kann sich nur noch um wenige Minuten handeln. Er sieht wieder nach vorn, auf die Schienen unter sich. Seine Hände umklammern das Geländer. Er hebt ein Bein, eine Fahrradklingel ertönt, erschrocken wendet er sich um, ein junger Mann grüßt freundlich, als hätte er seine Absicht nicht erkannt, saust vorüber, verschwindet. Fen spricht nicht mit ihm. Seinen Sohn kennt er kaum. Bei der Arbeit hat er unzählige Feinde und bemüht sich, sich weitere zu schaffen. Nicht umsonst hat er so viel Macht angehäuft, es gefällt ihm, andere zu frustrieren. Doch jetzt zahlen sie es ihm heim. Die jahrzehntelange Ungewissheit bei seiner Karriere hat ihn in der Persönlichkeit verändert. Dauernd diese Schuldgefühle, Insuffizienzgefühle, diese Härte gegenüber sich selbst, die permanenten Selbstzweifel ... Er weint.

Das Zyprexa wirft sie ins Klo und betätigt die Spülung.

Sacha meint: »Das Schwierige bei Angstpatienten ist, dass sie oft auch Angst vor Medikamenten und ihren Nebenwirkungen haben.«

Wie recht er immer hat. Sie hat Angst, dick zu werden. Außerdem sind die Tabletten schuld an ihren geschwollenen Brüsten. Seit Monaten schmerzen ihre Brustwarzen.

Sacha bestätigt, dass Neuroleptika mit hormonellen Veränderungen wie Prolaktin-Erhöhungen einhergehen können. Seit sie hier ist, riecht sie intensiver. Die Blumen am Wegrand. Die Seife und chemischen Putzmittel, die sie zum Reinigen des Hauses verwendet. Nachts riecht sie manchmal Kot, als würde ein Säugling neben ihr liegen. Es ist ein Mädchen. Es ist IHR Mädchen, friedlich schläft sie in einer Wiege neben dem Bett. Statt eine Lokalanästhesie injiziert zu bekommen, hat die Hebamme Noëlle ihren Ellbogen in die Schläfe gerammt, als die Schmerzen unter der Geburt nicht mehr auszuhalten waren. Danach haben sie das Kind mit der Saugglocke geholt.

In dieser Nacht erwacht sie schweißnass aus einem langen, lebhaften Fiebertraum und hört, wie ihr Kind zu pfeifen versucht. Nur das Geräusch von austretender

Luft ist hörbar. Noch ganz benebelt macht sie Licht und schaut sich um. Sie ist allein.

Auf der Fahrt hierher hatte sie Lust zu pfeifen. Pfeifen wie eine Verrückte, hat sie sich gesagt. Ihr Pfeifen hätte ähnlich geklungen wie das des übenden Kindes, denkt sie jetzt und rollt einmal herum, damit das Kissen auch die andere Wange kühlt.

II

Es ist so weit. Sie wagt eine neue Wanderung, auf der sie sich weiter entfernt. Es gibt einen Weiher *(étang)*, dorthin will sie gehen.

Beim Wasser angekommen, erspäht sie in der Ferne das Haus wieder. Nur für kurze Zeit ist es nicht zu sehen gewesen. Dann gleitet ihr Blick über das Blau. Dort, wo der Bach zum Weiher wird, liegt ein Ruderboot. Es gibt Libellen, die über dem Wasser schweben. Niemand außer ihr ist da. Sie hält inne, es geht nicht anders. Die Zeit scheint stehen geblieben. Was sie sieht, gleicht einem Gemälde. Die Umrundung dürfte keine zwanzig Minuten dauern, und trotzdem zieht es sie zurück zu Mohn. Die Leere, die über sie hereinbricht, ist ihr unheimlich, das Fehlen von Zeit, das Zeitlose, das hier herrscht. Wie Tod. Sie will ihre Zeit ausfüllen, sie muss etwas tun, damit sie vergeht, damit der Zeitpunkt bald eintritt, an dem sie David wiedersieht. Das nebulöse Verstreichen der Zeit ist nicht gut. Nicht im Zeitlosen aufgehen, nicht alles sich vermischen lassen, sich nicht auseinanderschweigen. Sie will auf die Uhr schauen, die Tage rückwärts zählen, wann er sich das letzte Mal gemeldet hat, die Tage vorwärts erahnen, wann er sich wieder melden wird. Es wird der Moment kommen, da sie wieder miteinander reden. Sie kehrt um und macht sich auf den Weg zurück zum Ziel, David zu treffen.

Wäre jetzt gerne mit dir am und im Wasser, aber ich muss schlafen …

Jetzt führt sie schon Selbstgespräche. Oder kommt die Stimme aus ihrem Kopf?

Wo geht die Sonne unter? Im Osten. Im Westen! Es steht wirklich nicht gut um dich. Morgen hat er Geburtstag … Soll ich? Nein! Lies Epiktet, er war Sklave. *Meinen Körper könnt ihr nehmen, aber nicht meine Seele.* Gut, das sind die Hardcorestoiker. Trotzdem. Dieses Loch in deiner Seele, stopf es mit was anderem, hat Sacha gesagt. Verliebtheiten sind wie ein Flipperkasten. Man rüttelt daran, man rüttelt noch mehr daran, man rüttelt so fest daran, bis es *TILT* macht. Dann ist es fertig, aus. Jetzt musst du den Stich des Skorpions verheilen lassen, das Loch, das er in dir hinterlassen hat. Diese elende Durchschnittlichkeit seines Abgangs, indem er es auslaufen lässt, hat Sacha gesagt. Er hat dich nicht verdient, aber du musst dich fragen, wie du da hineingerutscht bist. Diese große Naivität … das muss jetzt aufhören. Du darfst nicht einmal mehr an eine Fortsetzung glauben. Du hast zu viel Liebe zu deiner Sehnsucht, hat Sacha gesagt. Du musst deine eigene Bedürftigkeit erkennen, aus der diese Geschichte entstanden ist. Aus diesem Loch in deiner Seele machst du die große Leidenschaft. Irgendwann musst du die Mechanismen hinter dieser armseligen Leidenschaft erkennen. Du warst gut für sein Ego. Du warst gut für seine Selbstbefriedigung, die er sicher auch durchgeführt hat, verzeih, wenn ich das so sage, hat Sacha gesagt. Vielleicht geht es auch sehr schnell vorbei. Vielleicht bist du schon sehr schnell froh, dass du ihn los bist. DEN brauchst du so wenig wie einen Kropf! Aber vielleicht brauchst du das Leiden, wenigstens ein bisschen davon. Und vielleicht ist das seine Aufgabe: dir jenes Leiden zu verschaffen, ohne das sowieso niemand schreibt, waren Sachas Worte.

Noëlle bleibt stehen und lauscht ihrer eigenen Stimme nach.

Wollte David sie nur zum Schreiben anhalten? Von Anfang an nicht an die Liebe glaubend, von Anfang an die Liebe für Selbstbetrug haltend, für das Leiden, das der Dichter braucht, um schreiben zu können?

Da vorne auf dem Felsblock, die Kommissarin! Wieder in Polizeiuniform. Noëlle hat sie gesehen. Jetzt ist sie hinter dem Felsvorsprung verschwunden. Das ist keine Täuschung. Noëlle täuscht sie nicht. Wie war ihr Name? Claire, die Klare. Immer diese Doppelsprache. Du weißt nie, sagst du es auf Deutsch oder auf Französisch. Claire kommt in diese mittelalterliche Kleinstadt, Saint-Ursanne (St. Ursitz), von der Autobahn und Autostraße 16 her (der Transjurane), eine Verkehrsachse, die nicht nur den Jura an das Mittelland anbindet, sondern auch das Schweizer Autobahnnetz an das französische. Sie ist an diesen typischen Jurahäusern mit ihren großen, flach geneigten Satteldächern vorbeigekommen, durch die Freiberge *(Franches-Montagnes)*, auf einer Seite diese riesigen Flächen, auf der anderen Seite das schmal eingeschnittene Doubstal, darin verloren: Saint-Ursanne.

Wo heute das Städtchen steht, wirkte im siebten Jahrhundert der Eremit Ursicinus, hat die Kommissarin im Reiseführer gelesen. Er lebte in einer Höhle in der Nähe. Ein Wolf kam und bedrohte ihn. Da erschien ein

Bär, der den Wolf tötete. Ursicinus bändigte den Bären, lebte fortan in Begleitung des Tieres, da war das Wilde domestiziert. Ein Kloster wurde über Ursicinus' Grab errichtet. Und hier ist sie.

Wahnsinnig wenige Leute auf der Straße.

Ein erstaunlich gut sortierter Coop.

Eine ziemlich leere Kirche mit einem ziemlich hohen Altar. Der Opfertisch ist wichtig, hier wird Gott noch verehrt. Beim Haupteingang in die Kirche, auf der rechten Seite, ein Halbrelief. Plötzlich grinst dich in Handtellergröße einer an – ein Totenkopf. Die Kommissarin muss ihn streicheln, es geht nicht anders.

Nach dieser Runde durch das Dorf setzt Claire sich wieder ins Auto und fährt die Gleise entlang bis zum Bahnübergang, sieht ein paar wilde Pferde und denkt bewundernd, dass Freiberger ziemlich stabil sind. Die Patientin, hat Sacha zur Kommissarin gesagt, lebt in einem Bewusstseinszustand, der nicht mehr zwischen wahr und falsch, heute und gestern unterscheidet; in ihrem Erleben vermischt sich alles. Er hat vom inneren Zeitbewusstsein im Unterschied zur Uhrzeit erzählt. Die Uhrzeit ist eine objektivierte Zeit, das Zeitbewusstsein hingegen gekoppelt an ein Ich, an eine Art Mittelpunkt, das versucht, von dort aus alles zu organisieren. Wird dieser Mittelpunkt weich, werden die klaren Grenzen *jetzt / noch nicht / gerade nicht mehr* verschliffen. Das Gefühl einer Allzeit und Nirgendszeit (gibt es mich überhaupt?) ist die Grundstimmung der Patientin (wie der Doubs, der dahinfließt, irgendwie waagrecht, von Ost nach West). Es ist ein vegetatives Dasein. Die Patientin ist gestört und befindet sich in ihrer gestörten

Wahrnehmung in einer Art mystischer Allgegenwart. Sie lebt in dieser vergeblichen Hoffnung und Angst, David wiederzusehen, und verschwindet deshalb immer wieder in eine andere Welt. Sie ist aus Zürich geflüchtet und hat sich selbst in die Klinik eingewiesen. Ihr Mann hat sie gefahren.

Claire (die Helle), die hellsichtige Kommissarin, war noch vor den Ärzten bei der Leiche, die ausgestreckt auf dem Boden lag. Ein gelber Curryfleck auf Davids schwarzem Shirt, ein Rest verschüttete Suppe neben ihm, noch nicht ganz eingetrocknet. Claire hat zwei Finger auf Davids Handgelenk gedrückt, nach dem Puls getastet, nichts. Eine halbe Stunde später war alles abgesperrt und wurde zum Fall für die Spurensicherung. Vier Stunden später erfährt Claire, dass die Suppe, von der David zuletzt gegessen hat, vergiftet war. Es stellt sich heraus, dass seine Frau, ihr Name ist Fen, David Essen mit ins Büro gibt, sie wird zur ersten Verdächtigen. Auf Davids Telefon finden sich Nachrichten, die dafür sprechen, dass seine Frau ihn gehasst haben muss. Nicht Nachrichten an sie, Nachrichten an eine andere, explizite Nachrichten, außerdem harmlose Flirtereien mit einer Handvoll weiterer Frauen. Ein kranker Charakter, denkt die Kommissarin beim Durchlesen der Nachrichten, sie ist da ganz klar. Aber hat die Chinesin ihren Mann wirklich vergiftet? Ist sie nicht verloren ohne ihn? Komplett abhängig von ihm? Vulnerabel? Längst kaputt von seinen Manipulationen und der Gehirnwäsche, der er sie unterzogen hat? Ihre Nachrichten lassen darauf schließen. Diese Unterwürfigkeit, diese schwelende Angst. Der Kreis der Verdächtigen weitet sich aus. Mitarbeitende,

Frauen, denen er täglich geschrieben hat, vor allem aber diese eine, der er sich offenbar als Einzige tatsächlich hingegeben hat, ihr Name ist Noëlle. Seit fünf Jahren schreiben sie sich, im letzten Jahr hat es von seiner Seite her massiv abgenommen. Ein Vorfall an Weihnachten, er schreibt ihr, er sei selbstgefährdet, er müsse *detoxen.* Arme Noëlle, aber was kann sie tun? Ab jetzt ist sie in emotionaler Geiselhaft und kann ihm nichts mehr vorwerfen. Seine Nachrichten werden immer spärlicher, aber sie will verstehen, mit ihm reden, ihn sehen. Ja: Sex bedeutet, eine Weiche zu stellen. Mit den anderen Frauen schrammte er immer daran vorbei, aber mit dieser Noëlle war tatsächlich was, also lässt sie sich nicht so leicht abschütteln. Die anderen Frauen sind alle aus seinem Leben verschwunden, irgendwann erledigen sich diese Bekanntschaften von selbst, sie halten so lange an, wie so etwas eben andauert, aber mit dieser Noëlle ...

Das denkt sie alles, die Kommissarin, sie braucht Noëlle nichts vorzumachen. Noëlle bleibt stehen und raucht eine Zigarette. Den Felsvorsprung, wo sie Claire gesehen hat, immer im Blick. Adlerblick. Elefantenohren. Nur ein Pferd hat sie noch nicht gesehen. Wo sind sie bloß? Im Laufe der nächsten halben Stunde raucht sie vier Zigaretten. Die Kommissarin ist verschwunden, Claire, die Klare, sie ist verschwunden. Noëlle muss einen Moment nicht aufgepasst haben, vielleicht beim Anzünden einer Zigarette. Keine Bewegung, keine Regung aus ihrer Richtung. Sie hat auf etwas anderes geachtet – sie weiß, wie man im Krieg Zigaretten raucht: nicht einfach anzünden, sonst ist der zweite Akt, dass man dich im Aufblitzen der Flamme entdeckt, und der dritte, sie knallen dich ab. Also Hand vor die Zigarette, damit man dein Gesicht nicht sieht. Das hat sie gemacht. Hand vor die Zigarette. Vielleicht ist Claire genau in dem Moment aus ihrem Versteck gesprungen und verschwunden. Auch sie hat Training im Sich-Verstecken. Das mit der Zigarette hat Noëlle im Fernsehen gesehen. Das ist ihr geblieben, der Blick in den Lauf, das Gesicht im Fadenkreuz, wenn du (vor allem nachts) den Glimmstängel falsch anzündest. Warum denkt sie an diese Sendung zurück, wenn sie doch gar keine Soldatin ist? Claire ist weg. Noëlle kann es spüren.

Vor dem Haus beim toten Baum begegnet ihr eine Frau in Wollstulpen.

»Bonsoir, Noëlle.«

Plötzlich steht er unheimlich da, der Baum.

Woher kennt sie ihren Namen?

Ihr Name sei Elisabeth.

Sie habe starke Migräne, die sie manchmal tagelang ans Bett fessele, aber jetzt sei wieder gut.

Noëlle nickt. Sollte sie das? Ist das die richtige Reaktion auf eine solche Situation? Sie will die Fremde doch loswerden. Was hat sie hier verloren? Warum hat sie sich hierher verirrt?

Da sie keine Anstalten macht zu verschwinden, schleicht Noëlle rückwärts zum Haus, eilt in die Küche und späht vorsichtig durch das Fenster.

Die Frau, die sich Elisabeth nennt, spaziert seelenruhig vor dem Haus auf und ab. Ihr zuzuschauen, macht die Zeit lang. Viel zu lang. Noëlle bekommt einen Stich ins Herz. Es ist unmöglich, sie länger zu beobachten. Es ist, als würde dieser Moment nie mehr aufhören.

Durchgeschwitzt verlässt sie die Küche und geht auf ihr Zimmer.

Vor dem offenen Spiegelschrank starrt sie auf die Tabletten, die sie in einem Beutel sammelt. Den ganzen Tag war es blendend hell, als läge die Welt auf dem Seziertisch und dränge Licht in ihr Hirn. Soll sie die Pillen wieder schlucken? Ganz hinunterschlucken?

Hinter einer Packung Binden ihr weiß-goldener Kosmetikbeutel. Eine Zeit lang hat sie jede Woche dreihundert Franken aus dem Geldautomaten gezogen und in diesen Beutel gelegt. Als Vorsorge, falls Bertram sich scheiden lassen will. Inzwischen sind es fünftausendeinhundert Franken, die sie darin versteckt hält. Sie sollte sie zur Bank bringen, in der nächsten Stadt gibt es bestimmt eine. Sie wird sich ganz normal benehmen. Wenn sie gefragt wird, woher die Scheine kommen, wird sie ihnen etwas vorlügen. Auf dem Land sind sie so neugierig.

Sie schließt den Schrank, setzt sich an den Tisch und schaltet die Lampe ein. Das Licht stürzt über ihr geöffnetes Heft, über die schneeweißen Seiten.

Morgen hat er Geburtstag ... Soll sie ihm schreiben?

Nein!

Vor dem Haus plötzlich ein Schrei.

Sie eilt hinaus.

Flutlicht aus Scheinwerfern.

Waren die schon immer hier?

Auf dem Boden ausgestreckt Elisabeth, die Frau in den Stulpen.

Was macht sie noch da?

Eine andere Frau steht daneben, noch eine Fremde. Sie drückt ihr Telefon ans Ohr.

»Sie ist gefallen. Ich habe die Ambulanz gerufen. Ja, sie ist ansprechbar«, hört Noëlle sie sagen.

Elisabeths Arm ist voller Blut. Sie hält sich die Seite.

Noëlle sieht die beiden Frauen, sie sieht das Blut.

Die Fremde empfiehlt ihr, ihr Zimmer aufzusuchen, und Noëlle folgt ihrem Rat.

Am nächsten Morgen Gesprächstherapie in der Küche.

Sacha kennt Elisabeth, er ist ihr auch schon begegnet.

»Sie hat sich den Arm und drei Rippen gebrochen und hat eine Lungenperforation.«

»Nach einem einfachen Sturz? Wie ist sie gefallen?«

»Sie wird im Spital neurologischen Tests unterzogen.«

»Sie hat Migräneanfälle«, erklärt ihm Noëlle.

Sacha nickt und senkt die Augen. Noëlle hat das Gefühl, er fühle sich unwohl.

Sie hebt den Blick den Hügel hinauf.

Diesmal tritt sie in den Wald ein.

Der Weg führt bergauf und wird kurvig.

Dickicht.

Spinnennetze in Herbstbäumen.

Sie versucht, möglichst frei und tief zu atmen.

Sie muss sich freilaufen, ihren Gedanken davonlaufen, die immer wilder werden. Seit sie die Medikamente weglässt, lichtet sich manchmal alles in ihrem Kopf und Verwirrung macht sich breit, alles rauscht gleichzeitig durch ihre Synapsen. Ohne Arznei bewegt sie sich wieder normal, sie geht schneller, sie ist endlich diese Verlangsamung und Verkrampfung los, die ihr gar nicht bewusst war.

Eine halbe Stunde später kommt sie oberhalb der Baumgrenze aus dem Wald heraus. Sie ist müde, nichts als Steine. Aber dort: eine weiße Marienstatue in einer Aussparung im Felsen und daneben der Eingang zu einer Höhle. Dorthin wird sie sich zurückziehen und sich ausruhen, so schafft sie es nicht zurück zum Haus. Ist es sicher? Was soll passieren? Es hat seit Tagen nicht geregnet, rutschen wird nichts, es wird höchstens nach Fledermauskot riechen wie damals in Nordthailand in dieser Höhle. Bei Sonnenuntergang waren sie herausgekommen, Tausende von Fledermäusen. Ein Kopfüber,

Kreischen, Flattern und Stinken war das. Sie waren eine Gruppe von zehn Leuten, die mit einem Touristenführer durch die Schlucht zur Höhle geklettert ist, angeseilt und mit Taschenlampen ausgerüstet.

Beim Betreten der Höhle ist alles ganz ruhig. Sie nimmt keinen Gestank wahr, nur trockene Luft. Der Boden ist sauber und eben.

Wenn sie hierbliebe, wer würde sie vermissen, im Erdinnern sitzend?

Rivas Batblood ... Du wirst sehen ...

Sie muss an die Feder in Muiras Geschäft denken, die ihr bei ihrem ersten Besuch aufgefallen ist, an den Stein, den Muira ihr gegeben hat.

Ein Dumortierit. Damit du immer die richtigen Worte findest, du wirst sehen.

Meinte Muira diese Höhle, die sie an Thailand erinnern wird? Wollte sie ihr sagen, dass sie über dieses Erlebnis schreiben wird? Dass ihre Wünsche wahr werden, wenn sie sie aufschreibt? Vielleicht schreibt sie mit Fledermausblut, es würde sie nicht wundern.

Augen schließen.

Ruhig.

Ganz ruhig.

Auf vier einatmen.

Auf sechs ausatmen.

Länger ausatmen als einatmen.

Ausatmen beruhigt.

Sich auf den Atem konzentrieren.

Nicht schnauben.

Ruhig atmen.

Lange her, dass ihr Herz so gerast hat.

So vieles ist ihr unheimlich in letzter Zeit. Die Frau mit den Stulpen. Sacha, der plötzlich anders zu ihr spricht.

Sie hat es nicht nach Zürich geschafft. Sie hat es nicht in den lächerlichen Zug geschafft, wo sie auf jedem Meter bloß die Notbremse zu ziehen gebraucht hätte, um nach einem kurzen Bremsweg auszusteigen. Auf weiter Ebene hätte sie gestanden, an der frischen Luft. Stattdessen ist sie ausgestiegen und auf ihrem Zimmer ins Netz. Dort hat sie sich durch Davids Augen in den kurzen Röcken stecken sehen, die an Bügeln hingen oder sich an Puppen schmiegten.

Wie stellst du's dir vor?

Wie eine Schlacht

Überwältigung immer wieder

Schneller Griff zum Telefon, um zu prüfen, ob sie fantasiert. Das Display blendet. Reflexartig schließt sie die Augen, wie Nacht für Nacht auf ihrem Zimmer, wenn sie in der Finsternis auf das Smartphone blickt und auf Nachricht von ihm hofft. Unter den Lidern bildet sich ein gelbes Rechteck auf ihrer Netzhaut ab, das aussieht wie das goldene Tor zu einer schwarzen Höhle ins Ungewisse. Und hier ist sie: im Innersten des Ungewissen angelangt. Was man sich ausdenken kann, kann auch eintreffen.

Acht Uhr morgens. Es klingelt an der Eingangstür. DHL mit Turnschuhen für sechshundert Franken. Schachtel aufmachen und schauen, ob sie passen, ob sie schön sind, und sie ausnahmsweise mal anziehen, da sie jetzt viel Zeit mit Spaziergängen auf dem Land verbringt und gutes Schuhwerk braucht. In der Stadt landen fast alle Schuhe unbenutzt im Schrank, bis sie entsorgt werden. Das müsste sie mal zusammenrechnen, den Betrag, den sie schon in Schubladen und Abfallsäcke versenkt hat.

Die Mücken stechen sie, es juckt sie am Handgelenk, zwei rote Blutpunkte, sie verabscheut Stiche, stich zu, blöde Mücke, aber nur einmal, dann gibst du Ruh. Aber nein, sie muss zweimal stechen, Noëlles Handgelenk ist auf der Innenseite schon ganz rot, über den Pulsadern, eine heikle Stelle, sie braucht sicher nicht näher darauf einzugehen, sie glaubt fest daran, gewisse Wörter nicht in den Mund zu nehmen, um keine Realität zu erzeugen. Sie ist nicht abergläubisch, sie ist keine Hexe, noch nicht einmal eine Kräutermischerin, trotzdem gibt es Wörter, die sie meidet. Also aufhören zu kratzen, dann geht die Rötung weg. *Lächle und dein Inneres folgt*. Diese Quotes auf Instagram. Sie geht auf *Suchen*, auf die kleine Lupe, und noch bevor sie den Namen einer Frau eingeben könnte, die David mit Herz-Emojis überschüttet, und es sind viele, tauchen all die Bilder auf, die ihr Interesse spiegeln sollen, ihr *Kürzlich-gesucht*-Verhalten, *kürzlich-angesehen*. Da erscheinen Buddha-Zitate, *Relationships*-Zeugs, eingängige Sprüche, Katzenvideos. Besser als zu stalken, macht sie nicht, macht sie wirklich nicht, hat sie mal, sie hat aufgehört damit. Inzwischen lassen David und sie sich so viel Freiraum, dass sie es sich zum Hobby gemacht haben, einander nicht mehr zu schreiben, oder nur noch minimalst. Der Rest ist Zeichendeuten, bedeutungsschwere Stille interpretieren. Irgendwann hatte sie das Gefühl, dass David verklausuliertes Schreiben mehr interessiert als alles andere.

Anfangs sprichst du noch normal.

Dann sprichst du plötzlich in Bildern.

Du beginnst – wie er – immer öfter zu schweigen.

Spricht nicht auch der Fluss, das Blatt, der Berg, ohne dass er spricht?

Der Mond?

Die größte Erzählung der Welt, die Natur, ist stumm.

Hör auf zu reden, und du sprichst wahrlich.

Schweig, und du hörst nicht nur zum ersten Mal richtig, du sprichst richtig und du wirst gehört.

Sie weiß nicht ...

Sie kann sich kein Gehör verschaffen. David fürchtet den Dialog wie der Teufel das Weihwasser.

Er schweigt und sagt ihr damit indirekt: Vertrau mir.

Doch das Vertrauen ist aufgebraucht.

Die vielen Missverständnisse, weil er nicht redet. So viel Leid. Bedauert er das nicht?

Hat er keine Angst davor, dass er sich mit seinem kaltblütigen Schweigen bei ihr auch ein Stück weit selber umbringt?

Klar, eine Affäre mit einem verheirateten Mann bringt einige Besonderheiten mit sich. Man ist von der normalen Kommunikation abgeschnitten, muss alles mit wenigen Worten sagen, darf keine verräterischen Nachrichten stehen lassen oder muss zweideutig schreiben, wenn nicht sicher ist, dass der andere sofort liest. Das erfordert neue Register, das erfordert Nerven, Ausdauer und den Glauben an die Liebe, den Glauben an den andern. Man wird zum Schweigen gezwungen. So kommt es, dass der Traum von der Affäre tatsächlich zum Traum wird: Er spielt sich vorwiegend im Kopf ab und nur zu einem geringen Teil in der Realität. Vielleicht träumen wir von Affären, weil wir im Grunde träumen wollen ... Trotzdem wäre es schön, er würde mehr reden. So viel Schweigen ist gar nicht nötig.

Eine Zeit lang schien jeder Satz von David voller Bedeutung, erfüllt von einem tieferen Sinn, als enthielte er eine Wahrheit, als müsste sie zu den Post-its greifen wie damals beim Lesen der Bibel.

»Man sollte nicht versuchen, sich selbst Antworten zu geben«, hat er gesagt.

Ein typischer David-Satz: Er eröffnet etwas, ohne dabei das Mindeste zu klären.

»Ja«, donnert Penelope am Telefon. »Das Leben hält für viele Fragen mehr als eine Antwort bereit, aber nicht nach Erklärungen zu suchen, ist schlicht unmenschlich! Der Mensch sucht nach Erklärungen, er sucht nach dem

Dialog, darum taugt Davids abstrakt und theoretisch daherkommender Satz nichts und zielt nur darauf ab, dich zu verwirren!«

Noëlle folgt dem Fluss ins Dorf und bückt sich, um die Schuhe zu schnüren. Da ist wieder das Knacken im Ohr, das Brausen im Kopf. Schnell richtet sie sich auf, reibt das Ohr, bewegt den Kiefer, schluckt ... Kein Klopfen mehr, dafür hört sie eine Stimme.

»Wann hast du geheiratet?«, fragt David.

»2007.«

»Dann haben wir uns verpasst. Ich bin erst 2008 in die Schweiz gekommen.«

»Hättest du mich geheiratet?«

Er zögert. »Ohne dich jetzt gefragt zu haben, ob du mich auch hättest heiraten wollen: Ja, ich glaube schon.«

Fen.

Kommt auf sie zu.

Hebt den Arm.

Und schlägt zu.

Ist das eine chinesische Kampfsporttechnik?

Ist das Wut?

Ist es das, was sie längst einmal hat zeigen wollen, aller Welt, allen Frauen, ihrem Mann, der sie hintergeht?

Zeigen, wie sie auch sein kann, nicht, wie sie ist?

Wie hat sie es herausgefunden? Hat sie Diät kochen müssen, weil er abnehmen will? Hat er sich nicht mehr über ihre schön arrangierten Gerichte, die aus Radieschen und Karotten geschnitzten Orchideen und Fische gefreut?

Fen. Wie sie nie zuvor jemand gesehen hat.

Sie hat Noëlle ans Ohr geschlagen, sie hört nichts mehr auf der linken Seite. Mit dem rechten Fuß hat sie ihre Nase zertrümmert. Ein Knacken wie beim Spalten eines Holzscheits. Es hat Fen zum Lächeln gebracht. Sie hat ein grausames, gefühlloses Lächeln gelächelt.

Die verlorene Ehre der Fen Du.

Und natürlich ist Noëlle schuld. Frauen denken so.

Sie richten den Mann erst in zweiter Instanz.

Zuerst muss die Frau dran glauben. Am besten, sie stirbt.

Aus dem Weg.

Für immer.

Genug Kopfzerbrechen und Herzschmerzen.

Sie sieht Fens tiefe, dunkle Augenringe.

Dunkler als jede Nacht, die sie durchwacht.

War auch wirklich fies von ihr, sich so gar nicht darum zu kümmern, ob sie eine Familie zerstört.

Blitzt da ein Schnappmesser in Fens Hand auf?

Das Bild ist erloschen.

Das passiert ihr öfter: Aus dem Augenwinkel glaubt sie, einen Menschen zu sehen, hebt den Kopf, und es ist nur eine Steinkugel auf einem Sockel vor einem Haus oder sonst was Lebloses.

Weitergehen, den Blick auf den Horizont gerichtet, der heute etwas tiefer scheint.

Die neuen Schuhe machen sie fünf Zentimeter größer, gleich groß wie David.

Es ist, als hätte sie die ganze Zeit über durch eine Glasscheibe auf ihn geblickt. Er befindet sich in einem Haus, das mit seinen großen Sälen und verglasten Fronten einem öffentlichen Gebäude gleicht. Auf einem alten braunen Sofa sitzt sein Sohn. Seine Frau hat in einem dunkelblauen Sessel Platz genommen. David geht vor ihnen auf und ab, den Blick zu Boden gesenkt. Jeder ist für sich.

Ich glaube, hier wird mitgelesen, besser nicht auf Halde schreiben, hier stimmt was nicht.
Ich komme hier nicht weg. War den ganzen Tag mit Navigieren beschäftigt …

Warum stellt er Fen wie ein unüberwindbares Hindernis dar? Sie konnte Bertram doch auch verlassen, für sie stand auch viel auf dem Spiel. Sie wird sich Arbeit suchen müssen, wenn es zur Scheidung kommt. Sie ist vor lauter Erschöpfung, Bertram zu verlassen und David nicht mehr lieben zu können, im Jura gelandet.

Musste er Fens wegen aufhören, ihr zu schreiben? Hat sie ihn dazu gezwungen? Hat sie ihm ein Ultimatum gestellt? Oder kann er nicht aus seiner Ehe, weil er selbst das unüberwindbare Hindernis darstellt, weil er nicht für sich selber sorgen kann?

Bei ihrer ersten Begegnung hat David ihr von seiner virtuellen Affäre erzählt. Über fünf Monate hinweg hatte er einer Frau am andern Ende der Welt geschrieben, geküsst hatten sie sich zuvor ein einziges Mal und danach nie wieder. Endlich hatte er ein Flugticket gekauft und war bereit gewesen, alles aufzugeben, um bei ihr zu sein – was er schließlich doch nicht getan hatte.

Noëlle kommt in den Sinn, wie David damals zu ihr gesagt hat: »Wir können uns ja kennenlernen. Und das Gute ist: Wir können uns sehen. Man muss sich einfach immer überlegen, ob man wirklich alles aufgeben möchte. Ich kann dir nur sagen, dass ich zu Hause fast alles zerstört habe nach der Geschichte letztes Jahr. Ich habe alles gebeichtet. Stell dir vor, alles, was du hast, gerät ins Wanken!«

Ja: Stell dir vor, alles, was du hast, gerät ins Wanken. Sie weiß jetzt, wie das ist. Sicher, sie werden miteinander behutsam sein müssen, wenn sie zusammenkommen, weil sie füreinander eine Familie verlassen haben. Aber möglich ist es.

»Such dir jemanden, der cool ist«, sagt Penelope am Telefon. »Auf mich hat er immer unsicher und unstabil gewirkt.«

Einen Moment hält sie inne.

»Du bist stärker als er; du begreifst es nur nicht. Mit einem wie David funktioniert es nur, wenn du ihn random an dich heranlässt, ihn gar nicht brauchst.«

Noch eine Pause.

»Du setzt am falschen Ende an. Statt dir den Kopf über ihn zu zerbrechen, solltest du über deine eigene Zukunft nachdenken.«

»Ich weiß«, sagt Noëlle. Doch ihr wird klar, dass sie Penelope nicht mehr richtig zuhört. Sie ist nur froh über den Regen, der an die Scheibe prasselt. Er besänftigt das Zittern, das von ihr Besitz genommen hat.

Ist es nichts als ein dunkler Verführungstrick, ihr zu sagen, sie könnten nie zusammen sein, damit sie ihn umso mehr jagt?

In ihrem Herz ist kein Platz für einen anderen Menschen als David. In ihrem Herz war noch nie Platz für mehr als einen Menschen auf einmal. Wenn sie liebt, taucht keine neue Liebe auf. Noch nie hat sie eine Liebe durch eine andere ersetzt. Die Liebe musste zuerst sterben, bevor eine andere kam. Doch diesmal stirbt die Liebe einfach nicht. Sie will keine neue Liebe. David löst sich nicht auf.

Facebook auf.

Fens Freundinnen haben Namen wie Qin, Xuan, Yun und Zyt.

Fen liket nichts und niemanden.

Facebook zu.

Eine Nacht.

Ein Morgen.

Ob David chinesischen Tee trinkt?

Zu Muira ins Geschäft.

Landet jeder, der ein Geheimnis hat, bei einer Hexe, also jeder?

Beim Betreten des Ladens schickt Muira ihr Luftküsse zu.

Einen Augenblick überlegt Noëlle, sie symbolisch aufzufangen und zurückzuschicken, lässt es aber bleiben.

»Glaubst du, er tut sich was an?«

»Dafür ist er viel zu faul.«

Muira betrachtet Noëlles Stirn.

»Schreib jetzt, solange du in diesem Flow bist.«

»Ich bin in keinem Flow. Ich bin in einem Loch.«

»Dann schreib weiter. Es kommt jetzt.«

Sie hat ein Lächeln auf den Lippen, und ihre Augen sehen an Noëlle vorbei.

»Es liegt nicht an dir, dass er sich zurückzieht. Er ist krank.«

»Mit wem sprichst du, wenn du hinter mich blickst? Ist da jemand?«

»Ja.«

»Wer?«

»Kommt darauf an.«

»In diesem Moment?«

»Deine Großmutter, väterlicherseits.«

»Kenne ich nicht. Will sie mir was sagen?«

»Nein. Sie ist nur da.«

Enttäuscht pfeift Noëlle die Luft aus den Lungen.

»Ich bitte die Leute nicht herbei«, entgegnet Muira trocken.

»Kannst du mir helfen? Du bist so viel weiter als ich.«

»Ich mache das auch schon seit Jahrzehnten. Wenn mir jemand dumm kommt, gehe ich direkt auf ihn zu und spreche mit ihm. Den Rest mache ich mithilfe höherer magischer Kräfte, mit meinen schwarzen Spiegeln.«

»Wie geht das?«

»Das hat viel mit Lebenserfahrung zu tun, das ist Lebenserfahrung. Und meine Spiegel wissen schon.«

»Ich habe keinen schwarzen Spiegel.«

»René muss erst wieder welche herstellen. Das dauert ewig, bis diese Schichten trocknen.«

»Ihr beschichtet normale Spiegel? Womit?«

»Das ist unser Geheimnis, das verraten wir nicht.« Mit einem aufmerksamen Ausdruck im Gesicht setzt sie hinzu: »Du hast abgenommen. Hast du was verändert?«

Noëlle erzählt nichts von den Tabletten, mit denen sie aufgehört hat.

»Was hat es mit schwarzen Spiegeln auf sich?«

»Du blickst rein, erkennst dich, und plötzlich erkennst du auch, was hinter dir ist.«

»Sie sind nicht komplett schwarz?«

»Nein. Du siehst dich darin und noch mehr – wie in einer Kristallkugel.«

»Ich kann es mir nicht erlauben, ihn zu verlieren.«

»Du verlierst ihn nicht.«

»Muira, sag ehrlich: Bin ich verrückt?«

»Nein, du bist nicht verrückt. Lass dir das von niemandem einreden. Keine Realität ist hundert Prozent sicher.«

Ist es nicht sehr still?

Im Pyjama sitzt Noëlle an der Bettkante.

Sie hat David ein Foto von sich in Unterwäsche geschickt, auf dem er die Kerbe zwischen ihren Beinen durch den Stoff erkennen kann.

Davon hat sie Muira nichts erzählt.

Davon wird sie Sacha nichts erzählen.

Vielleicht ist sie selber schuld. Vielleicht ist sie zu verschwiegen.

Sie sinkt ins Kissen. Wieder Phantomumarmungen um ihre Taille.

Umarmt David seine Frau manchmal noch?

Sie weiß nicht, wie er sich Fen gegenüber verhält.

Griff zum Telefon.

Fang, Lei, Yan, Hong.

Sechzig Leute in Fens Freundesliste.

Fen fehlt unten rechts ein Zahn. Eine senkrechte Furche spaltet ihre Stirn, und sie hat tiefe Risse in der Haut, auch unterhalb der Mundwinkel.

Ihrem Hausgeist bringt sie regelmäßig Opfer, wie Noëlle einem Facebook-Eintrag von vor sechs Jahren entnimmt. Offenbar ist da einer. Sie gießt Öl von einer Goldschale in die andere und trägt immer ein Amulett, das offensichtlich nichts nützt, sonst hätte sie einen besseren Mann an ihrer Seite.

Fen postet kaum noch, seit David und Noëlle sich kennen.

Magst du telefonieren?

Schwierig gerade, ich gehe jetzt kurz schwimmen im Regen

Ausreden. Verschwommene Antworten. Indirektes Reden.

Sie hat es ihm ausgetrieben.

Sie war sein Spiegel.

Der Spiegel für einen Narzissten. Das ist wider Erwarten sogar halbwegs amüsant.

Sie ist einfach nicht weggerannt wie alle andern.

Sie zieht ihr iPhone vom Nachttisch an sich heran, um zu prüfen, ob David auf ihr Foto reagiert hat.

Hat er nicht. Auch kein verschlüsselter Hinweis.

Gute Nacht.

Schreibt sie ihm und wartet nicht auf Antwort.

Rucksack packen.

Zurück zur Höhle.

Bergnebel, den Hügel überquerend.

Es ist ein grauer, windiger Tag.

Ein Monat ist vergangen, seit sie in der Felshöhlung war.

Es ist kalt geworden.

Der Wald ist dicht und nass, nass wie die Sumpflandschaft, denkt sie und versucht, nicht auf ihr Herz zu achten, das zu Sprüngen aufgelegt ist.

Jetzt, wo sie nichts mehr nimmt, hat sie wieder die alte Raserei im Kopf, schlimmer als je zuvor.

Vor der Höhle sieht sie sich um. Niemand.

Mehrere Wochen, seit sie die Medikamente weglässt, um schlank zu sein für David.

Tatsächlich hat sie ein wenig abgenommen.

Seit sie sich von den Pillen fernhält, knackst es häufiger in ihrem Kopf, und sie hört manchmal Stimmen. Für kurze Momente sieht sie glasklar, dann wieder verschwommen. Manchmal schwirrt ihr der Schädel. Das Zittern hat abgenommen. Sie hat aufgehört, die Tabletten die Toiletten hinunterzuspülen, weil sie sich Sorgen macht um die Fische. Sie sammelt sie in einem Beutel und wird sie in der Höhle vergraben. An den Silberlöffel hat sie gedacht, an den verbogenen.

Wie tief geht es noch in dieses Loch hinein? Sie wird hier doch wohl noch rauskommen? Da erwischt es sie: Etwas flattert wie ein kleiner Vogel in ihrer Brust. Es gelingt ihr nicht, sich auf die Atmung einzulassen, um sich zu beruhigen. Was, wenn sie völlig durchdreht und ihr Herz auf einmal stillsteht? Ist das ein Schatten an der Wand? Ein Wolf, der sie in die Tiefe der Höhle drängen will? Schritt für Schritt, er vorwärts, sie rückwärts, die Lefzen hochgezogen, die Zunge hängt ihm aus dem Maul, er hechelt, er stellt sich ihr in den Weg, versperrt den Ausgang. Schmutziges Fell, vertrocknetes Blut in den Schnurrhaaren, Stunde für Stunde mit nagendem Hunger sie im Blick, solange kein Reh oder Fuchs oder junges Wildschwein, ein Marder, eine Maus oder ein Vogel seinen Weg kreuzt. Erscheint ein Hirte, ein Gewehr in der Hand? Sie fühlt sich ständig beobachtet.

Hastig schließt sie die Augen und öffnet sie wieder. Da ist kein Wolf. Da ist nichts. Nichts als die leere Höhle. In dem Moment versteht sie blitzartig, dass sie in einer Klinik ist, nicht in Bertrams Ferienhaus. Sie brauchte einen langen, medikamentengefederten Kuraufenthalt, und sie weiß jetzt, wie man verrückt wird – indem man ständig etwas sieht, das nicht da ist, oder indem man das, was da ist, ignoriert. Scharf nachdenken. Die Frau mit den Stulpen, Elisabeth: Stand sie heute Morgen nicht in der Küche? Sie darf David nicht mehr schreiben, sie muss damit aufhören. Sie schreibt ihm nicht mehr, nicht mehr im Wochenrhythmus, nicht mehr im Zweiwochenrhythmus, nicht einmal mehr im Dreiwochenrhythmus, gar nicht mehr. Diese Angst, völlig den Verstand zu verlieren ... Vielleicht musste sie erst selbst diesen Wahnsinn spüren, diese Bedrohung, um endlich zu verstummen.

Ein Ton in der Luft. Ist das ein Ton? Ein Donner? Unwirklich. Sogar der Himmel redet. Stirbt sie hier? Hat sie ihren nahen Tod vorausgesehen und David deshalb gewollt, die schönste aller möglichen Liebesgeschichten zum Schluss, die im Traum, nicht ahnend, dass sie dabei verrückt wird?

»Du bist zerstreut«, hat Penelope gesagt.

Schöner Name: Penelope. Bei Homer ist sie die Frau des Odysseus und das Muster einer treuen Ehefrau, die während der Irrfahrt ihres Gatten zwanzig Jahre auf ihn wartet. Das käme ihrer Penelope nicht in den Sinn.

»Lichtempfindlichkeit? Gelegentliche Kopfschmerzen? Übelkeit?«

Sie hat Sacha gegenüber verneint. War vielleicht ein Fehler, aber sie hatte den Eindruck, er suche nur nach einem Grund, ihr noch mehr Psychopharmaka zu verschreiben. Weiß er, dass neuerdings schon ein paar wenige Eindrücke sie überwältigen? Seit sie die Tabletten nicht mehr nimmt, spricht sie nicht mehr offen zu ihm. Sie muss aufpassen, was sie ihm sagt.

Zurück im Haus, im Flur, ein kleinformatiges Buch am Boden. Sie hebt es auf und blättert darin, bis ihre Augen an einem Satz hängen bleiben. *La vraie vie est absente. Nous ne sommes pas au monde.*

»Wie wahr«, murmelt sie zu sich selbst, die deutsche Übersetzung auf der Gegenseite überfliegend. *Das wirkliche Leben ist abwesend. Wir sind nicht auf der Welt.*

»Wer hat das geschrieben?« *Arthur Rimbaud, Une saison en enfer. / Eine Zeit in der Hölle*, sagt sie im Geist, während sie den Umschlag entziffert. Sie nimmt den schmalen Band mit auf ihr Zimmer.

»Okay du, wir schauen.«

Hat David eine Sprachnachricht beendet.

Wir schauen.

Sie sind sich noch nicht im Klaren, was da ist. Auch nach vielen Jahren nicht.

Sie macht das Licht aus und sinkt ins Kissen.

Elisabeth bereitet eine Tomatensuppe zu. Sie hat gelernt, sich nur noch an Konkretes zu halten. Elisabeth ist die Frau mit den Stulpen. Sie ist nicht bloß gestürzt, sie ist vom Dach gesprungen, weil sie dachte, das Haus stünde in Flammen. Ihre Rippen und die Lunge sind geheilt. Sie wohnt auch im Haus und geht zu Sacha in die Therapie. Noëlle weiß nicht, wie lange das schon so ist, es entzieht sich ihrem Wissen. Vielleicht hat Elisabeth sich die ganze Zeit nur vor ihr versteckt, um ihr keine Angst einzujagen.

»Was haben die Neurologen herausgefunden?«

»Dass wir nichts über uns wissen und die Neurologie in den Kinderschuhen steckt. Ist das nicht unglaublich?«

Nächste Woche verlässt Elisabeth das Haus, sie kommt in eine neue Klinik. Noëlle sieht zu, wie sie die Hände an der Schürze abwischt, die danach voller gehackter Kräuter ist. Heute muss sie die Küche mit ihr teilen. Elisabeth stellt die Flamme klein und geht raus, um nach ihrem Abschnitt des Kräutergartens zu sehen. Sie sagt, das Beet werde ihr fehlen.

Reglos verharrt Noëlle vor dem Herd und beobachtet sie durch das Fenster. Würde Noëlle sich bewegen, würde der Moment in tausend Stücke zerbrechen. Leise köchelt die Suppe vor sich hin.

Der Verlag hat angerufen.

Dreihundert Seiten, hat sie gelogen.

Drei Seiten gefüllt.

Das reicht für heute. Sie schließt die Augen.

Sie kommt nicht weiter.

Schlafen.

In solchen Momenten muss sie schlafen. Beim Erwachen sind die Bilder wieder da. Im Schlaf findet ihr Hirn den Weg zu mehr Klarsicht.

Das Zolpidem hat sie abgesetzt, genau wie das Zyprexa. Ein paar Stunden Schlaf am Stück reichen.

Sacha winkt sie in ein Zimmer und zeigt auf einen Stuhl, auf den sie sich setzen soll. Um sie herum lauter Leute. Sacha leitet die Diskussion. Die versammelten Patienten im losen Kreis sagen kein Wort.

Elisabeth neben ihr ist eingeschlafen, im Sitzen. Ob sie Migräne hat?

»Du musst ihn gehen lassen«, flüstert die Sitznachbarin zur Linken ihr zu.

»Ich kann nicht.«

»Dann wirst du diesen Ort nie verlassen.«

Wer ist sie? Kennt Noëlle sie? Sieht sie Menschen, die nicht da sind? Hat sie schon immer im Kreis gesessen?

Sie hat sich an keine Vorschriften zu halten, es ist das Haus von Bertrams Mutter, ihrer Schwiegermutter, sie kann tun und lassen, was sie will. Selbstgehäkeltes von Bertrams Mutter auf der Konsole im Entrée, Bauernschränke voller gebügelter und gefalteter Wäsche. Ist das nicht Beweis genug? Die erstickende Gutbürgerlichkeit, in die sie sich eingeheiratet hat.

Sie schließt die Augen und öffnet sie wieder. Alles wie zuvor. Gruppentherapie, sieben Leute auf Stühlen im Kreis, Sacha steht in der Mitte und sagt zu jedem etwas. Dazu dreht er sich um die eigene Achse wie einer der Derwische, von denen er ihr erzählt hat. Sind das die Auswirkungen auf ihre Psyche, weil sie die Medikamente nicht mehr nimmt? Waren die Leute schon immer da? Sie kann unmöglich Sacha fragen.

Sie könnte weinen auf ihrem Stuhl, so sehr vermisst sie David. Warum redet er nicht mit ihr? Im Mittelalter, als es noch keine Medikamente gab, schrieben sie einen Spruch auf einen Zettel und schluckten ihn hinunter. Alles ist Sprache, er weiß das. Keiner weiß das besser als er.

Mitten in der Nacht schleicht sie sich aus dem Haus. Wenn sie das Ganze von außen betrachtet, kann sie es mit Gewissheit sagen, sie hat so ein Gefühl.

Lichter springen an.

Scheinwerfer.

Heute wird es eine schlimme Nacht, eine der schlimmsten, denkt sie und unterdrückt mühsam einen Schrei.

Mohns Umrisse in der Dunkelheit sehend, die Lichter in den Zimmern (gelbe Tupfen wie Zigarettengluten im Krieg), kann sie plötzlich vollkommen klar denken und begreift es ganz: Sie sind viele Patienten und wohnen in diesem großen Haus, das eine Klinik ist, nicht Bertrams Ferienhaus. Es gibt vergitterte Fenster, schalldichte Türen, mehrere Küchen, in denen sie wieder Kochen lernen, da den meisten die Energie fehlte, Mahlzeiten zuzubereiten, oder weil sie den Appetit verloren hatten, als sie hier ankamen. Ikonen und Schilder mit religiösen Sprüchen an den Wänden, im Wohnzimmer ein Kamin, alles sieht häuslich und geborgen aus. Im Garten werden Kräuter, Gemüse und Blumen gezogen. Die Kühlschränke werden von der Anstalt gefüllt.

Sie betritt das Haus und streift durch das Erdgeschoss. Zwei Pfleger spielen Karten vor dem Kamin, ohne aufzublicken. Alles erscheint in christlichem Licht, das Feuer auf ihren Gesichtern, das Mondlicht an der Wand, die Kerzen unter einer Schwarz-Weiß-Fotografie, der sie bislang keine Beachtung geschenkt hat. Was zeigt das Bild? Sie tritt näher heran. Einen Mann im weißen Anzug aufrecht in einem blauen Sessel vor dem Kamin. Es ist der Sessel und der Kamin dieses Wohnzimmers, ein Bild im Bild, der Stifter und Gründer des Hospitals, wie anzunehmen ist.

Ist David ein Erlebnis, das die ganze Zeit die Wirklichkeit verdeckt hat? Hat sie bewusst nicht sehen wollen? Mohn wie Schlafmohn (Morphin, Opiate). Mohn sediert, es ist nur unter ärztlicher Verschreibung legal frei zu konsumieren. Sie war selber sediert, während sie die Medikamente nahm. Das Haus, das sie beschrieben hat, sieht anders aus als dieses. Wer Mohn sehen will, muss ihren Text lesen, es existiert nur auf Papier.

»Noch wach?«

Sacha ist ins Wohnzimmer getreten. Sie setzen sich in die Kaminecke. Die Pfleger stehen auf und verschwinden. Kennt sie die Männer? Bemerkt Sacha die Veränderung an ihr?

»Wohnst du hier?«

»Ja. Und ich stehe dir rund um die Uhr als dein Therapeut zur Verfügung.«

Sie muss an die Kuh denken, die sie am Morgen gesehen hat. Sie wurde in einen Anhänger getrieben. Das Tier hatte eine Todesangst, es wusste, dass es zum Metzger kommt.

»Und die sechs anderen aus der Sitzung heute Morgen?«

»Auch.«

Sacha und sie warten.

Wie konnte sie die Leute so lange übersehen?

Doch sie interessiert etwas viel Tieferliegendes.

»Warum verlässt David seine Frau nicht?«

Sacha nickt. »Sie ist sein Anker.«

»Aber er ist doch todunglücklich mit ihr.«

»Sie ist ein Nagel in seinem Fuß. Er ist ein zerrissener Mensch, er braucht diesen Halt, auch wenn er ihn schmerzt. Deshalb sage ich ja: ein Nagel in seinem Fuß.«

»Muira sagt immer: Es wird nie mehr so schön sein wie jetzt, so ganz ohne Verantwortung. Vielleicht hat sie recht. Wenn er plötzlich hier wäre, wenn wir zusammenwohnen würden, müsste ich auf einmal jeden Tag mit seinen Unzulänglichkeiten zurechtkommen.«

»Ja«, ruft Sacha aus und verwirft die Hände. »Stell dir vor, das Monster wäre hier! Die Liebe ist eine Erfahrung, die wir rational nicht in den Griff bekommen, aber gebrauche deine Sehnsucht dazu, ihn loszuwerden!«

»Wie soll das gehen?«

»Sublimierung! Stell dir vor, du hättest ihn endlich, dein größter Wunsch sei in Erfüllung gegangen. Dann merkst du, wie es abwärts geht, wie du ihn schon nach kurzer Zeit nur noch hasst. Schreib es auf: Tag eins, zwei, drei ... schließlich in immer größeren Abständen, in Wochen, Monaten, Jahren – bis du ihn ausgeschwitzt hast. Kehr deine Sehnsucht nach ihm um. Benutze ihn, um dein Buch zu schreiben.«

Noëlle unterdrückt ein Seufzen und greift sich ins Gesicht.

»Glaubst du, er tut sich was an?«

»Leute, die in einer Depression stecken, tun sich nichts an, sie sind blockiert. Erst wenn sie aus der depressiven Phase herauskommen, gibt es welche, die sagen: Das will ich nicht noch einmal erleben, und sich umbringen. Ein Depressiver begeht keinen Selbstmord.«

Würde sie sich freuen, wenn David wirklich hier wäre? Wenn der Moment endlich, endlich eintritt? Will sie ihm begegnen? Will sie es fast lieber nicht? Wusste sie nicht schon immer, dass sie nicht zusammenpassen würden?

»Das Ganze basiert auf der Unmöglichkeit«, macht Sacha weiter. »Aber wenn man sich mit Verliebtheiten auskennt, weiß man, dass Verliebtheiten immer verknüpft sind mit Unmöglichkeiten, mit dem Unerfüllbaren. Verliebtheiten, vor allem, wenn sie sexuell grundiert sind, haben sehr viel zu tun mit Idealisierungen, und Idealisierungen haben sehr viel zu tun mit der Möglichkeit, die Welt auszublenden. In diesem Sinn ist diese Ambivalenz, die in dir steckt, auch die Ambivalenz von ihm. Er entzieht sich einfach.«

»Und ich mich auch?«

»Natürlich, sonst hättest du ihn längst zur Rede gestellt oder aufgegeben. Du liebst ihn im Traum, zumindest ein Stück weit.«

Sacha lehnt sich zu ihr nach vorne. Schweißperlen säumen seine Oberlippe.

»Was heißt es, David zu sein? Das ist furchtbar anstrengend. Und dann hat er eben tatsächlich, er hat einen Bertram, die spricht Chinesisch, und von dort aus operiert er viel ruchloser, weil offensichtlich ... Entweder weiß diese Chinesin nichts von dem, oder sie hat sich damit abgefunden, aus einer anderen Kultur stammend, dass man halt einen Mann hat und den an der langen Leine und so weiter. Aber dass es effektiv stimmt, dass er sich gar nicht vorstellen kann, von diesem chinesischen Fundament abzuspringen, das kannst du dir gar nicht vorstellen. Du denkst: Ich bin doch schöner und intelligenter, ich kann die mit Links schlagen. Das denkst du nicht bewusst, aber du hörst doch nie auf, dir eine Zukunft mit ihm auszumalen. Dabei ist diese Chinesin vielleicht viel stärker für ihn, als du ahnst. Du lebst diese Widersprüche. Aber diese Widersprüche sind auch die Widersprüche von ihm. Ihn interessieren die, die ihn zunächst einmal ablehnen. Die Logik: Die muss ich erobern, bei denen muss ich mich beweisen.«

»Dann bin ich ja völlig uninteressant für ihn.«

»Ja natürlich. Natürlich bist du das.«

»Wieso bleibt er dann bei mir? Warum schickt er mir Zeichen?«

Sacha sinkt in den Sessel zurück. »Du entziehst dich auch immer noch ein bisschen. Nein, du bist sehr bequem.«

»Bequem, das trifft es wahrscheinlich. Eine zweite Chinesin.«

»Ja, ziemlich sicher. Entschuldigung, wenn ich das so denke. Vermutlich hübscher als die Chinesin, und dann eben nie so ganz sicher wie die Chinesin. Die Chinesin hat er ja auf sicher, dich eben nicht ganz. Du willst die gewinnen, die dich ablehnen. Diejenigen, die du schon gewonnen hast, sind uninteressant.«

Spazierengehen.

Hat sie nicht selbst immer wieder alles getan, um David in einer gewissen Entfernung zu halten?

Hat sie nicht Angst davor gehabt, zu bekommen, was sie wollte, als ihr Glück greifbar nah schien? Ist es das Grauen vor dem Ende gewesen? Hat sie einen unerreichbaren Mann gebraucht, um endlich wieder lieben zu können? Lieben oder Geliebtwerden, wenn sie nur eines von beidem könnte: Was würde sie wählen?

Während sie einen Fuß vor den anderen setzt, stellt sie sich vor, sie wäre mit David verheiratet. Sie würde zum Haus rausgehen, und ihr erster Gedanke wäre: Wem schreibt er, kaum bin ich über die Türschwelle geschritten? Er würde vorgeben, eine Menge Arbeit zu haben, aber ihr wäre klar, dass er einer Frau schreibt, wie er früher ihr geschrieben hat. Seine Muster würden unverändert bleiben.

Wieder auf ihrem Zimmer, notiert sie in ihr Heft (Sachas Rat befolgend):

Tag eins:

Könntest du bitte aufhören, auf dein Handy zu starren? Könntest du bitte aufhören, mir den Rücken zuzukehren, wenn du auf dein Telefon blickst? Könntest du bitte aufhören, mich wie eine Fünfjährige zu behandeln? Könntest du bitte aufhören, mich anzulügen? Meinst du, ich merke nicht, wie du die Stimme verstellst, deine gespielte Anteilnahme? Könntest du bitte aufhören, dich in deine Arbeit zu flüchten? Könntest du mit mir reden? Ich mag nicht mein Leben damit zubringen, dich zu entschlüsseln. Könntest du bitte fragen, wie es mir geht?

Dann dieses Bild vor Augen: Sie sitzen beim Frühstück. David ist in Gedanken über sein Telefon gebeugt, denn nun sind sie ein Paar. Sie verhält sich ruhig, um ihn nicht zu stören. Er duldet keine Ablenkung, nicht die geringste. Er schart Gespenster um sich und Menschen, die er wie Luft behandeln kann. Nur nie mit der Arbeit aufhören! In der Arbeit kann er geben, endlich großzügig und liebevoll sein, ihr sensibler, rebellischer, erstarrter, phallischer David. Als sein üblicher Mechanismus einsetzte – schweigen, bis er das Gegenüber vergrault hat –, ist sie einfach geblieben. Sie ist genauso stur wie er.

Penelope ist am Telefon.

»Hör auf. Es steht mir nicht zu, dich zu beschwören, aber er besteht nur aus Buchstaben. Und die paar Zeiten, in denen er sich darüber hinaus materialisiert ... das ist karge Speise.«

»Du glaubst nicht, dass er mich liebt?«

»Das Problem ist: Er ist halt unzuverlässig, unbeherrscht, schnell abgelenkt, manipulierend. Klar lieben solche Menschen wahrscheinlich auch, aber sie haben keine Liebesleben-Praxis beziehungsweise so eine, die dem Partner schadet. Ich will da nicht mitmachen. Stell dir doch vor, eines Tages verließe er Frau und Kind, alle Affären und käme und sagte: Jetzt nur du. Was wäre das? Eine Farce. Und nach spätestens zwei Jahren ist er, was er vorher war.«

Mit Affären meint Penelope wohl alles, was im Hintergrund, im Verborgenen abgeht (noch verborgener als Noëlle ist aber gar nicht möglich, da täuscht sich Penelope).

Penelope holt Luft und fährt fort: »Bei ihm – und Himmel, das spürst du doch?! – gibt es keine Garantien. Wenn du das willst, dann lass das weiter zu. Das geht jetzt seit wie vielen Jahren? Ich könnte das nicht. Du bist kein so grässlicher Mensch, dass ein anderer Mensch so mit dir umgehen darf. Du bist das Gegenteil. Warum darf er die fremdesten, härtesten Gefühle in dir aufreißen? Warum darf er das? Wenn meine Mutter noch lebte, hätte ich sie um ein Horoskop für dich gebeten. Das hat mir immer gute Einordnung gegeben. Oder du lässt dir mal die Karten legen von einer Guten in Zürich. Das kann helfen.«

Hat ihre nüchterne Penelope gerade von Karten geredet?

»Habe ich schon getan. Schon mehrmals.« Noëlle beißt sich auf die Lippen, um das Wort *Hexe* nicht auszusprechen. Sie will Penelope nicht das Gefühl vermitteln, dass sie gänzlich übergeschnappt ist. »Die sagt jedes Mal das Gleiche: Der will dich! Der kommt noch ganz! Ich weiß auch nicht, warum ich nicht von ihm loskomme. Diese Schwäche kenne ich sonst nicht an mir. Was du sagst, ist treffend: Er ist ein Freak. Und er ist brutal, das hasse ich an ihm.«

»Seine anderen Seiten müssen dir so viel geben, dass du diese Verachtung und Grobheit bereit bist hinzunehmen.«

Darauf folgt nur noch ein Knistern im Handy.

Draußen hängt Nebel. Der Herbst ist unverkennbar da, nicht einmal Weihnachten fühlt sich noch weit weg an.

Die Zeit des Rückzugs, der Häuslichkeit.

Im Zimmer sammeln sich Dinge an, die sie für einen neuen Haushalt mit David bestellt hat ... Alles mit dem Gedanken an ihre bevorstehende Zweisamkeit gekauft.

Ob er auch so weit gedacht hat, auch nur ein einziges Mal?

Sie, die nie kocht, mit diesem Bild vor Augen: wie sie ihm exotische Gerichte auftischt (die sie nicht isst), wenn er nach einem langen, arbeitsreichen Tag nach Hause kommt. Er, zufrieden lächelnd, sich über den Teller hermachend, später vielleicht auch über sie hermachend, wie sie insgeheim hofft, während sie ihn beobachtet. Sie sitzt nicht am Tisch, sie steht abseits, auf dass er nicht gestört wird. Sie sprechen nicht miteinander. So wie er das Essen in sich hineinschlingt, kann er gar nicht reden. Und ihr, die sich bessere Gespräche gewünscht hat, macht es nichts aus. Sie ist nur dankbar, von ihm gewählt worden zu sein.

Den ganzen Tag mit Nichtstun zugebracht.

Sie läuft hinaus in die Nacht.

Ein Rabe reinigt mit seinem großen Schnabel sein schwarzes Gefieder. Keine zwanzig Zentimeter unter seinem kahlen Ast geht sie durch. Der Vogel macht weiter, ungestört.

Eine Amsel auf dem Weg. Erst im letzten Moment fliegt sie davon.

Sie hätte das Wort an den Raben richten sollen. Vielleicht hätten sie sich verstanden? Wie gerne würde sie mit dem Raben reden. Einmal im Leben. Bevor es zu spät ist. Bevor sie wieder Medikamente nimmt, ganz Mensch wird und die Unterschiede zu groß sind, ihr gesundes Hirn sie separiert.

Neun Uhr abends, tags darauf.

Bertram bestellt für sich das Teuerste auf der Karte und zwei Gläser Champagner, obwohl sie seit Jahren keinen Alkohol mehr trinkt. Ganz unerwartet ist er aufgetaucht und wollte mit ihr essen gehen. Wieder hat er im Maison des Deux Clefs einen Tisch reserviert, einem Lokal, in dem sie nie zuvor und jetzt gleich zweimal hintereinander war, als wäre plötzlich jeder Name ein elendes Omen.

Bertram erzählt ihr, dass er bei Muira war.

Vor den Kopf gestoßen, lässt Noëlle das Besteck sinken. Sie fühlt sich von den beiden verraten.

»Und?«, muss sie ihm mühsam jedes Wort aus der Nase ziehen.

»Sie meinte, wir sollten uns scheiden lassen, du seist im Kopf noch immer völlig beim anderen, obwohl der nicht will.«

»*Obwohl der nicht will?* So hat sie das gesagt? Mir sagt sie was ganz anderes.«

»Nun, ich weiß den exakten Wortlaut nicht mehr«, sagt Bertram beschwichtigend. »Sie hat so was gesagt wie: Das ist doch nichts.«

»*Das ist doch nichts*«, wiederholt Noëlle langsam. Die Stimme wird immer heiserer.

»Sie sagt vermutlich zu jedem, was er hören will«, entgegnet Bertram ruhig.

Mit surrendem Kopf und einem unangenehmen Gefühl im Oberbauch tritt Noëlle auf die Straße, bückt sich über den dunklen Fahrbahnrand und würgt, aber es kommt nur Galle, weil sie zum Glück fast nichts gegessen hat. Sie holt tief Luft, um einen klaren Gedanken zu fassen. Auf zu Mohn, bevor Bertram sie suchen kommt, der sie auf der Toilette glaubt!

Sie beginnt, ohne weiter nachzudenken, am Rande der verlassenen Straße entlangzugehen. Fledermäuse fliegen über sie hinweg, als sich hinter ihr ein Auto mit eingeschalteten Fernlichtern nähert und vor ihr mit einem Satz ein Tier aus dem Maisfeld auf die Straße springt. Wie zu einer Statue gefroren, starrt es in das grelle Licht. Das Geräusch des Wagens schwillt an, sie versucht, Bewegung in das Tier zu bringen, klatscht in die Hände, schreit, rudert mit den Armen, damit es von der Fahrbahn verschwindet ... vergeblich. Hinter ihr heult der Motor auf, sie wendet sich um, sieht den Wagen auf das Tier zurasen, es gibt einen dumpfen Knall, der dunkle Körper fliegt durch die Luft und landet im Straßengraben. Ein kurzes Schlenkern des Fahrzeugs, ein gellendes Quietschen, schlingernde Rücklichter und es entfernt sich mit großer Geschwindigkeit. Nichts ist zu erkennen, weder das Nummernschild noch das Modell. Es ist ein dunkles Fahrzeug, nur das kann sie sagen.

Völlig verstört versucht sie sich zu sammeln. Wenn man am Waldrand Auto fährt und plötzlich einem größeren Tier begegnet, gilt tatsächlich: nicht ausweichen, gerade draufhalten, weiterfahren. Menschliches Leben ist noch etwas höher; wenn der Fahrer das Steuer herumreißt, kommt er um. Aber der Fahrer hat beschleunigt, er hätte Zeit gehabt zu bremsen, er hätte hupen können.

Ihr Atem kehrt zurück. Da ist ein Tier in ihrem Rücken. Mit zitternden Nasenflügeln nimmt sie die Witterung auf.

Sie sieht den Fluss, der sich an der Straße entlangschlängelt. Sie hört das Plätschern. Zu ihrer Linken das Maisfeld, aus dem ein Prasseln und Knacken ertönt.

Dann wieder nur der Wind und das Wasser.

Sie hat schon davon gehört, dass in der Nacht die Biber hervorkommen und an Terrassen, Dämmen und Becken für ihre Familien bauen. Ganze Schutzwehre konstruieren sie in organisierten Verbänden.

Ein Biber watschelt aus dem Acker auf die Straße, einen ganzen Halm im Mund.

Sollte der Mais nicht bald geerntet werden?

Haben die Bauern das Feld vergessen?

Das Tier liegt im Graben. Es bewegt sich nicht. Es atmet nicht. Vorsichtig berührt Noëlle das struppige schwarze Fell und streichelt den Kopf. Der Leichnam ist ganz abgemagert. Es ist ein Wolf. Seine Augen sind offen. Sie schließt seine Augendeckel, zieht ihn an den Waldrand und vergräbt ihn mit bloßen Händen.

Zehn Anrufe in Abwesenheit, von Bertram.

Sie kann jetzt nicht reden.

Es ist ein Stück bis zum Haus, das sie von hier aus nicht sehen kann. Eine halbe Stunde zu Fuß.

Es macht ihr nichts aus. Sie setzt einen Fuß vor den anderen.

Der erste Stern erscheint am Himmel.
Gleich darauf eine Sternschnuppe.
Der Mond wirft sein Licht auf den Fluss.
Im kalten Wasser wäscht sie sich die Hände.
Auf einmal fühlt sie sich extrem müde.

Lieber der Sternschnuppe magische Kräfte zusprechen als Muira, denkt sie, als sie im Haus angekommen ist und auf ihr Bett sinkt. Hat sie der Hexe jemals wirklich Glauben geschenkt, fragt sie sich noch, während sie merkt, dass sie einschläft, und bevor sie ganz weg ist.

Am nächsten Morgen ist Bertram, der im Haus übernachtet hat, noch immer da. Sie hätte sich gewünscht, er würde vor Tagesanbruch stillschweigend abreisen, aber ein Bertram geht nicht, ohne wie ein König verabschiedet worden zu sein. Also: »Danke für den Besuch, gute Heimreise, auf Wiedersehen.« Und er: »Ich melde mich.« Was ganz unnötig zu sagen ist.

Auf dem Weg in ihr Zimmer fällt ihr auf dem ersten Treppenabsatz ein Schild auf mit der Aufschrift: *Trakt A*. Hat Bertram als Kind ...? Seine Mutter wirft nichts weg, das von ihm stammt, noch den kleinsten Schnipsel mit der letzten Kritzelei bewahrt sie auf. Noëlle geht näher heran. Nein, es sind gedruckte Buchstaben.

Sacha kommt ihr auf dem Flur entgegen.

»Was ist mit deiner Stirn passiert?«

Sie fasst sich an den Kopf. Blut klebt am Mittelfinger.

»Nichts.«

Bertram hat sein Handy nach ihr geworfen, nachdem sie ihm erklärt hat, dass sie ihn nicht zum Scheidungsanwalt begleiten wird. Ein Anwalt kann sich nicht um zwei kümmern. Wenn Bertram die Scheidung will, nimmt sie sich einen eigenen, um sich zu verteidigen. Das hat Bertram nicht gefallen.

Sie vermisst die mauvefarbene Jacke nicht. Viertausendsechshundert Franken.

Das Leben an Bertrams Seite ist langweilig, aber immerhin komfortabel gewesen. Wird sie nach einer Scheidung mit dreckigen Fingern in der Erde nach Rüben graben? Wird sie gleich einen Jauchegeruch wahrnehmen im geschlossenen Raum?

Sie sucht ihr Zimmer auf, um sich die Stirn zu waschen.

Bertram schreibt, dass er in Zürich angekommen sei.

Er benimmt sich, als wäre nichts geschehen.

Kaum redet Muira von Scheidung, will er die Scheidung. Er ist ja noch abergläubischer als sie.

Sie hat ihm nichts vom Wolf erzählt. Auch Sacha nicht. Kein Wort.

Nachmittagssonne.

Auf dem Weg zu Muira geht sie an markierten Reitwegen vorbei, die ihr nie zuvor aufgefallen sind. An Tierhaltungen aller Art: Kühe, Schafe, Schweine. Bis zu einem unbewachten Bahnübergang.

Sie passt auf, dass kein Zug kommt.

Sie überquert die Gleise.

Muira war nicht im Geschäft.

Aber René, ihr Mann.

Er hat ein rundes Gesicht und eine Glatze.

Sacha kommt zur Tür herein, abwesend auf sein Handy starrend. Er hat dunkle Augenringe, weil seine Patientin (oder wie nennt er sie?) schwierig ist. Wie kann es sein, dass sie für diesen Idioten immer noch Schuldgefühle aufbringt? Anbrüllen könnte er sie, ohrfeigen könnte er sie, damit ihr endlich die Augen aufgehen! Jetzt hat sie ihm schon wieder geschrieben. Wenn sie wüsste, dass all ihre Nachrichten an David bei ihm landen. Scheiße, wenn sie das wüsste. Auch die Fotos, die sie ihm schickt. Sie ist zu jung, um einfach so zu verkümmern. Zu allem Überfluss hat ihr Mann ihm auch noch eine Mail geschrieben. Die Zwanzigtausend im Monat für ihren Aufenthalt werden ihm langsam zu viel.

Sacha blickt von seinem Handy auf. Ihre Blicke treffen sich. Da schwimmt plötzlich alles in Noëlles Kopf, und sie sieht vor Augen, wie sie in Davids Büro steht. David und sie sind allein. Die Tür ist geschlossen. Das Display seines Smartphones leuchtet auf (die Lederklapphülle ist offen). Er greift zum Gerät und wendet ihr den Rücken zu, wie er es immer tut, wenn er in ihrer Anwesenheit auf sein Handy schaut. Sie will das nicht mehr. In dem Moment mischt sie heimlich ein Fläschchen Gift in seine Suppe. Er isst Suppe aus einer Thermosflasche, die Fen ihm mit zur Arbeit gibt.

»Du bist ja ganz bleich«, sagt Sacha und begleitet sie auf ihr Zimmer.

Mit surrendem Schädel erwacht sie, zieht sich an und steigt die Treppe ins Erdgeschoss hinunter, um in der Küche ein Glas Wasser zu trinken.

Aus dem Wohnzimmer dringen Stimmen, die wie aus dem Jenseits klingen. Vorsichtig öffnet Noëlle die Tür einen Spalt breit. Dahinter steht Sacha, neben ihm eine Pflegerin, beide kehren ihr den Rücken zu. Leise hört sie Sacha zur Pflegerin sagen: »Sie ist krank, sie ist krank.« Er klopft mit der Faust an Stirn und Herz. »Den, auf den sie wartet, hat sie schon umgebracht. Sie ist krank und wird immer kränker. Es ist ein klassischer *double-bind*: Sie lebt noch immer in einer Zukunft, die sie selbst zerstört hat. Ich mache mir Sorgen, dass sie bald kippt.«

Noëlle hält sich hinter der Tür versteckt. Die Pflegerin nickt: »Arme Noëlle, glaubt im Ernst, ich wüsste nichts von David. Alle wissen es. Sie brennt für diesen Typen, seit fünf Jahren ist sie durch den Wind. Ich habe mit ihrem Mann gesprochen, der scheint mir ein Guter.«

Vorsichtig linst Noëlle wieder hinter der Tür hervor. Sacha und die Pflegerin stehen ganz in ihrer Nähe. Trotz der Kälte ist die Tür zur Terrasse offen. Durch die beschlagene Scheibe erkennt sie die Kommissarin, die im Begriff ist, das Wohnzimmer zu betreten.

Sacha und die Pflegerin verstummen. Claire tritt an sie heran.

»Ist es möglich, sie jetzt zu befragen?«

Vehement schüttelt Sacha den Kopf. »Sie werden keine Wahrheit aus ihr herausbekommen.«

Die Pflegerin, deren Gesicht Noëlle nicht sehen kann, verabschiedet sich und verlässt den Raum. Sacha und Claire setzen sich gegenüber an den Kamin.

Das Feuer prasselt. Ein Holzscheit zerbirst, und Ameisen erscheinen auf dem Boden. Sie kommen aus dem Kamin herausgekrabbelt, jagen davon, vom Feuer weg. In einem der Holzstücke muss sich ein Nest befinden.

»Die wollen wir nicht im Wohnzimmer haben«, sagt Claire, greift zu Kehrblech und Besen und beginnt damit, die Ameisen zurück in die Flammen zu wischen. Sie ruckeln und zuckeln, wechseln die Richtung, versuchen, dem elenden Krepieren zu entkommen, wehrlos gegen Claires barbarischen Eifer, den sie plötzlich an den Tag legt. Wie gelähmt schaut Noëlle von hinter der Tür zu, entsetzt über Claires zutiefst grausamen Akt. Die Ameisen verbrennen vor ihren Augen, und keiner rettet sie.

Die Kommissarin setzt sich wieder und spricht zu Sacha, als wäre nichts geschehen, als wären die Ameisen nicht mausetot. Je böser einer ist, desto kälter ist er, geht es Noëlle durch den Kopf. Es ist nicht so, dass sie jede Ameise sanft hinausträgt, aber die Ehrfurcht vor der Schöpfung, die ist schon da, in gewissen Erfahrungen taucht die schon auf (das Schneckenhaus, das sie versehentlich gekickt hat). Dass man ein Stück Holz verbrennt, in dem ein Ameisennest steckt, begreift sie ja noch knapp, dass man nicht extra das Feuer löscht, wenn da plötzlich ein Zug Ameisen herauskrabbelt und über den Boden marschiert. Aber das bewusste Zurückschaufeln in den Tod …?

»Für sie spielt es keine Rolle, ob sie die Tat begangen hat oder nicht, was wahr ist und was erfunden«, hört sie Sacha sagen. »Allein durch die Fantasien, die sie dazu entwickelt, durch ihre Gespräche mit mir und ihrem Schreiben darüber kann sie ihre Liebe ausleben.«

»Die verletzlichsten Gefühle können kippen in die brutalste Machtlogik«, sagt die Kommissarin trocken. Noëlle lehnt sich vor und weicht bestürzt zurück. Claire hat die Augen ihrer Mutter.

»Gilt sie als gefährlich?«, fragt Claire.

»Nein. Weder sich selber noch anderen gegenüber.«

Wieder beugt Noëlle sich vor.

»Wir haben ihre Fingerabdrücke in seinem Büro gefunden.«

Sacha zuckt die Schultern. »Ja und?«

»Das frage ich Sie«, sagt Claire mit aufgerissenen Augen.

»Ich glaube nicht, dass sie es getan hat«, sagt Sacha und seine Stimme klingt dünn, als würde sie gleich erlöschen. »Meiner Meinung nach nutzt sie ihre psychotischen Erfahrungen dazu, zu schreiben. Die Opferrolle interessiert sie nicht. Ich bin mir nicht einmal sicher, ob sie lieben kann.«

Graue Felder.

Die Wolken ziehen sich zusammen.

Blätter fliegen durch die Luft.

Wo vor Kurzem noch die Ähren wogten, stehen nur noch müde Stoppeln.

Noëlle bleibt stehen. Die Zeit scheint in der Schwebe.

Als sie vorhin die Tür zum Wohnzimmer aufgestoßen hatte, hat sich die Szene in Luft aufgelöst. Kein Feuer im Kamin. Keine Glut. Nicht einmal Asche. Nicht einer war da. Eben saßen Sacha und die Kommissarin noch dort. Zwei Gespenster. Und doch ist Noëlle sich sicher, sie gesehen und gehört zu haben.

Unten an der Straße, der Landstraße, wartet sie auf den Bus. Jetzt redet sie schon wie Muira, mit dieser Verdoppelung.

Sie fährt in den Hexenladen wegen der Wolfsknochen, der Eulenfedern und des Fledermausbluts.

Ob René die Tiere umbringt? Und dass Muira ihr vor Bertram in den Rücken fällt …

Zunächst einmal das Schließen der Bustüren aushalten, ein erster Schritt. Da bemerkt Noëlle ein Mädchen auf einem Stein, sie trägt Shorts (bei der Kälte) und hält die Beine an die Sonne. Sie ist vielleicht sechzehn. Auch sie wartet auf den Bus, sie ist am selben Ort wie Noëlle, in derselben leeren Landschaft, allein, und es scheint ihr nichts auszumachen. Da begreift Noëlle, dass das Mädchen keine Angst hat, weil sie auf niemanden wartet, um niemanden trauert. Sie wartet nur auf den Bus. Wenn Noëlle keine Liebe mehr erwartet, kann sie auch überall sein, muss sie sich nicht mehr allein fühlen und kann wieder reisen. Natürlich ist es traurig einzusehen, dass man so allein ist, dass man darauf verzichten muss, ein Paar zu sein, aber sie hat mit Bertram ja gesehen, wohin es sie führt. Niemand war anhänglicher als Bertram, er wollte immer an ihrer Seite sein, er hatte eine leise und stille, aber zuletzt unerbittliche Art, eine Boa Constrictor zu sein, legte eine Fürsorge an den Tag, die sie erwürgte. Mit

David ist es das Gegenteil: Raum und Zeit können ihnen nichts anhaben, Vergangenheit und Zukunft spielen keine Rolle, sie sind in jedem beliebigen Moment miteinander verbunden. Sie brauchen bloß aneinander zu denken und in jedem Moment kann er hier sein. Sie brauchen sich nicht in Wirklichkeit zu sehen, um beieinander zu sein.

Muira scheint sie erwartet zu haben.

Noëlle hat den Bus nicht genommen, es ist zu lange keiner gekommen, also ist sie zu ihr spaziert.

»Schuppenflechte im Gesicht«, zischt Muira aufgebracht.

»Ich sehe nichts.«

Tatsächlich sieht Noëlle nur Puder, keine Unebenheiten im Gesicht.

»Einen richtigen Schub hatte ich! Es hat sich über die Arme verteilt, über die Brust ...«

»Hast du nie Angst?«

»Wovor?«

»Dass es sich noch weiter ausbreiten könnte, dass du vielleicht selber verhext worden bist von jemandem, der dir böse will?«

»Nein, ich habe nie Angst. Ich bin eine Testperson, ich habe keine Angst.«

Verständnislos starrt Noëlle sie an.

»So habe ich mir zwei Studien finanziert: Ich ließ Medikamente an mir testen.«

Wie sie so vor ihr steht, so mutig und doch verletzlich, beschließt Noëlle, Muira zu verzeihen, dass sie zu Bertram gesagt hat, David wolle sie nicht. Wie war das mit dem Lügen und sie habe noch nie gelogen, in ihrem ganzen Leben nicht? Lügnerin, denkt Noëlle zufrieden. Andererseits: Wenn keine Realität hundert Prozent sicher ist, wie sie sagt, kann man auch nicht lügen. Man kann immer alles auch anders sehen. Wahrscheinlich ist das die Leistung, die sie als Hexe erbringt. So wie man in Schaubildern von Kippfiguren verschiedene Sachen erkennen kann, weil die Wirklichkeitswahrnehmung nicht definitiv ist. Gesicht oder Vase? Hasen- oder Entenkopf? Jeder kennt diese Beispiele. Die Grenzen der Wahrnehmung sind durchlässig. Genauso wie die Grenzen von Wahrnehmbarem und Verborgenem, von hier und drüben, von Wahn und Normalität.

Aus einem Paket holt Muira kleine goldene Figuren hervor, jeweils zu dritt in eine Folie eingeschweißt. Sie schält sie aus der Verpackung und stellt sie vor sich auf den Tisch.

»Sind das Engel?«

»Ganeshas.«

Einen dreht sie zu Noëlle um.

Was von hinten aussah wie Flügel, sind in Wirklichkeit Elefantenohren.

»Dieses Jahr ist kein Engeljahr. Letztes Jahr auch schon nicht.«

»Was ist ein Engeljahr?«

»Wenn überall Engelsgeschäfte eröffnen oder die Geschäfte an Weihnachten voller Engel sind.«

»Wird es ein Ganesha-Jahr?«

»Offensichtlich.«

»Ist das ein gutes Zeichen?«

»Ja: Ganesha ist der Hindernis-Überwinder, das brauchen wir jetzt alle.«

Es entsteht eine Pause, in der Noëlle sich die Mischfigur ansieht, bei der Tier, Mensch und Gott nicht klar voneinander zu trennen sind.

»Fährst du Auto?«, fragt sie schließlich.

»René bringt mich jeweils und holt mich ab.«

»Welche Farbe hat sein Wagen?«

»Schwarz.«

Sie hat keine Lust auf betrunkene Bauern, aber sie muss Klarheit in ihrem Kopf schaffen. Den Wolf hat sicher nicht nur sie gesehen. Also stößt sie die schwere Holztür zum Dorf-Café auf und sieht sich im Türrahmen stehend um. Alle Tische sind besetzt. Gelbes Licht fließt aus braunen Lampenschirmen über die holzgetäfelten Wände und den kaltgrauen Steinboden.

An der Bar bestellt sie bei der Schankkraft, einer runden, rotwangigen Frau um die fünfzig, ein Glas Wasser. Ihre dunklen, mittellangen Haare sind an den Enden farblos, fast durchsichtig.

Lotteriescheine stehen auf der Theke, es gibt eine Vitrine mit Schokoladeriegeln, Kuchen und Kaugummis. In einer offenen Schublade liegen Tabak und Zigaretten aus. An der Wand hinter ihr die aufgereihten Flaschen mit bunten Etiketten. Absinth: die Grüne Fee aus der Region, mit der sie sich vergiften.

Die Kellnerin stellt ihr das Wasser auf den Tresen. Neben Noëlle plötzlich ein Hirte im Schafspelz, der auf einer Brotrinde kaut.

»Wie viele Tiere haben Sie?«

Er hebt die Augen. »Dreihundertfünfzig.«

»Braucht man dazu einen Hund? Ein Gehege?«

Er schüttelt den Kopf. »Das Schöne an Schafherden«,

brummelt er, »eine Schafherde bleibt in der Regel zusammen. Es braucht, je nach Gelände, keine großen Zäune.«

»Aber einen Hund, um sie vor den Wölfen zu schützen? Haben Sie Schafe verloren?«

Sein Blick wechselt von widerwillig auf böse. »Es gibt hier keine Wölfe«, sagt er und geht.

Die Kellnerin kommt aus der Küche und lässt die Arme sinken. »Ich hätte einen Fabrikantensohn heiraten können in Le Locle«, erzählt sie unaufgefordert. »Zwei Sekunden vor der Hochzeit bin ich weggerannt. Ich hätte unmöglich in der Stadt leben können.«

Noëlle nickt. »Madame. Gibt es in der Gegend Wölfe? *Loups*?«

Noëlle spürt, dass die ersten Blicke sie treffen.

»Oh ja. Es gibt sogar eine Prämie für einen getöteten Wolf. Warum?«

»Ich habe gesehen, wie einer überfahren wurde.«

»Es werden Fallen aufgestellt« sagt die andere, die sich zu ihr vorgebeugt hat und leiser spricht. »Oder sie werden gejagt. Nicht nur wegen der Prämie, auch wegen des Nervenkitzels. Und der Wolf reißt ihre Schafe, sie stören sich an ihm.«

Noëlles Blick legt sich auf den der Kellnerin.

Sie senkt und hebt die Augenlider.

Sie hat David nicht umgebracht.

Die Kommissarin saß nicht vor dem Kamin.

Völlig irrational, die Bilder.

Das kommt vom Schock wegen des umgefahrenen Tieres.

Die Wirtin nickt. »Wo haben Sie das Tier gesehen?«

»Bei den Silos.«

Gelogen. Sie will ja nicht, dass jemand beim Maisfeld anfängt zu graben. Der Leichnam des Wolfes muss von ihren Fingerabdrücken übersät sein. Es heißt, es bringe Glück, einen Leichnam zu berühren. Es heißt, der Mensch sei sich selbst ein Wolf.

Zurück im Haus eine Tafel auf dem Gang mit dem Spruch: *Ebenbild Gottes.*

Eine weitere: *Wer das Schwert nimmt, der soll durch das Schwert umkommen.*

Eine dritte: *Nada te turbe.* Darunter in winziger Schrift: *Teresa von Ávila* (*Nichts soll dich ängstigen*).

Nie zuvor ist Noëlle ganz den Flur hinuntergegangen. Vor der Tafel *Ebenbild Gottes* bleibt sie stehen. Sie glaubt nicht an Gott. Sie schlägt das Kreuz.

»Wer hängt diese Schilder auf?«

»Nun, wir werden von einer katholischen Stiftung aus der Deutschschweiz finanziert«, sagt Sacha, und Noëlle beginnt, sich wieder an etwas zu erinnern. Sie fühlt, dass sie dieses Haus schon durch andere Augen gesehen hat, nicht als Bertrams Ferienhaus, aber das Bild ist jetzt wieder verschwommen.

»Sagst du mir alles?«

»Nicht immer.«

»Was denn nicht?«

»Du schützt dich«, antwortet Sacha zögerlich. »Einige Wahnvorstellungen, denen du erlegen bist, hast du ja bereits eingesehen. Damit steigt der Druck, du ziehst dich zurück. Du spürst, dass du etwas unternehmen musst. Leidest du unter Halluzinationen?«

»Ich weiß nicht.«

»Nur eine Vermutung. Wenn ja, sind sie auf deinen Entzug zurückzuführen. Du nimmst deine Medikamente nicht mehr, richtig? Wir haben Pillen in deinem Zimmer gefunden. Ich rate dir, sie zu nehmen. Ich halte es für zu früh, die Neuroleptika zu reduzieren, geschweige denn vollständig abzusetzen. Lieber Schritt für Schritt Licht auf deine Vergangenheit und Gegenwart werfen. Es ist nicht immer gut, in den Spiegel der Wahrheit zu schauen. Weißt du, alle, die hier in Behandlung sind, machen eine Langzeittherapie. Oft geht es um eine verdrängte Realität, darauf sind wir spezialisiert. Du bist hier in guten Händen. Psychosen sind heilbar. Aber der Faktor Zeit spielt eine entscheidende Rolle.«

Er schreibt wahnsinnig viel auf.

Hat er gesagt, *alle, die hier in Behandlung sind*?

»Werde ich Entzugserscheinungen haben, wenn ich das Zyprexa absetze?«

»Nicht, wenn wir es langsam und in niedrigen Dosen reduzieren. Wenn du es abrupt absetzt, ja. Absetzsymptome können direkt nach dem Absetzen auftreten oder sich auch erst nach einem Monat bemerkbar machen. Das Beruhigende ist: Meist bilden sie sich innerhalb von zwei bis sechs Wochen spontan zurück. Aber wir sollten langsam reduzieren, damit du keine Anspannung und Angst, Übelkeit, Erbrechen, Schwitzen oder Schlafprobleme zu haben brauchst, damit du keine Stimmen hörst und Psychosen durchmachst.«

Kaum hat er das gesagt, summt ihr Kopf und sie denkt an die Kommissarin. Sie fährt sich mit der Hand über das Gesicht, um die Gedanken zu bannen.

»Habe ich David umgebracht?«

Sacha schaut sie mit einem Stirnrunzeln an. »Höchstens im Traum. Er hat dich an deine Grenzen gebracht. Das sehen wir oft bei einer *amour fou*. Aber es kann sein, dass du glaubst, dass du ihn umgebracht hast. Es kann sein, dass die Noëlle, die auf Entzug ist, zur Mörderin wurde.«

»Und Kommissarin Claire?«

»Wer?«

»Die Frau mit dem hellen Haar. Die Polizistin, die am Kamin saß.«

»Du meinst deine Mutter? Sie war zu Besuch, aber du wolltest sie nicht sehen.«

Auf dem Weg zum Zimmer eine weitere Plakette.

Was ihr einem meiner geringsten Brüder getan habt, das habt ihr mir getan.

Im Netz sieht Noëlle nach, wer die Geringsten sind.

Matthäus 25, die Geringsten:

Die Hungrigen und die Durstigen, Die Fremden und die Nackten, Die Kranken und Gefangenen.

Die ein wirklich schweres Leben haben, denkt Noëlle voller Verachtung für sich selbst und klappt das Notebook zu. Es sind nichts weiter als die Probleme einer *femme de quarante ans*: Sie hat einen braven Mann geheiratet, und jetzt ist ihr langweilig. Auf einmal fröstelt sie heftig.

Merkwürdig, denkt sie, dass mir das zum ersten Mal durch den Kopf geht: Menschen erfahren Gott ausschließlich in seiner Abwesenheit. Die Geringsten suchen bei einem Abwesenden Trost.

Ein Kichern auf dem Gang. Da ist es wieder. Leise auftretend geht sie zur angelehnten Tür und lauscht. Verstecktes Flüstern, vermutlich hinter vorgehaltener Hand. Sie richtet sich auf und reißt mit einer raschen und heftigen Bewegung die Tür auf. Zwei Frauen auf dem Flur springen auseinander.

»Spinnst du, ich habe ja fast einen Herzinfarkt bekommen«, stößt eine Blonde aus.

»Herrgott, Noëlle, was machst du für Sachen?« Eine Braunhaarige steht kurz vor den Tränen.

Wer sind die Frauen? Noëlle spürt, wie sie die Frage herausschreit, aber sie kann sich nicht hören.

»Noëlle, beruhige dich, ich bin's, Camille«, sagt die mit dem blonden Pagenschnitt. Sie gleicht der brabbelnden Frau aus Muiras Geschäft mit den beiden Feen in den Händen. »Und das ist Lätitia«, sagt sie mit Blick auf die Brünette.

»Ja«, sagt Lätitia in einem vorwurfsvollen Ton, als müsste Noëlle das wissen.

Beide nicken, aber in Noëlles Kopf breitet sich mitten am Tag eine Art Nacht aus. Sie schließt die Tür und für lange Minuten die Augen.

Gesenkten Kopfes tritt sie aus ihrem Zimmer und verlässt, ohne nach links und rechts zu blicken, zielstrebig das Haus. Bloß nichts aufschnappen, nur verschwinden.

Die klare Luft tut gut.

Die Straßen tragen ländliche Namen.

champ de pierre, ruelle des foins, chemin de l'étang (Stein, Heu, Weiher).

Ein Scharren aus dem Stall, ein Wimmern ...

Schnell ihres Weges gehen.

Wahrnehmen, was *nicht* da ist, scheint *ihre* Spezialität zu sein.

Scheuklappen wären gut.

Weshalb hat sie noch keine Pferde gesehen? Wo stecken sie bloß?

Blumen am Wegrand. Noëlle kennt ihre Namen nicht. Warum hat sie sich nie für die Namen der Blumen interessiert, die Namen der Vögel oder der Bäume? Sie kennt ihre Namen nicht, weil sie schon alles über sie zu wissen glaubt. Sie fühlt sie. Sie weiß, wie es ihnen geht. So wie sie von Anfang an wusste, dass David und sie zusammen sein werden. Sie weiß es vor ihm, das macht es nicht einfacher.

Am Himmel entflammt ein Blitz, der sich von Wolke zu Wolke spannt und den Erdboden nie erreichen wird.

Bis hin zu Mohn bleibt der zickzackförmige Funken auf ihrer Netzhaut haften.

Sie geht die Treppe zu ihrem Zimmer hoch. Der Gang ist verwaist. Eveline kommt aus einer Tür, und Noëlle hat auf einmal Evelines Geschichte präsent.

Eveline (die kleine Eva) hat vor sechs Monaten ihren Mann verloren. In ihrer Wohnung ist sie zweimal in tiefer

Nacht mit dem Gefühl erwacht, gleich an einem Herzstillstand zu sterben. Schmerzen in der Brust. Sie hat die Ambulanz gerufen. Klinisch fehlt ihr nichts, es muss am Stress liegen, an der Einsamkeit, haben die Ärzte gesagt. Ihre Augen sind mit grauem Star überzogen. Sie sieht verschleiert, aber sie will sich nicht operieren lassen. Stundenlang reden die Psychiater auf sie ein und warnen sie, es werde unausweichlich, dass sie bei ihrer Rückkehr in ein Heim eingewiesen werde, wenn sie sich dieser ganz einfachen, absolut banalen Operation nicht unterzieht. Sie ist fünfundsechzig. Sie ist wahnhaft. Wenn alles dunkel ist, hat sie noch mehr wahnhafte Vorstellungen, hat man ihr erklärt. Zu Hause beschäftigte sie eine Gesellschaftsdame, eine Art Luxusfreundin, die alles für sie erledigt und Dinge mit ihr unternommen hat. Plötzlich glaubte sie, dass die Freundin (Haushälterin) Schmuck und Geld stiehlt. Plötzlich wurde *alles* wahnhaft, nur wegen des grauen Stars, der ihren Wahn verstärkt. Eveline wird im Pflegeheim landen, sobald sie hier auscheckt. In diesem Zustand kann man sie nicht allein zu Hause lassen. Dabei könnte sie in jeder Luxusresidenz der Schweiz ihren Lebensabend verbringen. Alles würde besser werden, wenn sie besser sieht.

Eveline grüßt sie beim Namen. Noëlle nickt. Sie schüttelt sich, um sich zu fangen, hört Schritte und dreht sich um. Da kommt Capucine um die Ecke gebogen.

Capucine, drei Zimmer weiter links, macht eine schwere depressive Episode durch, fällt Noëlle ein. Vor zwei Tagen hatte sie einen Fahrradunfall. Mitten in der Nacht hat sie einen Bordstein übersehen, ist hingefallen und hat sich den Kopf gestoßen. Filmriss. Sie erinnert sich an nichts. Die Pfleger kümmern sich um ihr blaues

Auge, die geprellte Hand und das lädierte Knie. Selbst für psychiatrisch geschultes Personal ist das einfacher, als einen dunklen Seelenzustand zu behandeln. Das kommt Noëlle auf einmal alles wieder in den Sinn.

Sie wirft einen Blick die Treppe hinab, und auf der obersten Stufe direkt vor ihr steht Pretty Liza. Sie ist magersüchtig und hat eine lange Vorgeschichte mit ihrer Mutter, entsinnt sich Noëlle. Mit aller Kraft versucht sie, sich zu erinnern.

Pretty Liza wiegt achtundvierzig Kilo, ist ein listiger Fuchs und lügt wie gedruckt. Sie ist die schlauste Frau im Haus, hat Sacha gesagt, zusammen mit Belle, der vierzehnjährigen Anorexie-Patientin im zweiten Stock. Vor der Visite trinkt Pretty Liza vier Liter Wasser, um mehr auf die Waage zu bringen, oder sie versteckt ein Buch unter ihrem Pullover. Mit dem Buch wiegt sie ein Kilo mehr, dann geben die Ärzte Ruhe.

»Ich habe eine neue Waage«, flüstert Pretty Liza ihr ins Ohr. Ihre Lippen sind ganz trocken und gesprungen. »Die mitten im Zimmer, die ich dir gezeigt habe, zeigt zwei Kilos zu viel an und ist dazu da, das Personal zu täuschen. Die neue, wahre, wahrhaftige Waage befindet sich in meinem Koffer auf dem Schrankboden. Ich habe sie online bestellt und wiege mich darauf fünfzig Mal am Tag, so weiß ich mit Sicherheit, dass ich nicht zugenommen habe. Die Waage ist elektronisch und misst auf die hundert Gramm genau. Sie misst *wirklich, wirklich* genau. Sie ist die Wirklichkeit. Besser als jede Fantasie.«

Sie schaut Noëlle mit einem anämischen Lächeln von der Seite an. »Du hast abgenommen, gratuliere.«

Angestrengt denkt Noëlle nach, was sie noch mehr über Pretty Liza weiß. Pretty Liza ist sehr auf Kleidung fixiert. Sie möchte immer hübsch und *latest fashion* sein. DHL liefert die ganze Zeit Pakete für sie. Wie Noëlle bekommt sie Zyprexa verschrieben. Sie werden mit dem gleichen Medikament behandelt. Noëlle bekommt es gegen ihre Psychosen und Pretty Liza, weil Zyprexa Hunger macht. Pretty Liza spuckt die Tabletten in den Mülleimer, aber die Pflegerinnen sind nicht dumm und haben es gemerkt. Sie sagen, sie würden dafür sorgen, dass ihr Abilify verordnet wird, Tabletten, denen ein Biomarker implantiert ist, der angibt, ob der Patient die Pille geschluckt hat. Auf diese Art wird der Patient überwacht, vielleicht werden sogar seine Gedanken kontrolliert.

Noëlle rauft sich die Haare, nicht mehr wissend, wo ihr der Kopf steht. Ein Mikrochip in einer Tablette? Ist das nichts als eine skurrile Idee oder ist das wahr?

»Und Liebe?«

Nein, da sei niemand, sagt Pretty Liza.

»Auch nicht im Kopf?«

»Wie bitte?«

Ist sie vielleicht in jemanden verliebt, der nicht hier ist, der gar nicht existiert, so wie sie ihn sich ausmalt?

»Nein, Gott bewahre: nicht verliebt, in niemanden. Ganz gesund im Kopf diesbezüglich«, lacht Pretty Liza.

Vor ihrer Tür angelangt, bleibt Noëlle stehen und lauscht.

»Herein«, ruft Camille aus dem Nebenzimmer.

Noëlle zuckt zusammen. Sie hat doch gar nicht geklopft (hat sie)? Vorsichtig betritt sie das Zimmer.

Camille, die bleiche Blonde, die Noëlle in Muiras

Geschäft begegnet ist, sitzt auf dem Bett. Noëlle vergegenwärtigt sich Camilles Geschichte, plötzlich geht es. Camille wurde nach einem misslungenen Selbstmordversuch auf die geschlossene Abteilung einer psychiatrischen Klinik eingewiesen. Eine zierliche Französin, perfekt zweisprachig, ständig nervös.

»Ja«, bestätigt Camille auf Noëlles Nachfrage. »Mehrmals pro Nacht weckten sie mich. Ich war in einem kleinen Raum angebunden, bekam Medikamente und endlich die richtige Diagnose: ADHS. Wäre das früher diagnostiziert worden, wäre ich heute vielleicht noch mit meinem Mann zusammen. Wir hätten darüber reden können. Mein Hirn kann nicht planen. Ich mache dies und mache das, alles gleichzeitig und nebeneinanderher, und am Ende habe ich gar nichts getan, alles nur angefangen. Ritalin beruhigt mich, mittlerweile nehme ich nur noch wenig davon, aber am Anfang war es meine Rettung. Heute Morgen hätte ich es auch nehmen sollen, dann hätte ich mich vorhin im Wald nicht verlaufen, wäre nicht im Kreis gegangen, ich hätte meinem Chef nicht nur die Hälfte des Vertrags geschickt gerade eben per Mail. ADHS, das bedeutet: Ich bin eine Rakete! Ich bin auf hundert!«

Nach und nach poppen sie auf, die umherwandelnden Patienten des Hauses. Plötzlich kann Noëlle sie erkennen und hören. Sie reden mit ihr. Sie treten auf und ab wie Schauspieler. Sie ist nicht allein.

»Das habe ich noch niemandem erzählt«, fährt Camille fort. »Letztes Jahr vor meinem Selbstmordversuch ... Ich kannte einen Mann. Ich wollte, dass er seine Frau für mich verlässt.«

»Wusste sie von dir?«

»Oh ja! Das ganze Theater, den ganzen Terror habe ich aufgeführt! Ich habe sie angerufen. Ein andermal ist er nicht rangegangen, da bin ich wie eine Furie mit dem Auto zu ihm gefahren. Fast hätte ich einen Unfall gebaut. Ich habe mich vor sein Haus gestellt und habe geklingelt wie eine Verrückte.«

»Und?«

»Nichts und. Heute bin ich hier.«

Noëlles Blick fällt auf die zwei Feen aus Muiras Geschäft, die auf Camilles Fensterbrett stehen.

In einer plötzlichen Anwandlung vertraut sie sich ihr an.

»Ich habe David geschrieben: *LIEBST DU MICH NOCH?!?!?!?!* In Großbuchstaben und von vielen Frage- und Ausrufezeichen gefolgt. Er hat nicht geantwortet.«

»Wir machen uns lächerlich«, sagt Camille schroff.

Bei diesen Worten schreckt Noëlle auf. Dass ausgerechnet Camille das über die Lippen kommt und dass sie in der Wir-Form spricht ...

»Du bist süchtig«, sagt Camille. »Man liebt nicht, wonach man süchtig ist. Es ist höchstens eine Hassliebe, Freund und Feind.«

Noëlle blickt auf die Uhr. Sie muss weiter. Sacha wartet auf sie.

Wendelin, der ihr im Erdgeschoss über den Weg läuft, macht wie Capucine (Fahrradunfall) eine schwere depressive Episode durch, erinnert sich Noëlle. Den ganzen Tag hat er Kopfhörer auf, über die er Heavy Metal hört. Plötzlich hat sie wieder dieses Bild vor Augen, wie Wendelin, den Kopfhörer abnehmend, zu ihr sagt: »Normalerweise baue ich meine Spannungen auf Konzerten ab, aber weil das hier nicht geht ...« Achselzuckend setzt er den Hörer wieder auf und geht weiter. Er hat keine Zeit mehr, mit anderen zu reden. Noëlle, die bei dieser plötzlichen Eingebung stehen geblieben ist, starrt Wendelin an, der ohne ein Wort zu sagen an ihr vorbeigegangen ist. Er hat Speichelreste in den Mundwinkeln und Schwimmringe unter dem zu engen Bandshirt. Noëlle begreift, dass sie in der Vergangenheit auch ihn aus dem Kopf verdrängt hat und Wendelin sich daran gewöhnt hat, von ihr ignoriert zu werden.

»Heavy Metal finde ich einfach nur irrsinnig schlecht«, sagt Sacha, den Noëlle auf Wendelin angesprochen hat. »Nur, weil sie mit dem Teufel umgehen können ... Es ist eine Art Teufelsaustreibung, ein wilder Tanz, ein Hexentanz, sozusagen die permanente Walpurgisnacht. Ich weiß nicht, wie weit Sex da auch noch eine Rolle spielt. Es ist einfach das Bild von: Wir sind so richtig, richtig böse! Ich bin jetzt richtig böse! Es hat etwas wahnsinnig Kindliches. Das sind ja immer die sanftesten Babys, diese Metal-Typen, die etwas Rauschhaftes, Entrücktes, Ekstatisches haben wollen. Schau dir Wendelin doch an: an nichts anderem als Mädchen interessiert und zu nichts zu gebrauchen. Heavy Metal steckt voller Balladen. Es ist wirklich das Harmloseste der Welt.«

»Habe ich schon oft an der Gruppentherapie teilgenommen?«

»Einmal bisher. Zuvor hatten wir Einzeltherapiesitzungen hier in der Küche. Doch jetzt bist du bereit dafür, denke ich. Um eins ist die nächste.«

Vor der Mittagskonferenz (alle Patienten anwesend) wäscht Noëlle sich auf der öffentlichen Toilette die Hände. Goldener Wasserhahn. Blaue Handtücher. Die Aufschrift der Flüssigseife ruft in ihr ein Bild hervor, das sie mit David geteilt hat. Alles bringt sie mit ihm in Verbindung, und wenn keine Verbindung besteht, interessiert es sie nicht.

Vivienne (neu hinzugekommen) hat zu viele Drogen genommen, vor allem Ketamin, ein Pferde-Betäubungsmittel. Während der Gruppensitzung schildert sie, wie sich das anfühlt (ihre Knochen-Mala mit hundertacht Totenköpfen unablässig in der Hand). »Du kannst dich nicht mehr bewegen, du hast kein Zeitgefühl mehr, alles zerfällt. Du fühlst dich, als ob du rückwärtsfallen würdest, als ob hinter dir eine Falltür sich öffnen würde, das berühmte *K-Hole*. Nimmst du zu viel Ketamin, verkümmerst du am Boden, fällst in das Loch und kannst nicht mehr aufstehen. Nimmst du zusammen mit deinen Freunden zu viel davon, sind eure Hirne verbunden, ihr könnt miteinander denken.« Sie lächelt und entblößt eine Reihe gelber Zähne. »Hier bekomme ich Ketamin in kleinen Dosen zur Beruhigung verabreicht«, sagt sie und macht den Eindruck, die Erfahrung der Nähe zu vermissen. Die Portion Gift ist ihr zu mager. Ihr fehlt die volle Wirkung, die in ihr das Gefühl erzeugt, mit anderen Menschen eine Einheit zu bilden.

Vielleicht sollten David und sie auch Drogen nehmen, um sich miteinander verbunden zu fühlen, denkt Noëlle. So könnten sie aus der Ferne miteinander Liebe machen.

Jeder nimmt auf seinem Zimmer Drogen, und dann chatten sie miteinander, sind mit ihren Hirnen verbunden, wie Vivienne es beschrieben hat. Für David scheinen virtuelle oder platonische Beziehungen ohnehin auf gleicher Ebene zu stehen wie echte physische Berührungen, ja diese sogar zu überbieten. Oder wie Muira: Sie sieht etwas Verborgenes in allem, was sie betrachtet, und hat die Tendenz, dem eine höhere Bedeutung beizumessen als der Realität.

In der Küche berichtet sie Sacha von den Tabletten mit Mikrochips, neugierig, was es mit verbundenen Gehirnen auf sich hat. Er scheint nicht sonderlich interessiert.

»Ja: In Zukunft könnte es *Brain-to-Brain-Interfaces* geben, direkte Kommunikationswege über eine Schnittstelle zwischen zwei Gehirnen, die es Paaren erlauben, sich gegenseitig auch über große Distanzen zu stimulieren. Oder Paare schlucken eine Pille mit einem Chip darin, um sich mehr verbunden zu fühlen. So können sie Träume miteinander teilen oder die Gefühle und die Erregung der anderen Person spüren, das ist möglich.«

»Dann wird Sexting weit zurückliegen.«

Sacha zuckt die Schultern.

»Die Liebe in heutigen Zeiten will sich in einem Medium ausdrücken, das das Entscheidende der Liebe genau durchstreicht: den Geist. Computer sind aus Silizium und Kohlenstoff und vielleicht noch anderen Elementen gebaut. Der geistige Körper ist ein anderer Grundstoff. Alles, was man mit Computern und Robotern tut, ist eine Simulation. Menschenroboter, Online-Beziehungen: eine Simulation, die wechselseitig davon lebt, dass man etwas in den anderen hineinprojiziert, aber der andere ist ein Algorithmus, und in der Seele bleibt jeder allein. Schau mal: Davids Realität besteht aus Einsen und Nullen, ein binäres System, während du wie eine Schamanin in den Wald gehst.«

Er blättert in seinem Notizbuch.

»In letzter Zeit lässt du manchmal deine Erinnerung an eine verdrängte Realität wieder zu. Ein entscheidender Schritt hin zu deiner Heilung. Aber stets kehrst du in deine Wahnvorstellungen zurück. Das Gute ist, unter günstigen Umständen kann eine Psychose auch von allein abklingen. Aber lass uns mit den Medikamenten langsam und in kleinen Reduktionsschritten vorgehen.«

An der Tür ein Adventskranz.

Kyrie Eleison, Herr, erbarme dich, Amen.

Noëlle tritt ins Freie.

Warten ist ein Gebet, hat sie irgendwo gelesen. Wo, weiß sie nicht mehr.

Jeder Insasse hat vor dem Haus ein Beet angelegt, das von Schnee bedeckt ist.

Früh aufstehen.

Yoga.

Frühstück.

Philosophie. (Thema: *Melancholie.*)

Eine Stunde Gesprächstherapie (Einzelsitzung).

Neurologie. (Ein Professor spricht zur Frage: *Wie verhält sich dein Hirn bei Panikattacken?*)

Danach viel Zeit, spazieren zu gehen.

Tannenzapfen auf Erde.

Kalte Füße. Die neuen Schuhe wärmen nicht.

»Und dein Liebhaber: Meldet er sich bei dir?«

Camille empfiehlt Noëlle, auf Tinder ein Profil anzulegen, damit sie ihre Obsession David gegenüber verliert.

Am nächsten Tag:

Aufstehen.

Pilates.

Frühstück.

Philosophie. (Thema: *Liebe.*)

Eine Stunde Gesprächstherapie (Einzelsitzung).

Studium der Bhagavad Gita. (Das altindische Denken wäre Muira bestimmt kein Trost.)

Von den Angeboten, die neben dem Kamin aushängen, macht Noëlle erst seit Kurzem Gebrauch. Zuvor hat sie

sie nicht wahrgenommen. Sie sind ihr entgangen. Sie weiß nicht, wie das möglich ist, aber so ist es passiert. Sie sind fakultativ, nur die Gesprächstherapie wird den Patienten nahegelegt. Ansonsten vertreibt man sich die Zeit, wie man möchte. Geht spazieren, erholt den Körper. Diesen Körper, der zu nichts mehr in der Lage war, als er in dieser Ödnis ankam, die in seltsamem Kontrast zum inneren Chaos steht, das bei den meisten vorherrscht.

Abendessen zubereiten.

Sie öffnet den Kühlschrank.

Wachteleier und Blumenkohl.

Sie isst keine Wachteleier (hat sie nie getan). Die sind nicht von ihr. Die hat nicht sie hier hineingetan.

Die rote Signalleuchte über dem Küchenfenster gehört zur Klinik und hat nichts mit Bertrams Mutter zu tun. Was passiert, wenn sie das Fenster öffnet? Wird irgendwo ein stiller Alarm ausgelöst? Kommt jemand angerannt? Sie bewegt sich hier doch frei? Sie ist doch eine freie Patientin dieser Klinik und ist frei zu gehen?

Ein Sturm zieht auf. Heute kann sie nicht mehr hinaus.

Im Düsteren der rote Lichtkegel am Boden wie ein scharfer Verweis.

Sie legt sich ins Bett.

Vivienne (Ketamin) kann unter Drogen die Augen manchmal nicht mehr schließen, weil die Wände sonst auf sie zukommen, hat sie erzählt. Sie hat die Augen weit aufgerissen, um Noëlle zu bedeuten, wie erschreckend das ist.

Arme Vivienne, auf eine gewisse Art.

Noëlle schaltet die Nachttischlampe ein, greift nach ihrem Notizbuch und fertigt eine Liste an:

Elisabeth (Stulpen, vom Dach gesprungen)
Camille (Selbstmordversuch, ADHS, Tinder)
Lätitia (sie und Camille scheinen befreundet)
Eveline (grauer Star)
Capucine (Fahrradunfall, Depression)
Pretty Liza (Diätenwahn)
Belle (anorektisch)
Wendelin (Heavy Metal, Depression)
Vivienne (Polytoxikomanin, Skull-Mala)

Eine Nacht.

Ein neuer Morgen.

Muira füllt Zedernholzspäne aus einer großen Plastiktüte in kleine Gläser ab, stopft sie bis zum Rand voll, drückt den Inhalt mit den Fingern kräftig fest, setzt einen Korkdeckel auf, dreht das Glas um und schlägt mit der Faust auf den Boden, um den Korken zu verankern. Am Schluss klebt sie ein vorgeschriebenes Etikett darauf.

»Himalaya-Zeder aus der Familie der Kieferngewächse.«

»Eine asiatische Kiefer?«

»Ja.«

»Wofür dient das Holz?«

»Als Räucherwerk. Schon im babylonischen Gilgamesch-Epos wird es erwähnt. Zedernholz wurde bei der Darbringung von Tieropfern als Räuchermittel eingesetzt, um den Gestank des Opferfleisches zu überdecken.«

»Das hättest du mir besser nicht erzählt.«

»Warum?«

»Weil ich unter einer Kiefer die Zettel vergrabe und es eine asiatische Kiefernart gibt, die beim Opfern von Tieren eingesetzt wird.«

»Die Chinesin kann dir nichts anhaben.«

»Was, wenn diese Liebe mir den Tod bringt?«

»Wird sie nicht. Du wirst immer zurechtkommen. Du wirst immer im Auge des Hurrikans sitzen, dort ist es ruhig.«

An Hingabe sterben ... Noëlle verweilt einen Augenblick beim Bild des rieselnden Blutes eines Tieres und des brennenden Holzes. Weg damit! Sie hat schon lange keine Kerze mehr gekauft. In der Vitrine zur Rechten liegt Esoterik-Schmuck aus. Ohrringe, Anhänger und Ketten in kleinen Druckverschlussbeuteln, wie Dealer sie für ihre Drogen brauchen. Ein Paar silberne Ohrringe fallen ihr ins Auge. *Ewiger Knoten* sind sie mit einem weißen Klebeetikett angeschrieben, *135.– CHF*.

»Den Schmuck habe ich noch nie gesehen.«

»Das kommt wohl daher, dass ich heute Morgen das Glas abgewischt habe. Jetzt sieht man wieder durch.«

»Nein«, lacht Noëlle, denn Muiras Geschäft ist immer blitzsauber.

Kristallklar sehen, geht es ihr durch den Kopf. Wenn alles frei erfunden ist statt beobachtet, wenn keine Erinnerung stört, sehen wir am klarsten und nicht wie durch einen Schleier. Muira sieht glasklar, weil sie erfindet.

»Die Ohrringe mit dem ewigen Knoten sind schön.«

»Sehr schön sogar. Und aus echtem Silber.«

»Darf ich sie mir ansehen?«

»Einfach öffnen.«

Noëlle macht einen kleinen Griff an der Scheibe aus,

zieht daran und holt den Beutel hervor. Zwei kleine Knoten an Anhängern.

»Die nehme ich.«

Sie legt den Beutel auf die Theke.

»Weißt du was: Ich schenke dir einen Kerzenhalter. Such dir einen aus, der dir ins Auge springt.«

»Den«, sagt Noëlle mit Blick auf einen lilafarbenen Teller mit einer aus Silber geschlagenen Blume darauf.

»Das Mandala«, sagt Muira.

»Was hat es für eine Bedeutung?«

»Ewigkeit.«

»Schon wieder«, räuspert sich Noëlle. »Ewiger Knoten, ewiges Mandala, und vor drei Tagen habe ich David ein Herz geschickt und dazu geschrieben: *infiniment*.«

Muira lächelt.

Einmal, erinnert sich Noëlle – David war bei ihr im Atelier, ihr Kopf lag auf seiner Brust –, sagte er: »Unsere Körper passen gut zueinander. Bleib noch eine Weile so bei mir.«

Ein Klingeln fiel in die Stille. Er folgte ihrem Blick auf das Display.

»Mein Mann.«

»Ich habe den Namen schon irgendwo gehört. Glaubst du, er steht unten vor der Tür? Hat er einen Schlüssel?«

»Nein. Und falls er unten steht, kennt er dich nicht.«

Eine Weile blieb David still. Dann sagte er: »Später würde er rekonstruieren, wer ich war. Wie in einem Film.«

Früh aufstehen.

Duschen.

Zum Frühstück Datteln mit Orangen.

Noëlle packt eine Flasche Wasser ein, ein paar Scheiben Brot und zieht los.

Heute will sie zur Höhle zurückkehren, wo sie sich eingestanden hat, dass Mohn eine Klinik ist.

Trotz des Schnees kommt sie zügig voran. Mehrmals rutscht sie auf durchweichtem Grund aus, wo der Fuß keinen sicheren Halt mehr findet. Vielleicht ist es jedes Mal dasselbe Ausrutschen, vielleicht verdrehen und verschieben wir Erinnerungen, um uns zu schützen, das kann sein.

Der *étang*.

Das Boot liegt festgefroren, erstarrt.

Der Waldboden ist hart von Frost und Eis. Er wartet. Auf Sonne. Auf eine warme Pfote, die über ihn hinwegstreift.

Dann erscheinen vor ihr die ersten Felsen.

Die Pfiffe eines Adlers.

Die heilige Jungfrau. Die Öffnung daneben. Hinein in den Schlund!

Die Höhle ist stockfinster, man sieht das Ende nicht. Noëlle sieht nur die ersten Meter weit, die vom einfallenden Tageslicht schwach erhellt werden.

Den ersten Fuß hineinsetzen, den zweiten.

Schnell umdrehen, um sicherzugehen, dass die Öffnung noch da ist. Sofort verschlägt ihr die Kälte den Atem. Wo kein Licht hinfällt, ist der Boden frostig. Die ganze Zeit hat sie sich nach Davids Wärme gesehnt, nach einem Wort, einer Berührung. Ihr Körper ist so gefroren wie dieser Boden, auf den sie sich setzt.

»Unsere Höhle«, sagt sie zu sich selber und verstummt. David hat sich so lange zurückgezogen, dass es lächerlich geworden ist, noch von *uns* und *wir* zu sprechen. Die Worte passen nicht mehr in den Mund. Er hat es geschafft, zu verschwinden und sich dabei auszuschweigen. Und jetzt ist er böse auf sie, weil sie wissen will warum.

Sie streckt die Beine aus, lehnt sich mit dem Rücken an die Wand. Es wird nicht lange dauern und sie wird nass sein, schon spürt sie durch die Jacke und die Hose hindurch das Eis an den Wänden und auf dem Erdreich.

Unruhig holt sie das Handy hervor und legt es neben sich auf den Boden. Wenn David sie in diesem Moment anruft? Mit geschlossenen Augen denkt sie an die Worte, die sie ihm sagen möchte, damit wenigstens er nicht zu frieren braucht.

Sie entriegelt das Handy und schreibt:

Ich liebe dich.

Ein Schmerz geht durch ihren Körper, ein heftiges Zucken. Abrupt schleudert sie das Gerät in die Höhle. Das Licht erlischt. Es ist stockdunkel und still. Tränen steigen in ihre Augen.

Warum lässt er sich nicht mit Worten kriegen? Nicht mit ihren. Nicht mit: *Ich liebe dich.*

See hat 21 Grad
Wo bist du morgen früh?

Hat er geschrieben.

Auf allen vieren kriecht sie mit nassem Hintern zum Telefon.

In der Höhle wird es immer dunkler. Sie wirft einen Blick zum Eingang – niemand ist da. Wo bist du? Unter den geschlossenen Augenlidern holt sie ihn heran. Weißt du noch, wie wir schwimmen waren, wie du die Hand ...?

Sterben ist vielleicht ein Gefühl wie *everything clears up*. Der Himmel reißt auf, und man versteht plötzlich alles. Warum die Menschen, die wir lieben, wie gehandelt haben.

David beugt sich über sie, wie beim ersten Mal in ihrer Wohnung. »Wir haben nicht viel Zeit«, sagt er und tut es einfach: streicht mit dem Daumen über ihre Lippen, teilt sie und küsst sie. Er küsst sie auf Gesicht und Hals, beißt ihr in die Unterlippe und fängt dabei schon an, sie auszuziehen. Sie hilft ihm dabei, zieht die Hosen aus, schiebt ihr Shirt hoch. Es ist eiskalt.

»Warum sind deine Kleider so staubig?«, fragt Sacha.

»Ich war spazieren.«

»Wir haben dich vermisst. Wo warst du?«

»In einer Höhle.«

»Nicht schlecht«, sagt er nachdenklich. »Vielleicht brauchst du das, um den Ausgang zu finden.«

»Welchen Ausgang?«

»Um zu gesunden. Vielleicht brauchst du einen Zwischenraum, weil es in der Klinik nicht geht. Du gehst in die Höhle, um wiedergeboren zu werden. Du lernst den Tod kennen, um ins Leben zurückzukehren.«

Er muss lachen, als hätte er nach langem Grübeln endlich die Lösung gefunden. Dann legt sich Stille über die Küche.

»Den Tod?«

»Nur symbolisch natürlich. Du ziehst dich in dich zurück.«

Noëlles Blick fällt durchs Fenster auf die weißen Wiesen. Alles ist still.

Bevor Sacha die Trappistinnen erwähnt hat, wusste sie nichts von Zisterziensern, sie wusste von keinem Kloster in der Nähe, sie wusste von keinem *Orden von der strengeren Observanz*. Wie viel verlockender stellt sie es sich vor, täglich Selbstzerknirschung anzuwenden, als von einem anderen gedemütigt zu werden. Wie angenehm es sein muss, im Vollbesitz der Wahrheit zu sein und alle andern lügen.

»Eine Höhle«, sagt Sacha noch immer mit einem erleichterten Lächeln.

Schweigen, während dem er sie betrachtet.

»Du wirst von der Höhle verschlungen und machst dort den letzten Schritt zur weisen Frau.«

Sie reagiert nicht.

»Und dann ... Na ja, es gibt natürlich das furchtbar naheliegende Motiv, dass du dort mit den Tieren redest. Möglicherweise findest du einen Raben.«

Sie hebt die Brauen. Interessanter Zufall. Erst kürzlich wollte sie mit einem Rabenvogel reden.

»Du verschwindest. Und die GROSSE Erfahrung, die du machen musst, die würde ich gerade nicht beschreiben, das Momentum muss der Leser sich selber vorstellen, weil man an dem fast nur scheitern kann. Aber man kann es vorbereiten.«

»Beschreiben?«

»Ja. Du schreibst doch? Das finde ich gut. Es sind schon viele Bücher in Sanatorien entstanden.«

Er bricht ab und sieht ihr ins Gesicht. »Du kennst die Geschichte vom fruchtbaren Moment? Laokoon, Lessing? Lessing beschreibt die Laokoon-Skulpturengruppe. Es wird nicht gezeigt, wie Laokoon von den beiden Schlangen wirklich erdrosselt wird, sondern es wird der Moment gezeigt, wo man ahnt: Jetzt wehrt er sich vergeblich. Daraus folgert Lessing: Die Kunst muss nicht einen Endpunkt darstellen, sondern einen Punkt, der den Betrachter oder den Leser dazu bringt, weiterzumachen. Der fruchtbare Moment entzündet eine Idee, die sagt: Jetzt geht es weiter. Ein Kunstwerk ist es erst dann, wenn es dich anzündet. Darum sollte man nie etwas ganz zu Ende erzählen«, sagt Sacha freundlich.

Anzünden *(allumer)*, geht es Noëlle durch den Kopf. *Allumettes* nennt man auf Französisch Streichhölzer wie auch Männer und Frauen, die mit ihrem Gegenüber flirten, es sexuell provozieren. (Und dann abblitzen lassen?)

Sacha betrachtet die Tischplatte. »Das finde ich gut. Deine Befreiung ist, dass du in die Höhle gehst. Du bleibst vielleicht länger drin.«

»Werde ich in der Klinik nicht vermisst?«

»Doch. Und vielleicht hast du eine alte Freundin, die sich für dich interessiert und dich findet.«

»Penelope.« Noëlle lässt eine Pause. »Und was ist mit der Hexe?«

»Sie ist nicht von Anfang an von letzter Weisheit.«

»Du kennst sie also doch?«

Er schüttelt den Kopf.

»Ende ich in der Höhle?«

»Nein. Ich würde sie schon verschwinden lassen, aber mit der Hoffnung des Lesers, dass sie wieder auftaucht.«

»Also: Du meinst mich?«

Sacha nickt. Und für einen Augenblick sieht es aus, als würde hinter seinen Pupillen jemand anderer vorbeiziehen.

»Trappist?« Harry freut sich, sie zu sehen. »Ein Trappist ist ein Teleskop, benannt nach einem Zwergstern und seinen sieben Planeten: Trappist 1 a, 1 b, 1 c ...«

»Es gibt ein Kloster in der Nähe.«

»Ich weiß«, lächelt er.

Sie schauen einander an. Im Wohnzimmer stehen sie sich dicht gegenüber.

Eine Weile wartet sie ab, dann fallen ihre Augen auf die Teleskope vor den Fenstern.

»Erzähl mir mehr über die Sonne«, unterbricht sie das Schweigen.

Enttäuscht weicht er einen Schritt zurück.

»Die Sonne«, sagt er nach einem kurzen Zögern, »wird heißer und heller. Die Erde ist irgendwann unbewohnbar. In etwa einer Milliarde Jahren wird die Atmosphäre verdunstet sein und alles Wasser von der Erdoberfläche verkochen. Ohne Sonne aber kein Leben. Was uns am Leben hält, stürzt uns auch ins Verderben.«

Wieder im Haus eröffnet ihr Sacha, dass er ihr neue Medikamente verschrieben hat, die nicht hungrig machen sollen.

Camille wässert den Adventskranz mit den vier Kerzen darauf. Jetzt ist er ruiniert.

Bertram ruft an. Noëlle geht nicht ran.

Ein Lebenszeichen von David nur auf Facebook.

Hinter einem Berg Räucherstäbchen versteckt, ruft Muira ihr zu: »Die Raunächte fangen an! Der Zugang zur anderen Welt wird leichter!«

»Auch für dich? Hast du nicht ständig Zutritt zur anderen Seite?«

»Für alle! Ich bin ein Nichts!«

Diese Selbstlosigkeit auf einmal wundert Noëlle.

»Auf mich kommt es nicht an«, bekräftigt Muira. »Meine Kunden sind wichtig. Für sie bin ich da, nur das zählt.«

Noëlle wagt nicht, Muira offen anzuzweifeln.

»Achte auf die Tiere, die dir in den nächsten Tagen begegnen. Sie wollen dir was sagen.« Muira kommt hinter ihrem Schachtelturm hervor. »Ihr seid zusammen, auch wenn er nicht hier ist.«

»Eine tiefere Form von Liebe?«

»Ja«, ruft Muira, als gelte es, Noëlles verstopfte Ohren durch tausend Wände zu erreichen. »Er liebt nicht die, mit der er zusammenlebt!«

»Ist das nicht immer so? Die, die fort ist, liebst du mehr als die, mit der du zusammenlebst?«

»Nicht immer.«

»Die perfekte Geliebte bin ich ihm erst, seit wir uns nicht mehr sehen.«

»Der will dich.«

»Er will mich, aber er hat Angst davor, mich zu sehen. Er will nur von mir träumen.«

»Er hat Angst, dass er sich restlos in dich verliebt, wenn er dich weiterhin sieht.«

»Er will mich, aber ich bleibe dabei allein.« Noëlles Blick fällt auf den Turm schmaler Schachteln. »Eine neue Lieferung?«

»Ja, das sind Nag-Champa-Räucherstäbchen zur Verbindung von dritter und vierter Dimension.«

»Wie viele Dimensionen gibt es?«

»Die eine Zeit- und die drei Raumdimensionen und viele versteckte Zusatzdimensionen, die wir nicht sehen können, wenn wir das Universum beobachten.«

»Kennst du Harry? Ein Astrophysiker, der in der Nähe wohnt.«

»Nie gehört.«

Muira fixiert sie mit ihren kajalbestrichenen Augen.

»Heute hast du eine gute Aura, du siehst gut aus.«

»Die Aura siehst du auch?«

»Ja, du doch auch. Manchmal sehe ich sogar die Gitternetzlinien der Welt.«

Noëlle kann sich nur vage etwas unter Gitternetzlinien vorstellen, fragt aber nicht nach. Sie würde vermutlich ohnehin keine befriedigende Antwort erhalten.

»Du gehörst nicht in diese Zeit, du gehörst entweder wie ich ins Jahr 1439 oder ins Jahr 2250.«

»Muss ich deswegen ein schlechtes Leben führen?«

»Nein, du führst ein gutes Leben.«

»1439?«

»Eins, vier, drei, neun.«

»Kommt es auf das Jahr an oder auf diese Zahlen?«

»Es sind diese Zahlen. Schau nach, was in diesem Jahr passiert ist. Ich glaube, wir kennen uns aus dieser Zeit.«

Auf dem Rückmarsch durch den Friedhof hoch in einer Trauerweide zwei Reiher.

Karpfen schwimmen im Kreis in einem runden Betonteich. (Ihre Münder öffnen sich.

Reden sie? Zu wem?)

Ein Eichhörnchen springt zwischen dicken Baumstämmen über flache Lichtstrahlen, die den Nebel aufreißen. (Ist das Tier echt?)

Auf dem Friedhofsparkplatz zwischen herabgewehten

Blättern Unmengen an ausgetretenen Zigarettenstummeln. (Was ging den Leuten durch den Kopf, bevor sie ins Auto stiegen und davonfuhren, Hand in Hand mit ihren Toten?)

Der Reiher ist in China das Zeichen für Ewigkeit, liest Noëlle in ihrem Zimmer.

Der Karpfen für Stärke und Kraft sowie für Glück und Erfolg im Leben.

Das Eichhörnchen ist in der nordischen Mythologie der Botschafter zwischen den Welten. Es steht für das Reich der Naturwesen und das Reich der Ahnen und kann zwischen den Welten hin- und herspringen.

Im Jahr 1439 wütete in der Schweiz die Pest (Olten).

Auf Chinesisch ist die phonetische Aussprache für Vier *Si*, ähnlich wie Tod, weshalb die Zahl von den Chinesen gemieden wird. *Alles nur keine Vier*, wird der Chinese sagen, für den man ein Nummernkonto eröffnet.

Eins, vier, drei, neun. Was war sie in einem vorigen Jahrhundert? Was wird sie im Jahr 2250 sein?

Eine liegende Acht ist das mathematische Zeichen für Unendlichkeit.

Noëlle blickt vom Bildschirm auf. Ganz ruhig ist es in ihrem Zimmer. Wie immer. Geht man nur zu einer Hexe, wenn keine Hoffnung mehr besteht?

Im März ist sie im Jura angekommen.

Jetzt ist Dezember.

Ein Baum vor dem Kamin.

Rote Kugeln und Kerzen.

Der Plattenspieler und das Weihnachtsoratorium: *Jauchzet, frohlocket, auf, preiset die Tage.*

Weihnachten, Noëlle.

Wenn bloß die Zweige nicht zu brennen anfangen.

Stamm, Äste und die Flammen so nahe an den Nadeln.

Mutter hat bis heute Angst vor Feuer. Der Hof könnte. Die Scheune.

Ein Geschenk für jeden, rot umwickelt. In ihrem ein Notizbuch.

Alle Patienten zur selben Zeit im Wohnzimmer, das hat es noch nie gegeben, oder sie hat es noch nie so wahrgenommen.

Kein Platz mehr frei auf dem Sofa, alle Fauteuils besetzt, sogar die Fußhocker und gepolsterten Sitzbänke. Seitlich ans Kamin gelehnt weiß sie schon nach Sekunden, dass es hier zu heiß werden wird, und rührt sich trotzdem nicht von der Stelle.

Sacha hält eine Rede.

Es schneit.

Sie wirft einen Blick in ihr neues Notizbuch.

Auf der ersten Seite in zarter Handschrift: *Schreiben!*

Sie schreibt: *Es ist alles in deinem Kopf.*

Unterstreicht es. Doppelt.

Auf dem Zimmer vibriert das Telefon.

Es ist Bertram. »Fröhliche Weihnachten.«

»Ja«, antwortet sie und geht ans Fenster.

»Ich bin mit dem Auto gegen einen Baum geprallt«, hört sie ihn lallen.

Der Mond ist eine zarte Sichel.

Das Licht des Mondes ist kalt. Es ist immer kalt.

Dann beginnt Bertram zu weinen. Ein leises Schluchzen, das in ein hohes Fiepen, wie von einem jungen Reh, übergeht.

Sie schließt die Augen.

Ein Wolf wälzt sich im Schnee.

Wo ist der Esel, der stoisch alles erträgt? Hat sie ihn in den letzten Tagen gesehen? Morgen will sie darauf achten. Morgen will sie geistesgegenwärtig genug sein, um endlich Sacha zu fragen, wem das Haus gehört, wem das Land hinter Mohn gehört, wem das Grautier gehört.

Am nächsten Tag schneit es noch immer. Es hört nicht auf zu schneien. Die Bäume brechen unter der Last.

Im Radio sagen sie, man solle den Wald meiden. Der Bus fährt nicht mehr. Die Autos stehen quer. So viel Schnee gab es seit Jahren nicht mehr.

In der kalten Küche kocht sie einen Tee, setzt sich an den Tisch und trinkt.

Aus Gewohnheit prüft sie ihr Handy, ob David vielleicht ...

Keine Botschaft von ihm darauf zu finden.

Es erstaunt sie nicht mehr, und trotzdem ist sie unfähig, die Trauer zu unterdrücken, die sie erfasst.

Neujahr.

Bertram ruft an, um die Details der Scheidung zu besprechen, das Finanzielle –

Sie drückt ihn weg.

Im Korridor verpasst Camille Pretty Liza eine Ohrfeige.

Es knallt.

»Das war keine Ohrfeige«, sagt Camille seelenruhig. »Das war der Flügelschlag eines Adlers. Ich bin ein Adler.«

Dann beginnt sie zu weinen. Schlägt die Hände vors Gesicht, erwacht aus den finsteren Minuten des Wahnsinns, der keinen Sinn mehr ergibt.

In Noëlles Zimmer ist es dunkel und still.

Schnee fällt.

Der Frost ist unter der Decke, unter der sie liegt.

»Es hat nie an dir gelegen«, formuliert Sacha zusammenfassend. »David ist krank.«

Und leiser: »Wenn ein Kranker sich zu einem Gesunden ins Bett legt, wird der Gesunde krank, nicht umgekehrt.«

»Wenn es so wäre, dass ich dir immer zu wenig gebe, müsste man sagen, wir machen einen radikalen Schnitt. Aber daran möchte ich nicht einmal denken«, erinnert sie sich an Davids Worte.

Penelope ruft an: »Wenn dir jemand immer zu wenig gibt, kann es passieren, dass du das als Liebe interpretierst.«

Noëlle hält sich die Ohren zu.

Einkaufen gehen (hat sie noch nie gemacht – hat sie es schon gemacht?) und kochen.

Heute einmal anders: Glasnudeln an Sojasauce, Mangos aus der Dose.

Dann backt sie einen Kuchen für alle.

Dreikönigstag.

»Das Ende der Raunächte«, krächzt Muira. »Der Zugang zu den Geistern wird schwieriger, aber dir bleibt ein Spalt.«

Der Name Bertram bedeutet *strahlender Rabvogel.*

Sein zweiter Vorname ist Tancredi, *der Dankbare, Gutgläubige.*

Zwei mittelalterliche Namen wie die Liebesvorstellung, die er von seiner Mutter übernommen hat: Liebe als gegenseitige gesellschaftliche Verpflichtung (solange man zu ihm hochschaut und den äußeren Schein einer intakten Familie wahrt).

»Weshalb bin ich hier?«

»Weil du nicht mehr Zug fahren konntest. Nicht einmal mehr mit der Straßenbahn.«

»Und wie bin ich hergekommen?«

»Bertram hat dich gebracht.«

»Deshalb habe ich Zimmernachbarn. Sie sind Insassen wie ich. Ein Haus voller einsamer Menschen.«

»Übertreib mal nicht«, meint Sacha. »Ich würde es anders sagen. Es sind isolierte Seelen, doch sie haben alle eine spannende Geschichte. Sie sind allein hier, aber die Figuren in ihren Köpfen sind auch da. In unserem Haus wimmelt es von Gästen, und die tauchen immer wieder auf. Die Patienten leben mit ihren Figuren, die plötzlich da sind. Das ist der Vorteil von einer Seele, die verwirrt ist: dass sie nicht ganz klar unterscheiden kann zwischen Realität und Surrealität.«

Er öffnet sein Heft.

Was schreibt er?

Die vielen Notizen immer.

Sacha, ein schriftstellernder Psychiater?

Schriftsteller liefern dich ans Messer, das musst du einfach wissen.

»Hörst du noch Stimmen?«

»Manchmal. Aber nicht mehr so oft.«

»Die Stimmen kommen aus deinem Innern, vergiss das

nicht. Und du darfst nicht alles glauben, was sie dir sagen, das ist wichtig.«

Er erkundigt sich bei ihr, ob sie mit ihrem Roman gut vorankomme. Dass er sich für ihr Buch interessiert, ist, als ob auch ihre Geschichte ein Scheinbild wäre und ein anderer sie träumte.

»Wie lange benötigen Neuroleptika, um einen Patienten zu beruhigen?«

»Vier Tage, bis sie eine ausreichend hohe Konzentration im Blut erreichen.«

»Wie kommt es dann, dass ich die Klinik in den ersten vier Tagen nicht gesehen habe?«

»Weil du nicht wolltest. Du hast ein Fantasiegebilde errichtet, das es dir ermöglicht hat, dich der Wirklichkeit nicht zu stellen. Die Medikamente sind nicht verantwortlich für deine Wahnvorstellungen, sie haben dich sediert. Erst mit dem abrupten Absetzen hast du Psychosen durchgemacht wie diejenige, David vergiftet zu haben. Als du hier angekommen bist, hast du die ganze Zeit geträumt. Du hast dich in eine Scheinwelt zurückgezogen, damit die Wahrheit nicht zu dir durchdringt. Erst später warst du bereit zu sehen.«

Die Sonne ist noch nicht aufgegangen, da hört Noëlle eine Windböe am Fenster rütteln. Dann schreit der Esel. Es ist das erste Mal, dass sie ihn hört. Wie ein Weckruf löst es in ihr den Gedanken aus, Harry einen Besuch abzustatten. Er hilft ihr, klar zu sehen. Er macht die Welt einfacher.

Harry betrachtet gerade Aufnahmen im Netz, die ein Kollege aus den USA hochgeladen hat, als sie bei ihm ankommt. Darauf ist ein schwarzer Himmel über der Erde aufgespannt wie eine Schale.

Lernt den Himmel kennen, so wisset ihr, was ist, stand im Paracelsus-Buch.

Der Hund trabt heran und presst ihr die Schnauze in den Schritt. Sie schiebt ihn weg.

»Woran denkst du, wenn du in den Nachthimmel blickst?«, will sie von Harry wissen.

»An einen riesigen Spielplatz mit unzähligen Sternen und Planeten, unendlichen Möglichkeiten, aber außerhalb unserer technologischen Reichweite.«

»Ich denke an den Lauf der Sterne und wundere mich, wie ruhig alles erscheint, dass nichts sich sichtbar bewegt.«

»Nun, tatsächlich bewegen sich die Sterne ziemlich schnell, sind aber so weit weg, dass die Veränderung in ihrer Position sehr klein ist. In hunderttausend Jahren aber werden sich die Konstellationen alle geändert haben.«

Sie streicht über den Kopf des Hundes, der nicht weggehen will.

Harry und sie sehen sich an.

»Weißt du, ich war schon in jemanden verliebt. Ich war so verliebt, das kannst du dir gar nicht vorstellen.«

Er lächelt etwas linkisch und nickt verunsichert.

»Meine Freundin sagt von ihm, er sei ein Quäler. Er ist manchmal einfach sehr weit weg.«

In dem Moment fällt ihr Blick auf eine Schlagzeile, die von Harrys Computerbildschirm leuchtet. *UFOS: UND ES GIBT SIE DOCH!*

»Ufos?«

»Ufos ...«, erwidert er.

»Kann ich nicht glauben.«

»Ufos ...«, wiederholt er in ihrem skeptischen Tonfall, um ihr zu bedeuten, dass er gleich denkt. »Fünf Milliarden Handykameras auf dem Planeten und kein einziges gutes Foto oder Video.«

Nicht wie mein Bildmaterial, denkt Noëlle auf ihrem Gang zu Mohn und durchsucht ihr Telefon nach Nachrichten von David. Ihr Handy ist voll von Bildern und Worten, die eindeutig sind, an denen sie sich festhalten kann.

Jetzt hat sie schon wieder vergessen, Sacha nach dem Besitzer des Esels zu fragen.

Bevor sie Vater zum letzten Mal auf der Intensivstation sah, war sie bei David im Büro. Um sie zu trösten, hat David ihr Gesicht in die Hände genommen, seine Stirn an ihre gedrückt und ihr lange in die Augen geblickt. Vater verschied nur wenige Stunden später. Wusste er sie gut aufgehoben, dass er in jener Nacht ging? Ahnte er von David?

Zwei Stunden bevor er starb ist sie nach Hause gegangen. Sie hatte das Gefühl, dass er es so wollte. Er ist nicht allein geblieben, Mutter war bei ihm. Man hatte ein Zusatzbett in sein Krankenzimmer gestellt. Gegen Mitternacht wurde Mutter von einer Pflegerin geweckt, die ihr sagte, dass es nicht mehr lange dauert.

Vater starb am dritten Mai, neunzehn Minuten nach Mitternacht. Es regnete in dieser Nacht, es gab ein Gewitter, Blitz und Donner.

Mitten in der Nacht erwacht Noëlle und spürt ihr Herz heftig schlagen. Wenn ein Notfall vorläge, würde David kommen? Würde er ans Telefon gehen?

Sie sinkt ins Kissen zurück.

Indem sie David ausgesucht hat, hat sie sich für sich entschieden, trifft sie die Erkenntnis. Auf David ist kein Verlass, sie ist auf sich allein gestellt, er hebt sie nicht auf, er führt sie nirgends hinaus.

»Sei etwas stärker, ja?«, hat er im Bahnhofsbuffet gesagt und sie zum Abschied auf die Stirn geküsst. (Nachdem er unter dem Tisch eine Hand unter ihr Sommerkleid geschoben hatte. Sie trug kein Höschen und hatte als Reaktion auf seinen Griff die Schenkel gespreizt. Das Café war voller Gäste, die auf einmal zu ihnen hinschauten.) Fünf Minuten später fuhr sein Zug.

Aus dem fahrenden Waggon schrieb er ihr:

> Wenn du etwas Schönes für mich hast, Worte oder Bilder, jetzt wäre gut

Jetzt wäre gut.

Und die Momente davor und danach?

Am nächsten Tag sagt Sacha: »Dass er dir sagt, *sei etwas stärker*, ist fast schon sadistisch. Er nimmt den Fokus von sich weg und gibt dir die Schuld.«

Sie hat nicht vergessen, Sacha nach dem Esel zu fragen. Aber auf einmal war sie zu verlegen dazu.

David wollte Fotos.

> Du musst nicht

Er liebt Fotos.

> Ich muss mir glaub gleich wieder deine Fotos anschauen

Sie trafen sich zwanzig Minuten bevor sein Zug ging.

Zwanzig Minuten bevor sein Zug ging, war seine Idee gewesen.

»Mein Leben ist in Viertelstunden getaktet.«

Vieles, das er ihr erzählt, bleibt in Bildern in ihr hängen.

So sieht sie plötzlich ein Ziffernblatt und die Minutenstriche.

Dieses Bild führt zum Bild der großen Bahnhofsuhr, unter der David und sie ein andermal standen.

»Du bist so eine Katze«, lächelte er. »Komm her.« Er

strich ihr über die Wange. »Du bist ganz heiß.« Mit seiner Hand fuhr er über ihren Rücken und murmelte ihr ins Ohr: »Du hast etwas Elektrisierendes.«

Sie umarmte ihn kräftig. Er erwiderte es nicht. Er ließ es mit sich geschehen. Das stimmte sie nicht mehr traurig. Inzwischen wusste sie, es gefiel ihm staunend.

Als sie unter der großen Uhr der Bahnhofshalle auseinandergingen, aneinandergeschmiegt, die Gesichter nahe beieinander, schließlich küssend, mitten im Gewoge der Menge, hatte sie den Eindruck, dass in diesem Moment alles anders war. Etwas hatte sich verschoben. Das zwischen ihnen war für immer. Dann blickte sie hoch und sah für ihn nach der Zeit.

»Du bist am Bahnhof gesehen worden«, konfrontierte Bertram sie einige Tage später. »Mit einem fremden Mann.«

Als sie jetzt daran denkt, erkennt sie, dass es Dinge gibt, die nicht im Verborgenen bleiben, sosehr man auch versucht, sie zu verstecken, und im entscheidenden Moment vielleicht nicht mehr versucht, sie zu verstecken, weil tief in uns etwas weiß, dass sie dafür gemacht sind, ans Licht zu kommen.

»Das ist keine Liebe«, tobt Penelope am Telefon, als würde Noëlle nichts mehr erreichen, nicht einmal ihr Geschrei.

Bist du alleine gerade?

Denkt Noëlle nur und redet nicht mehr weiter.

Leise klopft sie an Camilles Tür.

Es regnet.

Ob Camille sie gehört hat?

Neben ihrem Bett steht ein Tablett mit einer Spritze. »Ein Sedativ«, sagt Camille, als ihre Blicke sich treffen. »Die setze ich mir inzwischen selber, wenn es nötig ist. Die können mich jetzt nicht mehr gehen lassen. Stell dir vor, ich erzähle das jemandem.«

»Wenn Verrückte reden, glaubt ihnen keiner«, gibt Noëlle zu bedenken.

»Du bist zu pessimistisch«, meint Camille. »Seit ich weiß, dass Liebe, Schmerz und Gefühle im Gehirn entstehen, geht es mir viel besser. Sogar Gedanken sind nichts anderes als elektrische Impulse, und hier haben sie die Medikamente, um das Hirn zu beruhigen.« Sie richtet sich auf. »Dein Kopf hat ein Reset benötigt, deshalb hast du dich verliebt. Andere in deinem Alter beginnen, klassische Musik zu hören, oder stürzen sich im Ganzkörperanzug die Felswand hinunter. Dein Hirn hat sich in all den Jahren der Langeweile in einer Art abnormalem Leistungsabfall befunden und musste sich wieder lebendig fühlen, indem es in einen verbesserten Zustand zurückkehrte, in eine Situation, in welcher Botenstoffe wie Dopamin ausgeschüttet werden, dasselbe Zeug, das ausgeschüttet wird, wenn du Kokain konsumierst oder eben, wenn du verliebt bist und das ausmacht, dass du dich gut fühlst. Du fühlst dich belohnt, einzig dafür, dass du ein menschliches Wesen bist und gesehen wirst.«

Camille erwähnt außerdem Serotonin, einer der wichtigsten chemischen Stoffe der Liebe, der uns in den Augen der Außenwelt vorübergehend wahnsinnig erscheinen lässt. »Aber es ist kein Wahnsinn«, sagt sie und wirft die Arme hoch. »Es ist nur das, was das Leben auf diesem Planeten antreibt!«

Camille hat bei Muira eine Kerze gekauft, hat einen Namen auf einen Zettel geschrieben, die Kerze abbrennen lassen und das Papier vergraben. Der Mann, dessen Name auf dem Zettel stand, hat sich nicht bei ihr gemeldet. Jetzt will Camille von Muira das Geld zurück. Auf die Idee wäre Noëlle gar nicht gekommen.

»Wirf einen Blick in deine Krankenakte«, sagt Camille. »Mit den Notizen von Sacha, Fotos, den Zwischenfällen, die er vielleicht festgehalten hat, seinen klinischen Schlussfolgerungen. Jeder Patient hat eine Akte. Sie sind in den Schubladen in der Wohnzimmerwand gelagert.«

»Fotos?«

»Eben alles, was sie über dich auftreiben können. Die müssen sich medizinisch und juristisch absichern, falls die Akte überprüft wird.«

Unsicher, ob sie sich ihre Fallgeschichte ansehen möchte (ein Gutachten für die Polizei?), lässt Noëlle einen Moment verstreichen.

»Wusstest du, dass ich vollkommen medikamentenfrei bin?«

»Wer weiß«, lautet Camilles Antwort.

»Du glaubst, sie mischen mir was unter?«

»Das habe ich nicht gesagt. Hol doch ein paar Erkundungen ein, was Sacha mit dir vorhat. Lies deine Akte. Das könnte doch interessant sein.«

Noëlle tritt ans Fenster. Von hier fällt der Blick auf die Terrasse und den Esel.

»Ein Starkstromzaun«, sagt Camille trocken.

»Für das Tier?«

»Genau«, lacht Camille auf. »Sie sichern nicht uns, sie sichern das Tier.«

Kurz zögert Noëlle, bevor sie nachfragt: »Woher weißt du das?«

»Das ist eine Nervenheilanstalt, das ist dir bewusst?«

»Es ist eine Klinik für Leute, die Ruhe brauchen«, sagt Noëlle, als richte sie sich nicht mehr an Camille.

»Ruhe? Jedenfalls: Mit den richtigen Medikamenten brauchen sie dich gar nicht zu sichern. Die Medikamente zähmen dich und machen dich ruhig.«

Noëlle sucht Camilles Blick. »Der Zaun ist für uns?«

»Einer *vor* und einer *hinter* dem Haus.«

Der Bauer, der einen Zaun repariert hat: Es war gar kein Zaun, es war ihr Gehege aus Stacheldraht und der Bauer kein Bauer, sieht Noëlle erst jetzt. Solange sie die Medikamente genommen hat, war sie tatsächlich ruhig.

»Wem gehört der Esel?«

»Er gehört zu uns. Es tröstet psychisch Kranke, sich um ein Tier zu kümmern. Sie reden manchmal nicht mit Menschen, aber mit Tieren. Er ist unser Therapieesel.«

Beide sind eine Weile ruhig.

»Gibt es Isolierte?«, fragt Noëlle, denn Camille scheint gerade einen sehr klaren Moment zu haben.

»Es gibt welche, die vorübergehend nicht rausdürfen: die im zweiten Stock. Wir auf der ersten Etage sind frei.«

Noëlle geht vor das Haus.

Vor dem Briefkasten bückt sie sich, um die Schrift auf dem kleinen goldenen Schild zu entziffern: *Paracelsus Recovery Clinic*.

Gleich wird es dunkel.

Blasse Morgensonne.

Paracelsus, entnimmt Noëlle dem dicken Buch aus dem Wohnzimmer, war sein Leben lang ein Leibeigener *(Gotteshauskind)* des Klosters Einsiedeln.

Den Landstrich seiner Kindheit nannte er verächtlich *Tannzapfen*. Das Kloster einen *Steinhaufen*.

Seine Mutter ist im Wahn von der Teufelsbrücke *(Tüfelsbrugg)* in die Sihl gesprungen und nie gefunden worden. Mit zehn zog er mit seinem Vater (Arzt) von der Schweiz nach Kärnten.

Die Disposition, eine Hexe zu werden, bestimme der Aszendent bei der Geburt, sagt Paracelsus.

Zum Verständnis der Krankheiten und ihrer richtigen Behandlung seien einerseits empirische Befunde, andererseits – und weitaus wichtiger – die Betrachtung des Großen und Ganzen notwendig. »Denn der Mensch kann nur vom Makrokosmos heraus erfasst werden, nicht aus sich selbst heraus. Erst das Wissen um diese Übereinstimmung vollendet den Arzt.«

Der Legende nach soll Paracelsus ein Schwert besessen haben, in dessen Knauf sich Pillen befanden (rotes Quecksilberoxyd), ein Mittel, das schon viele schwer Kranke zurück zur Gesundheit geführt haben soll. Auf Bildern sieht man zuweilen, wie er sich mit der Hand auf einen solchen Degenknopf stützt.

Noëlle blickt vom Buch auf.

Stets geht es um die Umwandlung von wertlos zu wertvoll (Gold).

Von krank zu gesund.

Ob sich in Muiras Schwerter Pillen verstecken lassen?

Dienen sie einem Ritterschlag, bei dem man in einen höheren Stand erhoben wird?

Einem Initiationsritus?

Einer Mutprobe?

Sie schnuppert am Buch.

Sie streckt die Zunge nach dem Papier aus.

Ist sie nun tot?

Weiterlesen!

Paracelsus' theologische Werke bestehen größtenteils aus Bibelkommentaren, heißt es da.

Wieder fällt ihr Blick durch das Fenster auf den Esel. *Sie* ist diejenige im Gehege. *Sie* weidet wie ein dumpfes Tier im Pferch. Die Badewanne wird von der Klinik mit Wasser gefüllt, vermutlich von Patienten, die sie nicht sehen will.

Sie schlägt das Buch zu und geht zur Küche.

Einzeltherapie.

Sacha meint, sie könne bald nach Hause. Für die Zugfahrt hat er ihr ein Notfallmedikament verschrieben und ihr eine Stunde lang gut zugeredet. Es gibt eine App, die hilft beim ruhig Atmen. Er fragt nach ihrem Telefon, um ihr das Programm zu installieren. Sie schaut zu, wie er auf ihrem Gerät herumtippt, und weiß, dass ihre Nachrichten an David in Zukunft nicht mehr bei Sacha landen werden.

Er hat ein Zugticket für sie gekauft und einen Fensterplatz in der ersten Klasse reserviert. Bertram wird sie nicht abholen. Sie möchte nicht auf dem Beifahrersitz an seiner Seite heimfahren. Das wusste Sacha schon.

Bertram hat die Scheidung eingereicht.

Der Postbote bringt einen eingeschriebenen Brief und will eine Unterschrift von ihr.

Schnell wirft sie ihren zukünftigen Exnamen als Empfangsbestätigung hin.

Der Kosmetikbeutel mit dem Geld ist noch im Spiegelschrank.

Fünftausendeinhundert Franken. Bertram würde sich kaputtlachen.

Die Atem-App besteht aus einem Kreis (oder Ballon), der sich aufbläht und abschwellt und in dessen Rhythmus man atmen soll. Eine sehr abstrakte Erfahrung.

Deux Arabesques vollziehen (auf arabische Art, auf einem Bein stehend, das andere Bein mit gestrecktem Knie nach hinten gehoben).

Une Arabesque penchée (mit größtmöglicher Spreizung der Beine und Vorneigung des Oberkörpers).

Pose, nichts als Pose. Wie dieser Rückzug in die Natur. Nicht selbstlos, egoistisch ist es, alles dreht sich nur um sie. Kein Naturmensch ist sie, sie ist nur hier, um ihr Buch zu schreiben, eine Art Protokoll, um ihr krankes Hirn aufzuzeigen.

Auch David ist ein Poseur, er ähnelt etwas oder jemand anderem, er ist nicht er selbst.

»Jetzt musst du laut stöhnen und eine Show machen.«

Das war, als er sie beide mit seinem Mobiltelefon gefilmt hat.

Später hat er gesagt, er habe das Video gelöscht.

Das hat sie traurig gestimmt.

»Er ist deiner so nicht ... würdig«, sagt Penelope am Telefon.

Noëlle hat ihr nichts von den Filmen erzählt. Sie sollte nicht überall Gespenster sehen, das ist eine schlechte Angewohnheit von ihr.

Beide sind sie krank geworden, David und sie, sie haben es nicht besser verdient.

Höllengefährten.

Der Ausgang von Davids Krankheit ist bis heute offen, ein Rätsel.

Warum er erkrankt ist (an ihr, an einem schwarzen Loch in seiner Seele, am ewigen Wildern, obwohl er sie will), weiß sie nicht, und sie glaubt, er weiß es selber nicht.

Was sie angeht: Sacha hat gesagt, er glaube wirklich, sie werde allmählich gesund, und hat ihr das Zugticket ausgehändigt.

»Das ist immer das Interessante an Süchten«, sagt Sacha. »Wo ist der Wendepunkt?

Wo kippt bei einer Anorexie beispielsweise der Trieb zur Lebenserhaltung in die Todessehnsucht?«

Er blättert in seinen Notizen.

Immer diese Notizen.

Schreibt er vielleicht wirklich ein Buch?

Würde sie nicht erstaunen.

Sie erstaunt gar nichts mehr, außer Sicherheiten, Tatsachen.

Sie hat keine Akten, kein Gutachten in der Wohnzimmerwand gefunden.

Hat sie Sacha jemals in einer Krankenakte blättern sehen? Immer nur in einem Schreibheft.

Er hat ihr noch etwas zu sagen: »Jedes Leben endet in einer Katastrophe. Aber weißt du, was Katastrophe bedeutet? Es kommt aus dem Griechischen und bedeutet »die Wende«. Der Ort, wo beim Wagenrennen die Kurve ist. Wenn du mit deinem Rösslein zu schnell bist, kehrt es dich. Der Tod ist schlicht im etymologischen Sinn eine *katastrophé*.«

»Gibt es viele Pferde in der Gegend? Ich habe noch keins gesehen außer das metallene im Kreisel.«

»Oh, doch. Das gibt es immer wieder, dass man zehn Pferde friedlich herumlaufen sieht. Sie sind schon eingekoppelt, aber die Koppel sieht man meistens nicht.«

»Wie bei unserem Esel. Wofür steht der Esel?«

»Der Esel ist der Weise, der nichts mehr sagt, außer ab und zu I-Ah. Bis zu einem gewissen Grad hält er das Leben aus. Er ist die Verkörperung des Stoischen.«

Mit einer Hand auf dem Stamm, im Kreuz *(en croix)*, heute Morgen bei der Kiefer etwas Ballett getanzt. Bewegungen, die in der Reihenfolge vorwärts *(en avant)*, seitwärts *(à la seconde)*, rückwärts *(en arrière)*, seitwärts *(à la seconde)* ausgeführt werden.

Der Baum dient ihr als Stange *(barre)*, als Gleichgewichtshilfe.

Der Baum hilft.

Der Baum ist eine Hilfe.

David ist keine Hilfe.

Keine Hilfe, nie.

Nie hilft er.

Er kann sie kreuzweise.

Aber der Baum hilft, der Baum hilft, dass David zu ihr ... Der Baum unterstützt sie, er ist Trost, bevor er zu einem Möbelstück von Ikea oder im Kamin ... Der Baum schweigt mit ihr und mit den Zetteln zu seinen Wurzeln, bis es zu seiner Verwandlung kommt.

Mutter ruft an.

Noëlle geht nicht ran.

Wenn Mutter spricht, wiederholt sie alles mehrmals und verzieht das Gesicht, um die Wichtigkeit ihrer Worte zu unterstreichen. Es hat ihr nie geholfen. Oder sie sagt Dinge, die man sagt, wenn man nichts anderes zu sagen weiß. »Heute ist der erste Juni.« Darauf singt sie eine Melodie auf Kleinkindniveau. »La, la, la«, ohne Worte, nur mit einem Laut. Noëlle weiß, dass sie dazu ziellos in der Wohnung auf und ab geht, den Kopf schief gelegt, als hätte sie eine begeisterte Zuhörerschar, eine Gruppe von imaginierten Fans, mit denen sie intensiven Blickkontakt aufnimmt. Noëlle erträgt es nicht, Mutter so verloren zu erleben, so allein. Sie verliert die Fassung, nur wenige Minuten nachdem sie den Anruf angenommen hat.

Weiße Flecken auf dem Fußboden. (Milch?)

Diese Wut auf einmal!

Diese Glut in ihr!

Sie könnte das Telefon zertrümmern, das Manuskript ausdrucken und es David um die Ohren hauen, ihn gegen die Wand drücken und würgen.

Immerhin intensive Gefühle.

»Intensive Gefühle sind nicht zwingend gut«, sagt Sacha. »Krieg ist auch intensiv.«

Das Wort Krieg rührt etwas in ihr auf.

Zurück auf ihrem Zimmer ruft sie Mutter an. Diese denkt, sie werde zurückgerufen, dabei will Noëlle nur etwas in Erfahrung bringen.

»Woran ist Großvater gestorben?«

Sie glaubte stets, Großvater (väterlicherseits) sei im Ersten Weltkrieg gefallen, doch jetzt erzählt Mutter ihr am Telefon, er habe eine vergiftete Suppe gegessen.

»Eine vergiftete Suppe? Aber warum?«

»Die Feinde ... Im Krieg ...«

Also keine Kampfszene, keine verfeindeten Truppen, die sich im Wald von Angesicht zu Angesicht gegenüberstehen, Mann gegen Mann, wie sie es sich vorgestellt hat. Nein, eine vergiftete Suppe.

»So war das nun mal«, wird Mutter einen ihrer Gemeinplätze los.

Noëlle legt sich aufs Bett.

Hatte sie zuvor schon von Großvaters Todesursache gewusst und war dahingehend beeinflusst, dass ihr erschien, sie hätte Gift in Davids Suppe geschüttet? Oder hat sie nie davon gehört und ihre Halluzination ist einfach so ... *geschehen*?

Sobald sie im Kloster aufwachen, danken sie dem Herrn und Schöpfer mit Gebeten. Im diffusen Kirchenlicht und Weihrauch erscheint den Gläubigen Gott.

Sobald *sie* aufwacht, denkt sie an David. Wenn sie von ihm geträumt hat, schließt sie die Augen wieder, in der Hoffnung, in den Traum zurückzufallen. Der Traum wartet auf sie. Sie muss bloß die Augen schließen und sich ins Kissen sinken lassen, und schon taucht sie wieder in den Traum oder Tagtraum mit David ein. Sie verlässt ihren Verstand und das Wachsein, um bei ihm zu sein. Eigentlich träumt sie mit offenen Augen, seit sie sich kennen.

Bestimmt hat David Gefühle für sie, doch die fallen wohl eher in die Kategorie Sentimentalität. Wie sein Leben mit ihr auch noch hätte aussehen können (wenn er den Mut gehabt hätte, sich aus seinen Zwängen zu befreien). Warum hält sie so hartnäckig an dieser romantischen Vorstellung fest, sie könnten zusammen in den Sonnenuntergang reiten? Ist es das Bedürfnis nach Macht? Sie will genauso Macht über ihn. Sie zeigt es nur auf eine pervertierte Art, indem sie sich ihm unterwürfig macht, indem sie sich zur Einzigen macht.

»Ich mache deinen Alltag aber nicht kaputt?«, hat er gefragt. Das war ganz zu Anfang.

Doch!, hat sie gedacht. Und impliziert deine Frage etwa, dass deiner von mir unberührt bleibt?

Wie viele Stunden auf dem Bett zugebracht, den Blick zur Decke gerichtet?

Ausnahmsweise schaltet sie den Fernseher ein.

Sie bringen Staatschef Xi Jinping. Die USA liegen mit China im Handelsstreit. China besetzt die Spratly-Inseln und den Zugang zum Pazifik.

China hat seine Arsenale an Marschflugkörpern und ballistischen Raketen massiv erweitert (Fen, der Drache). Damit schafft China sich eine Sicherheitszone, die die maritime Bewegungsfreiheit der USA einschränkt (soll Fen es versuchen). China verfügt über einen vierten Flugzeugträger, spricht der Korrespondent in die Kamera. Und doch: Bei der Marineinfanterie haben die USA eine enorme Überlegenheit. Auch die amerikanische Luftwaffe ist technologisch weit überlegen (ha!).

Noëlle stellt den Ton aus.

Krieg zwischen der Chinesin und ihr, wie würde der aussehen?

Sie schaltet das Gerät ganz ab und starrt an die Decke.

Aus der Luft gesehen trennten David und sie nur wenige Meter (sie sieht die Verbindung wie eine Kartografin). Nur wenige Meter Luftlinie von seinem Schreibtisch zu ihrem, doch sie sahen sich fast nie.

Der Alltag trennt sie. Seine Arbeit.

Er kann nicht ständig an sie denken.

Während sie in ihren Gedanken eigentlich immer bei ihm ist, in dieser Spirale.

Eine der wenigen Möglichkeiten, ihn zu erreichen, ist ihre literarische Produktion.

Auf die reagiert er immer.

Dabei ist sie sich nicht einmal sicher, ob er überhaupt ein Gefühl für Poesie hat.

Ob es ihm um die Sache geht.

Vielleicht ist sein Interesse auch nur geheuchelt. Vielleicht steht er nur auf sie.

Wenn er ihr Komplimente macht, nimmt sie es nicht ernst.

Jedenfalls trifft sein Geschmack nicht ihren.

Sie steht auf und öffnet das Fenster.

Sie blickt nach links.

Irgendwo im Osten ist David.

Sie blickt nach rechts.

Irgendwo im Westen ist David, denn die Erde ist rund.

Sie tritt zurück.

Überall David, das ist zu viel.

Sie schließt das Fenster, damit kein Vogel sich ins Haus verirrt.

Sie kapituliert.

Jetzt hat er schon wieder ein *Rest in Peace* hochgeladen.

Stirbt eine große Persönlichkeit, deren Fan er war (und es sind viele, als wollte er sich in deren Glanz sonnen), veröffentlicht er ein *R.I.P.* in Kombination mit einem Weinenden-Gesicht-Emoji.

Sie kann vor seinen Augen sterben, und es kümmert ihn nicht.

Auf der Landstraße durch die leeren Felder ein Obdachloser, der auf sie zukommt.

Buckelig schleppt er einen Sack auf dem Rücken, Blick zu Boden, die langen, strähnigen Haare im Gesicht, doch er muss sie gesehen haben, auf irgendeine Weise wahrgenommen haben, sie sind die Einzigen im Umfeld von vielen Quadratkilometern Land und bewegen sich schnurgerade aufeinander zu, er links, sie rechts der Straße, der leeren Landstraße, kein Auto, kein Fahrrad, kein Wolf, kein Hase.

Er blickt nicht auf, auch nicht, als sie sich kreuzen.

Er muss sie doch gesehen haben?

Warum sieht er sie nicht?

Ein Obdachloser auf dem Land, geht das überhaupt? Kann man auf dem Land obdachlos sein? Sind hier nicht alle, alle, die hier leben, leben nicht alle hier im Draußen? Sind sie nicht alle Landstreicher, Vagabunden, Herumtreiber, Wandersleute? Nicht nur hier, im Hinterzimmer der Stadt, sondern überall, egal wo sie leben?

Ihr Blick fällt auf ihren Fuß auf der Erde. Gräbt man hier ein Loch, kommt man in Australien raus. Bis zum Erdkern geht die Bewegung hinab, hinab durch die neun Höllenkreise, mitten durch das Magma und dann aufwärts Richtung Australien, der Sonne entgegen, die eines Tages, sagt Harry, eines Tages ist alles, alles ist kalt und schwarz.

Kanüle am Handgelenk, Schläuche, piepsende Maschinen. Sacha steht neben ihrem Bett.

Wie sie am Blick aus dem Fenster erkennen kann, liegt sie auf ihrem Zimmer.

»Das gibt es ziemlich oft«, sagt Sacha. »Ein verdeckter Suizid, ein Schuldgefühl … Das Unterbewusste und das Bewusstsein, die sagen: So geht es nicht mehr weiter.«

Eine Pflegerin flüstert ihm etwas ins Ohr. Er entfernt sich ohne ein weiteres Wort.

»Alles wird gut«, sagt die Pflegerin zu Noëlle, nachdem Sacha gegangen ist. »Sie brauchen jetzt Ruhe.«

Ein verdeckter Suizid?

Hinter Noëlles geschlossenen Lidern erscheint der Bahnübergang. Sie hat immer aufgepasst, dass kein Zug kommt, aber gestern hat sie zum ersten Mal ein Pferd gesehen, ein frei galoppierendes Pferd. Sie ist seinem Blick gefolgt, hat den hervortretenden Muskeln zugeschaut, dem Zucken unter der glänzenden Haut, ist über die Gleise, ohne aufzupassen, da kam der Zug. Sie hat nicht versucht, sich umzubringen. Sie wurde überrascht.

Ein Schuldgefühl?

Hat sie Sacha die Geschichte aufgetischt, sie hätte David vergiftet? Glaubt sie selber manchmal noch daran? Sie könnte David nie etwas antun.

»Was ist der Sinn«, sagt sie zur Pflegerin, »auf jemanden zu warten, den man umgebracht hat?«

»Es bedeutet wohl, jemand ist mit der Sache noch nicht fertig.«

Die Schwester reißt eine Plastikverpackung mit einem Beutel darin auf.

»Es ist schon passiert und noch nicht passiert, bedeutet es wohl«, sagt sie und befestigt den neuen Beutel am Ständer neben Noëlles Bett. »Sie haben es uns erzählt«, sagt sie leise. »Aber nicht der Polizei«, fügt sie noch gedämpfter hinzu. »Keine Sorge, wir schweigen. Ich rate Ihnen, es besser auch zu tun.«

Sie rückt den Ständer näher an Noëlles Bett.

Sie schont mich, denkt Noëlle. Sie und Sacha spielen mein Spiel mit. Sie tun so, als glaubten sie an Claire, als glaubten sie an mein Hirngespinst, David umgebracht zu haben.

»Wie habe ich es angestellt?«

»Mit Rattengift. Gibt es in China in jeder Apotheke zu kaufen, haben Sie gesagt.«

Noëlle denkt nach: »Um die Schnecken loszuwerden, habe ich in der Apotheke gesagt. Ich hatte einen gefälschten Nachweis. Ich sagte, ich bräuchte Rattengift, um die Schnecken im Garten auszurotten, dabei erschrecke ich schon, wenn ich aus Versehen ein Schneckenhaus schubse.«

»Ja«, sagt die Pflegerin nur. Ein einfaches, vorurteilsloses Ja. Sie merkt nicht, dass Noëlle sich im Klaren darüber ist, halluziniert zu haben. Sie wertet nicht.

»Und Bertram?«

Die Pflegerin nickt. »Deshalb hat er Sie hierhergebracht, in Sicherheit.«

Noëlle lacht.

Die Schwester wirft ihr einen erstaunten Blick zu, der einen kurzen Moment später in ein resigniertes Nicken übergeht. Sie versteht. Dass auch Bertram gefährlich ist. Dass vielleicht alle Männer gefährlich sind. Doch sie begreift noch immer nicht, dass Noëlle einen klaren Moment hat.

Vor Erschöpfung schließt Noëlle die Augen. Die Hand der Schwester, die sich auf ihren Arm legt, tröstend, sagt ihr ihr Arm. Eine Ruhe breitet sich in ihrem Körper aus. Sie dreht den Kopf zur Schwester und blickt sie an.

»Habe ich alles nur geträumt?«

Bedacht hält die Pflegerin inne.

»Traum muss nicht Trug sein, aber nein.«

»Warum decken Sie mich?«

»Ich hätte David auch nicht gemocht. Und uns fehlt die Gewissheit, dass Sie es getan haben, nicht wahr?«

Muira tritt an Noëlles Bett heran.

Wie hat sie vom Unfall erfahren?

Sie scheint Noëlle in Zeitlupe zu betrachten.

Als die Pflegerin den Raum verlässt, verliert Muira die Fassung: »Du wirst ihn haben und du wirst seiner überdrüssig sein! Du wirst ihn loshaben wollen! Und du wirst noch in diesem Jahr einen anderen kennenlernen! Das kann ich dir heute sagen, heute ist der sechste Februar, das ist ein guter Tag! Am sechsten Februar bin ich meiner ersten großen Liebe begegnet!«

Muira wird ruhig. Noëlle hat das flüchtige Gefühl, sie sinke in sich zusammen, *»I'm melting! I'm melting!«* schreiend wie die Hexe aus *Der Zauberer von Oz*.

»Du wirst einen kennenlernen, der nicht fett ist, der nicht stinkt, der Zeit für dich hat und der kein Kind ist! Einfach schweigen, so etwas macht ein Erwachsener nicht!«

Dann verstummt sie, als hätte sie vergessen, was sie noch sagen wollte.

»Wusstest du, dass ich in einer Klinik bin?«

»Ja.«

»Die ganze Zeit?«

»Ja.«

Noëlle wird bewusst, dass ihr Verhältnis zu Muira eine neue Wendung genommen hat. Sie kann sich nicht länger mit ihr befassen. Ihre Welt ähnelt einer Matrjoschka: eine Welt in einer Welt in einer Welt. Unmöglich, sie zufriedenstellend zu verstehen. Noëlle muss aber gerade versuchen, sich einfach zu strukturieren, um einen klaren Kopf zu bekommen.

Sie erwacht ab dem leisen, hohen Geräusch des Monitors neben ihrem Bett.

Der sich verflüchtigende Traum handelte von Bertram. Sie waren spazieren. Felsblöcke im Wald. Es ging um die Möbel. Wer kriegt was. Als Noëlle sich nach einem Stecken bückte und hinter Bertram zurückfiel, drehte er sich um wie ein verängstigter Hund, dem man sich von hinten nähert.

Die Kanüle, Bildschirme und Geräte kommen weg.

Sie bleibt den ganzen Tag im Bett.

»Wie funktioniert das mit diesen Bildern?«, erkundigt Penelope sich am Telefon.

»Ich weiß nicht, ich gehe spazieren und sehe so etwas wie einen Blitz, die Konturen verwischen und ich nehme die Halluzinationen wahr. Oder ich schließe die Augen, und wenn ich sie wieder öffne, ist es nicht sofort hell, sondern es schiebt sich vor meinem inneren Auge eine Art Leinwand von unten nach oben, es öffnet sich ein Bühnenraum, und da sind die Visionen. Oder etwas flattert an mir vorbei, etwas wie Farbe, und ich sehe Dinge, die nur ich selbst sehen kann und niemand sonst.«

»Und du hast wirklich geglaubt, du hättest David vergiftet?«

»Ja, ich habe das alles vor mir gesehen, jedes Detail. Vor allem die Details.«

Noëlle zieht die Decke über den Kopf.

»David und ich«, flüstert sie.

Sie drückt aufs Handy für etwas Licht.

Ice or no ice?, liest sie auf Instagram über dem Bild eines dunklen Drinks (Negroni).

Sie schaltet das Gerät aus.

Schwärzestes Schwarz unter der Decke, wie ein Lack, der alle Schattierungen und Konturen verschwinden lässt.

Keine Reflexionen mehr.

Wie auf dem Meeresgrund.

Schwerelos.

Verantwortungslos.

Nur noch ruhig daliegen.

Nichts mehr wahrnehmen.

Ins Reich der Fantasie abgleiten.

Nicht mehr bewusst sein.

»Lieber Schritt für Schritt Licht auf deine Vergangenheit und Gegenwart werfen«, hat Sacha gesagt.

Oder gar nicht, denkt sie bei sich.

Das Glück einer Blume. Einer Gurke. Oder eines Baums.

Zwei Wochen sind seit dem Unfall vergangen. Sie nimmt den Bus nach Saint-Ursanne, wo sie den Weg zur Kirche einschlägt. Neben dem Haupteingang unversehens faustgroß der Totenkopf, der sie angrinst. Sie muss ihn streicheln, es geht nicht anders.

In der Kirche spielt jemand Orgel. Sie erscheint leer. Der hohe Altar. Tannenzweige darauf und eine weiße Kerze mit flackernder Flamme. Sie zwingt Noëlle zum Stehenbleiben.

All die Kerzen, die sie entzündet hat. Während Monaten brannten Kerzen, die David zu ihr bringen sollten. Sie hat an ihren Zauber geglaubt und will noch immer glauben, dass sie wirken, aber sie weiß jetzt, dass sie vorsichtig sein muss. In allem ein Zeichen zu sehen, ist auch ein Weg, verrückt zu werden.

Sie hat gelernt, allein zurechtzukommen, ohne David zu hören, ohne ihn zu sehen. Sie hat sich mit ihrer Einsamkeit abgefunden. Die Einsamkeit wird banal. Sie wird gewöhnlich. Das ist ein Glück. Irgendwann erkennst du: Wenn du allein sein kannst, kann dir nichts passieren.

Und zum ersten Mal begreift sie beim Gedanken daran, eine Kerze zu entzünden (eine für Vater, eine der kleinen, weißen, die zum Gedenken an die Toten und Abwesenden stehen), Muira hat recht: David und sie sind schon zusammen. Sie sehnt sich nach ihm, er sehnt sich nach ihr, sie sind ein Paar.

Das Orgelspiel hat aufgehört.

Niemand rückt einen Stuhl, um aufzustehen.

Sie dreht sich um.

Auch Kommissarin Claire ist nicht da. Sie war nie hier. Sie entspringt ihrem Hirn.

»Wenn wir ein Kind hätten ... sozialverträglich wäre es nicht, aber ein Kind von uns sähe bestimmt sehr schön aus«, hat David gesagt.

Hochpsychotisch ist sie nicht, hat Sacha ihr erklärt. Ihre Geschichte sei von selbst geheilt, bei Zuständen wie ihrem sei das der Fall. Sie wurde darüber informiert, dass sie diese Krankheit habe, dass es ihr jetzt besser gehe, aber dass die Krankheit zurückkehren könne. Und das Eigentümliche ist, innerlich jubelt sie darüber und freut sich auf den Moment, da sie wieder völlig vom Wahn regiert werden wird, denn dort lebt sie mit David.

So wie man sich Jesus freiwillig unterwirft, denkt sie mit Blick auf den Gekreuzigten über ihr, kann man sich freiwillig der Arbeit, Drogen, einem Schutzbedürftigen oder einem Geliebten unterwerfen. Sie hat sich David (der Geliebte, der Liebling) zu Gott, zu ihrer Kirche, zu ihrer Religion gemacht. Sie hat einen zu allem gemacht und damit Schaden für sich und andere angerichtet.

Vor Mohn tritt sie auf einen faulen Kürbis.

Ihren Kürbis.

Sie flucht.

Sacha fährt sich mit der Hand durch das glatte Haar.

Er ist dem Irrsinn überlegen.

Wie macht er das bei seinem Beruf?

Wie kann er nicht an den Wahnvorstellungen seiner Patienten erkranken?

»Du hast mir alles erzählt«, sagt er. »Wie hätte ich sonst über David, Bertram oder deine Eltern sprechen können?«

Hat er die Nachrichten auf ihrem Telefon gar nicht mitgelesen? War es der letzte Rest ihrer Krankheit, dass sie sich das eingebildet hat?

Bevor sie David kannte, war sie nie auf diese Weise krank. Sie sprach nicht laut, ohne es zu merken, oder war in Gedanken und vergaß zu sprechen. Sie hörte keine Stimmen, sie sah nicht Dinge, die nicht da sind, sie lebte nicht abwechslungsweise im Paradies oder in der Hölle. Sie war gesund wie Sacha.

»Die einen neigen zu Migräne, die anderen haben schlechte Haut, Dritte eine überschießende Fantasie«, erklärt Sacha ruhig. »Außerdem haben die Sinneseindrücke ein zu starkes Gewicht bei dir. Die Sinne täuschen uns bisweilen, weißt du.«

Der Geruch von fauler Erde steigt ihr in die Nase, und ihr ist plötzlich, als werde sie nie frei sein, von David, von allem.

Ein gelber Fleck im Schnee (Hundepisse).

Es riecht nach Silage, nach fermentiertem Heu.

Ein mit Strohpacken geladener Lastwagen donnert an ihr vorbei. Der Winter ist hart und lang, die Futtervorräte gehen zur Neige. Ein Bauer hat zu wenig Heu für seine Kühe eingeplant, nun musste er welches kaufen.

Mutter beklagt sich über Biber, die einen Apfelbaum und einen Kirschbaum angenagt haben. Die Bäume stehen noch nicht einmal in ihrem Garten.

Noëlle zählt nach. Mutter wiederholt es zum sechsten Mal.

Mit ausgestrecktem Arm hält sie das Telefon weg vom Ohr. Sie kann Mutter vor sich sehen. Ihre kalten, blauen Augen sind die einzige glatte Fläche in ihrem runzeligen Gesicht. Sie blickt Noëlle an, entweder voller Hass oder mit Tränen, etwas dazwischen gibt es nicht. Durch die Luft hört Noëlle ihre schrille Stimme wie direkt von der Bühne sagen: »Auch im Lokalblatt steht geschrieben, die Biber gehören dezimiert!«

Noëlle geht nicht darauf ein. Sie lässt sie damit allein. Sie weiß, wie furchtbar ruhig es um Mutter werden wird, sobald sie aufgelegt hat.

Aber Mutter macht ihr auch Mut. Als Vater gestorben war, ist sie allein auf einen Berg, den sie zusammen hatten besteigen wollen.

Und dann einmal der Moment, da sie selbstständig mit dem Auto von der Deutschschweiz in die Westschweiz gefahren ist, in ihre Heimat. All die Jahre zuvor hatte Vater am Steuer gesessen. Sie ist zur Autowerkstatt und hat verkündet: »Ich habe etwas vor, ich will nach Delémont, den Wagen habe ich 2004 gekauft.«

»Das Fahrzeug ist in einwandfreiem Zustand«, meinte der Automechaniker.

»Das wollte ich hören«, hat Mutter gesagt und ist losgefahren.

Vor dem Haus sprießen Schneeglöckchen und Krokus, weiß und violett.

Eine Tulpe in Noëlles Beet, eine rote.

Sie hat keine Tulpen gepflanzt, das war Camille.

In Camilles Parzelle wachsen Kresse und Löwenzahn. Ob Camille jemals wieder vor einer geschlossenen Tür stehen und klingeln wird? Das hat Noëlle nie getan: irgendwo geklingelt. Nicht einmal angerufen hat sie David nach fünf Uhr abends oder am Wochenende. In Wirklichkeit macht er ihr Angst.

Eveline (grauer Star) zieht Narzissen auf ihrem Abschnitt Erde (noch unsichtbar, für alle).

Wendelin Huflattich und Anemonen.

Minze, Thymian und Basilikum bei Elisabeth, die nicht mehr da ist und sehr wahrscheinlich keine Stulpen mehr trägt.

Der Fluss wird bald anschwellen und ein reißender Fluss werden.

In der Gruppensitzung wurde darüber gesprochen.

Als wäre alles normal.

Ein Tag wie alle andern.

Der Frühling kommt.

Die Vögel kommen.

Das Schmelzwasser kommt.

Der Verlag hat geschrieben.

150 Seiten, antwortet sie.

Es stimmt sogar.

In der Küche blickt Noëlle durch das Fenster, das sich nicht ganz öffnen lässt. Draußen wird es dunkel. Der rote Lichtkegel erscheint am Boden. In seinem Licht verblassen die Farben, sie verändern sich, bis sie verlöschen. Keine rosa Flecken mehr an den Wänden. Der ganze Raum wird rosa. Würde sie die Alarmanlage ausschalten (wo, wie?), würde alles gelb werden wie die Wände.

Der Frühling wird kommen, der Sommer, der Herbst, der Winter.

Es wird kalt werden.

Die Tulpe wird schwarz werden.

Alles geht irgendwann vorbei, hat Harry gesagt. Alles wird schwarz und kalt.

Sie deckt den Tisch für das Abendessen (Toast und Spiegelei), öffnet den Schrank und holt ein Trinkglas hervor, das sie vor nicht allzu langer Zeit online bestellt hat. Wenn man verliebt ist, lebt man in einer neuen Welt, kauft Teller und Gläser für den Geliebten und seinen Sohn, und die ganze Kulisse verändert sich mit, passend zum neuen Gedeck, das im Schrank wartet. Es ist eine neue Bühne, auf der sie gestanden hat, seit David in ihr Leben getreten ist, eine mit Blüten vor den Fenstern und lächelnden Menschen, die manchmal seltsam transparent schienen, als wären sie nicht real. Und dann gab es diese Tür, zuhinterst auf der Bühne, beim roten

Samtvorhang, das war die Tür zum Wahnsinn, zum Winter, zur Hexe. Die Tür, durch die Glockengeläut zu hören war und die sie vorsichtig geöffnet hat, die Tür hinter die Kulisse, zur Hölle. Auf dieser Bühne ist man blind von Kerzen, Räucherwerk und Schwertern, und es gibt nur einen Ausgang: das Erlöschen dieser Bühne und das Erwachen.

In der Küche steht sie vor dem offenen Schrank mit dem Glas in der Hand. Sie ist erwacht, aber ihr Problem ist deswegen nicht gelöst. Ihre Sehnsucht ist noch immer da. Sie hat sich von Bertram trennen können, das hat in ihrer Macht gelegen. Aber was David angeht: Sie kann nicht zaubern, nicht einmal Muira kann das. Viele abgebrannte Kerzen und unter Bäumen vergrabene Zettel später sehnt sie sich noch immer nach ihm, begehrt sie ihn noch immer über alle Maßen.

Umgeben von den Ständen eines Bauernmarktes steht sie da, vielleicht zum letzten Mal auf diesem feuchten Boden. Es ist Anfang März. Frühling im Winter. Goldene Lichtstrahlen erhellen Rosenkohl, Broccoli und Karotten. Es riecht nach Erde unter schmelzendem Schnee.

Wie gerne würde sie Essen für David und sich einkaufen, für ein gemeinsames Zuhause.

Ein Sehnen dehnt sich in ihrer Brust aus, sie greift zum Telefon, schießt ein Foto von sich, schickt es David und schreibt dazu: nichts.

PLING!

Bin gerade in Bern.

Erstaunt hebt sie die Brauen.

Ohne die Nachricht zu öffnen, liest sie sie ein zweites Mal, dann ein drittes Mal. Plötzlich ist sie völlig aufgewühlt. Ein überwältigendes Gefühl steigt in ihr auf, seit Langem beginnt ihr Herz wieder zu rasen, ihre Brust wird eng, die Hände werden nass. Aufgeregt schaut sie nach links und rechts. Was soll sie machen?

Sie schießt ein weiteres Bild von sich und versendet es ohne Text.

PLING!

Sie lacht auf, hell, kurz, glockenhell, klirrend wie brechendes Eis, auf das jemand tritt, den Blick auf das Display gerichtet. Mit fliegenden Fingern beginnt sie zu tippen, ihr Herz bleibt fast stehen, Tränen schießen ihr in die Augen, plötzlich hält sie inne, überlegt es sich anders, während sie ihre Augen mit dem Ärmel ihres Mantels abwischt. Sie löscht ihre Nachricht, von rechts nach links, Buchstabe für Buchstabe, in umgekehrter Richtung, in Schreibrichtung der Chinesen, wählt Davids Nummer, murmelt »David, David …« wie ein Gebet und horcht dem Summen.

III

Er ist nicht ans Telefon gegangen. Eine Stunde später hat er so getan, als hätte er versucht zurückzurufen. *Ein* Mal hat es geklingelt, bevor er aufgelegt hat. Alter Angsthase.

Sie hat es trotzdem zum Anlass genommen, ihm zwei Bilder von sich zu schicken, morgens um sieben im Bett, verschlafen (Reminder: »Versprich mir, dass ich eines Tages neben dir aufwachen darf«), die Decke bis knapp über die Brüste gezogen, nackt unter der Decke.

Immer dieser Wechsel von Intimität zu Fremdheit.

Jetzt also wieder intim.

Ein Neuanfang.

Als hätte er sie nicht monatelang angeschwiegen.

So war es all die Jahre.

Sie sahen sich, liebten sich, danach Funkstille. Als wäre nichts gewesen.

Dann sahen oder schrieben sie sich wieder, FEUERWERK, tags darauf Schweigen, keine Antwort.

Sie wird wieder und wieder zum Kind, das um Liebe bettelt: Sprich mit mir!

Manchmal auch ein Gefühl von Wut: Er könnte sich doch mal bemühen! Daraus hervorgehend wochenlanges Schweigen, wenn von ihrer Seite ausnahmsweise mal nichts kommt. Doch immer wieder ist sie es, die den ersten Schritt macht und so ihre Grenzen, was er sich mit ihr erlauben darf, verschiebt, bis alles erlaubt ist, totale Entgrenzung, null Selbstrespekt mehr, man weiß gar nicht mehr, wer man ist.

Diesmal, nach der längsten Pause je (acht Monate), passiert Folgendes:

Er öffnet die Nachricht einen Tag lang nicht, erst am folgenden Morgen (Samstagmorgen) die Angabe unter ihren beiden Fotos: *gesehen*. Nachmittags um drei postet er auf Facebook und Instagram das Bild seines Herdes, zwei Platten von oben fotografiert, die aus dieser Perspektive aussehen wie Brüste. Frau und Sohn sind außer Haus und Noëlle kommt zum Zug, so interpretiert sie es. Keiner außer ihr sieht den Vergleich, nur im Zusammenhang mit dem Bettfoto, auf dem ihre Brüste abgedeckt sind, kommt man beim Anblick der beiden Herdplatten auf den Gedanken: ZEIG MIR DEINE BRÜSTE!

Er bekommt sechzig Likes auf Facebook und fünfzig auf Instagram, mehrheitlich von Frauen, aber ihr gilt die Chiffre, so weit reichen ihre Privilegien noch.

Er erlaubt ihr, ein Bild von sich zu schicken, er öffnet sich ihr, und die Hysterie geht von vorne los: Foto schießen und versenden, auf eine Reaktion warten, und wenn nichts kommt, Verwirrung, die schnell in Verzweiflung übergeht. Doch die Aufregung ist gedämpfter als noch vor einigen Jahren. Immerhin antwortet er, wenn auch unpersönlich im Netz.

Sie schickt ihm zwei weitere Fotos ohne Text. Soll er doch mal was zur Kommunikation beitragen.

Gesehen, er hat die Bilder gesehen, was bereits einer Gnade gleichkommt.

Fünfzehn Minuten vergehen, in denen nichts geschieht.

Gerade als sie das Telefon wegstecken will, schreibt er:

Das erste ist schön.

Auf beiden Bildern ist sie in einem schwarzen Babydoll auf dem Bett sitzend zu sehen. Einmal ist die Kamera zwischen den Beinen platziert, sodass die nackten Schenkel dominieren, das zweite Bild ist von oben herab aufgenommen, auf das Gesicht konzentriert.

Das erste ist schön.

Also die Schenkel.

Na ja, denkt sie. Wirklich keine Ahnung von Frauen.

Trotzdem schickt sie ihm ein Video. Und weitere. Daraus entspannt sich so etwas wie ein Chat.

Sein Beitrag besteht aus:

Das erste ist schön

...

More

More?

Mehr sagt er nicht.

Zum Abschluss geht sie leer aus. Sie ist es gewohnt. Ihr Kussmund-Emoji bleibt unbeantwortet im Äther hängen. Er spielt das Enigma. So *sensitive* ist der nicht, das nimmt sie ihm nicht ab. Und er fragt noch immer nicht, ob sie sich sehen können.

Zehn Tage lang nichts.

Erst als sie das Bild eines Plattencovers hochlädt (mit einer wütenden Nina Hagen darauf), veröffentlicht er eine Story, die sagen soll: SCHICK SCHICK SCHICK! Fotos, Videos, egal, Hauptsache SEX!

Ihr Selbstporträt auf Instagram vier Tage zuvor (sehnsüchtig in die Kamera blickend) hat er ignoriert. Ist nicht eindeutig und stark genug. Sehnsucht interessiert ihn nicht, Härteres muss her.

Und während er erwartet, dass sie weitgehend ohne persönliche und direkte Nachrichten von ihm auskommt (es könnte ihm beruflich schaden, alle ahnen, dass zwischen ihm und ihr was läuft), herzt er vor ihren Augen auf Facebook das Foto einer Freundin, die im Bikini am Strand posiert. Noëlle schwört sich, dass sie sich nichts anmerken lassen wird, obwohl ihr Herz bis zum Hals schlägt.

Romantisch könnte man es nennen, dass er ihr öffentlich antwortet und so die Gerüchte nährt. Zum Zeichen, dass sie verstanden hat (instruktives Rätsel gelöst, Herr Lehrer!), liket sie seine Sachen, während er sie seit Monaten auf den sozialen Netzwerken leer ausgehen lässt. Mit dem Resultat, dass sie dasteht wie ein Groupie, die alles von ihm liket und nichts zurückbekommt.

Sein Internetverhalten ist problematisch, er hat einen schlechten Ruf und er weiß es. Selbst wenn er sie mit Liebe und Aufmerksamkeit überschütten würde, wären ihr diese Herzen, die er verteilt, ein Dorn im Auge. Er schaufelt sich damit sein soziales Grab und kapiert es noch nicht einmal.

»Glaubst du, er schreibt auch anderen Frauen wie mir?«, fragt sie Sacha.

»Nein. Die anderen sind Business.«

»Er verteilt so viele Herzen auf den sozialen Medien.«

»Quid pro quo. Das sind Beziehungen der Gegenleistungen.«

»Freundschaften?«

»Freundschaften brauchen Zeit. Er hat keine Zeit. Und auch keine Freunde. Eigentlich ist er ein armer Kerl«, sagt Sacha.

»Er hat viele Freunde auf den sozialen Medien.«

»Die sozialen Medien sind ein Selbstbetrug. Das sind keine Freundschaften. Die sozialen Medien sind fake. Menschliche Beziehungen sind komplex. Um jemanden zu lieben oder zu mögen, muss man ihm ausgesetzt sein. Im Internet geht man keine richtigen Beziehungen mit den Menschen ein.«

»Er ist einsam«, folgert sie daraus laut.

»Er ist nicht einsam, dafür hat er zu viel zu tun.«

»Immerhin sind es Bekannte, die er herzt. Ich meine ... zumindest ist er diesen Frauen im realen Leben schon einmal begegnet. Immerhin sind es nicht komplett Fremde.«

Sie schießt weitere Fotos von sich.

Aus fünfzig Versuchen sucht sie sich das schönste aus.

Die Fusselrolle ist mit aufs Bild gekommen.

Jetzt muss sie von vorne anfangen.

Irgendwann hat sie sich nicht mehr nur vorgestellt, gestört zu sein, sondern war es wirklich.

Mittlerweile erwacht sie nachts so oft, dass sie nicht mehr auseinanderhalten kann, ob sie wach ist oder schläft, beispielsweise wenn der Regen ans Fenster trommelt.

Belle, die vierzehnjährige Freundin von Pretty Liza, küsst im Wohnzimmer ihre Serviette. Sie trägt dunklen

Lippenstift auf, küsst voller Hingabe den weißen Stoff, zweimal, dreimal, betrachtet die Lippenabdrücke, zieht die Lippen nach, macht weitere Kussmünder, nimmt mehrere Fotos ihrer Serviette auf und sendet eines davon ihrem Freund.

Schicken alle Frauen Fotos an ihre Männer?

Blockieren alle Männer ihre Freundinnen, sobald sie ihnen emotional zu nahekommen?

Belle ist außerdem in eine japanische Puppe aus einem Computerspiel verliebt und will aussehen wie sie.

»Was sagst du? Ich habe dich nicht verstanden.«

Sacha lehnt sich vor, um besser zu hören.

»Ja, das«, sagt Noëlle.

Ziemlich intensiv, was die Leute hier durchmachen. Und das mit einem normalen Hirn zu verarbeiten, wie Sacha eins hat, ist surreal, schätzt sie mal. Also reden die Patienten einfühlsam ihren Betreuern gegenüber von Kindheit, Schlüsselerlebnissen, Traumata und ein paar leicht verdaulichen Visionen. Die Psychiater über Lebensbäume und Atemtechniken. Warum redet keiner über die Fotos, die verschickt werden? Über die Fantasien, die darin stecken? Die Lust, der Exzess, die Abgründe, die sich öffnen? Auch sie verschweigt Sacha, dass David ihr geschrieben hat, dass sie ihm Fotos und Videos schickt, dass er noch immer nicht fragt, ob sie sich sehen können, obwohl sie in jedem Video davon spricht, wie sehr sie sich wünscht, er sei da.

»War ich so lichtempfindlich, dass ich die Patienten nicht gesehen habe?«

»Und nicht gehört«, fügt Sacha hinzu. »Es lag einfach nicht mehr in deiner Macht, die Wirklichkeit wahrzunehmen. Du warst am liebsten ganz für dich.«

Das Gehirn ist ein Mysterium. Und das Hirn eines Psychiaters ein Voyeur.

»Sitzt du bequem?«, fragt Sacha.

»Geht schon. Warum halten wir unsere Sitzungen in der Küche ab?«

»Weil du es so wolltest, da du angeblich im Ferienhaus deiner Schwiegermutter warst.«

Er holt tief Luft.

»Während deiner Geschichte mit David hast du immer mehr Gedanken durch schönere Gedanken ersetzt. Du hast dir die Welt zurechtgebogen, um nicht verletzt zu werden. Du hast dir gesagt, du seist in Bertrams Ferienhaus, um nicht einsehen zu müssen, dass du in einer Klinik bist, dass du Hilfe brauchst, weil die Liebe zu David nicht gesund ist. Du hast dir unbeirrbar deine eigene Welt gebaut.«

Das ist seltsam, denkt Noëlle. Denn Sacha hat ihr das alles schon erzählt, und dann hat sie es wieder vergessen. Das kommt und geht.

»Kannst du mich im Haus herumführen?«

Jetzt, wo ihr wieder einmal die Augen aufgegangen sind, wo sie sich wirklich aufhält, ist sie bereit, sich jedes Detail anzusehen.

Neben der Küche eine Tür mit der Aufschrift *Medizinische Massage*. Ein leerer Raum mit Linoleumboden und Gerätschaften entlang der Wände: Stepbänke, Gymnastikbälle, Elastikbänder, Gewichtsmanschetten und ein Heimtrainer in der Ecke.

»Die vielen Therapien«, spricht sie mehr zu sich selber.

»Und die Mutter aller Therapien: Psychopharmaka«, sagt Sacha. »Obwohl wir hier sehr psychotherapeutisch orientiert sind.«

Er öffnet die Tür zum nächsten Zimmer: »Das Behandlungszimmer.«

Tatsächlich: deckenhohe Medikamentenschränke, leere Blister in überquellenden Abfalleimern, Tabletten, Kapseln, Spritzen ... Nicht einmal die Türschilder hat sie mehr gelesen, wirft sie sich vor. Hier steht es schwarz auf weiß: *Behandlungszimmer*.

»Das blaue Zimmer, wie ihr es nennt«, sagt Sacha. »Wohin ihr jeden Morgen und jeden Abend zur Tablettenausgabe kommt.«

Ein Alarm schrillt. Er schaut auf sein Handy. »Abteilung B, ich muss helfen«, sagt er und eilt davon. Noëlle starrt ihm nach, auch als er längst nicht mehr zu sehen und der Alarm verstummt ist. Dann trägt sie sich auf einem Zettel neben der Tür für eine Einzelstunde Sporttherapie ein.

Im Aufenthaltsraum sieht Capucine (Kapuze) fern.

»CNN«, sagt sie zu Noëlle, die sich zu ihr gesetzt hat. Doch CNN, weiß Noëlle, wurde von der Anstalt blockiert, die Schreckensnachrichten würden die Patienten sofort retraumatisieren. Es läuft KiKa, und ja, es ist deprimierend: lebendig tot vor dem Fernsehprogramm für Kinder. Doch bei Menschen, die schon genug Stimmen hören und Gesichter sehen, ist es wichtig, was aus einem Kasten kommt. Man kann sie nicht allem aussetzen.

Erinnert Capucine sich mittlerweile an ihren Unfall? Noëlle fehlt der Mut, sie zu fragen. Welche Weichen wurden falsch gestellt, welche Entscheidungen hätte Capucine anders treffen sollen, wonach hat sie gejagt, das sie hierhergebracht hat?

Weitere drei Frauen in hellblauen Sesseln vor dem Fernseher. Eine ist eingenickt, eine strickt, eine näht von Hand eine Serviette und schneidet alle paar Minuten den Faden ab wie eine der drei Parzen die Lebensfäden. Die andern beiden haben das Gesicht auf den Bildschirm gerichtet, zeigen keine Regung, keine Mimik, den Mund weit offen, gefangen in dunklen Gestaden. Noëlle sieht ihnen ins Gesicht. Was sie wohl denken? Noëlle kennt sie nicht.

Auf dem Weg in ihr Zimmer, im Schatten des Flurs, an den geschlossenen Türen entlang, gerät sie ins Grübeln. Allen droht ständig, ins Irrenhaus zu gelangen. Nicht so schnell, so schnell geht das nicht, das ist das Perfide. Der Prozess des Verfalls, geistig wie körperlich, kommt schleichend und so leise, dass man ihn oft zu spät bemerkt. Auch Außenstehende können uns nicht davor bewahren, denn wir glauben ihnen nicht, wenn sie uns damit kommen, wir glauben unserer eigenen Wahrnehmung mehr und vermögen uns nicht von außen zu sehen. Doch die Wand, die uns vom Wahn trennt, ist dünn. Wir sind nur einen Schritt von den Irren entfernt.

Auf dem Flur holt Noëlle Stift und Notizbuch heraus.

Solange du ein Maß für das Maßlose hast, geht es, denkt sie und schreibt den Satz auf.

Lätitia (grundlose Freude) hat Tränen in den Augen und hört in Dauerschleife Pink Floyd, *Wish you were here*. Während sie den langen Gang auf und ab geht, singt sie inbrünstig mit, wieder und wieder dieselben Worte, wie eine Beschwörungsformel. *»How I wish, how I wish you where here«*. Von Noëlle auf das Lied angesprochen, holt sie Luft und sagt schnell: »Aber das ist kein Liebeslied«, als müsste sie sich rechtfertigen.

Alle im Haus wissen, dass Lätitia liebt. Das hört nicht auf, auch bei ihr. Auch das Lied hört nicht auf. Es wird Lätitia überdauern. Es wird alle hier überdauern, denkt Noëlle, während sie Lätitia leise zunickt und auf ihr Zimmer geht. Es nützt nichts, ihr zu sagen, dass es an der Zeit ist, zu vergessen. Lätitia spürt, dass etwas falsch läuft, und wähnt sich doch auf der richtigen Seite, auf der Seite der Liebe, auch wenn es gerade diese ist, die sie zerstört.

Lätitia, Camille und ich sind aus demselben Grund hier, denkt Noëlle mit einem Mal: einsam Liebende. Und jetzt nicht in die falsche Richtung denken, ermahnt sie sich streng, bevor sie die Tür hinter sich schließt, die sie nicht verriegeln kann, wie sie sich das sehnlich wünscht.

Die nächste Sitzung, hat Sacha gesagt, finde in seinem Büro statt. Er will ihr sein Arbeitszimmer zeigen und sie beim Erkennen begleiten. Der Alarm, der losgegangen ist, galt Pretty Liza. Sie ist verschwunden.

Die darauffolgende Nacht ist die Hölle. Wach liegt sie im Bett, schweißnass, begreift ihre Hysterie und kann sie doch nicht abwehren. Bilder stürzen auf sie ein, von denen sie jetzt weiß, dass sie falsch sind, doch dann erscheinen sie ihr wieder als richtig.

Früh am Morgen, gleich nach dem Frühstück, Einzeltherapie in Sachas Büro.

Sacha – diesmal schaut sie genau hin – ist Mitte fünfzig, auf den zweiten Blick attraktiv und in seiner Freizeit viel unterwegs, wie an den Bergsteigerfotos und Steinfunden in seinem Büro zu erkennen ist. Keine Bilder von einer Frau oder Kindern. Wie Noëlle gehört hat, ist er mit einer Yogalehrerin liiert und hat eine erwachsene Tochter, die er allein großgezogen hat.

Sie erkundigt sich bei ihm, wie schlau Camille ist.

Schulterzucken. »Sie ist sehr ehrlich.«

»Und wenn sie halluziniert?«

»Auch dann. Oft finden wir erst später heraus, ob sie Visionen hatte oder nicht, aber jedes Mal ist sie ehrlich und in ihren Schilderungen kongruent.«

Auf einmal ereilt Noëlle ein seltsamer Gedanke, und sie malt sich aus, wie jedes einzelne Bild, das je über ihre Retina ans Hirn gelangt ist, in einem großen Behälter aufgefangen, mit anderen Bildern vermischt wird und unkontrolliert wieder entweicht. Ohne regulierendes Ventil, das die Bilder tröpfchenweise und in vernünftiger Anordnung passieren lässt, sondern unzählbar und wild. Welche Halluzinationen, Abertausende von Kombinationen das ergibt. Grässliche Vorstellung.

Sacha will Informationen von ihr für einen Artikel, den er schreibt. Die Gesunden interessieren sich für die Irren, das war schon immer so. Das war bei ihr nicht anders, als sie noch gesund war. Jetzt ist sie selber verrückt und könnte gar nicht wirklich sagen, wie sich das anfühlt. Du lebst einfach mehr, siehst mehr, fühlst mehr, hörst mehr, alles ist *mehr*, *mehr*, *mehr*! Du wirst maßlos, ja maßlos. Die Grenzen verflüssigen sich, verwischen, verschwinden. Dauernd verschieben sich deine Grenzen, das ist der Unterschied zu vorher, wo die Linien klar gesetzt waren, bis hierher und nicht weiter. Auch wenn du dir das nie so bewusst gesagt hast, ist es in dir drin. Es gibt Spielregeln, und plötzlich, eines Tages, ist alles möglich, du durchbrichst alle Schranken, kratzt an sämtlichen Schwellen, die dir im Weg stehen. Es ist wie das Gefühl, in einer alten Kirche Verstorbene zu spüren, Geister. Als stünde man vor einer Scheibe und wüsste: Dahinter sind sie. Doch man sieht nichts. Oder jedenfalls nichts Ruhiges, Stabiles, Ganzes. Nur Flackerndes, Verschwommenes, Zersplittertes. Wie soll Sacha das verstehen, wenn er es selber noch nie erlebt hat? Er hat schon viele Kranke erlebt, aber ob er sie auch *versteht*? Diejenigen, die Drogen nehmen, verstehen es ein wenig.

Sacha bringt sie zur Tür, kaum ist die Dreiviertelstunde um. Sie weiß, er muss jetzt Dinge aufschreiben, die gesprochen wurden und ihm im Kopf herumgeistern. Es ist, als lehrte sie ihn. Als wüsste sie Dinge, die er niemals wissen wird.

Das Wunderliche ist: Psychiater scheinen eifersüchtig auf ihre Patienten zu sein. Sie merken: Die haben das interessantere Leben. Anstrengend zwar, aber interessant. Während sie sich auf ihren wissenschaftlichen Metaebenen im Interpretieren verlieren, spielt sich in den Köpfen der Kranken der Trip ganz ohne Gift ab. Wer therapiert hier eigentlich wen, fragt Noëlle sich oft. Die

Ärzte versuchen, die Grenzen ihrer Erkenntnis mithilfe der Irren zu erweitern.

Mittagszeit.

Camille wurde Noëlles Küche zugeteilt. Ihr Gesicht ist verschlossen. Sie bereitet Porridge zu mit Birne. Sie macht alles sehr schnell: der Gang zum Kühlschrank, um die Milch zu holen, der abrupte Ruck, mit dem sie die Schublade mit den Kupfertöpfen öffnet, der Wasserhahn, den sie bis zum Anschlag aufdreht – schnell, heftig, hektisch, auf ein unsichtbares Ziel zurasend.

Verwundert horcht Noëlle auf. Ist da wieder das Knacken im Kopf?

»Hörst du das?«, fragt sie Camille.

»Was?« Für einen Moment hält Camille inne und lauscht. »Den Trockner?«

»Genau«, sagt Noëlle mit klopfendem Herz. »Wo befindet sich der Waschraum noch mal?«

»Direkt unter uns«, sagt Camille, den Topf mit Kraft auf den Herd aufsetzend und geraderückend, bis ein lautes Quietschen den Raum durchdringt.

Das Knacken in ihrem Kopf war manchmal nichts weiter als der Wäschetrockner, der sich im Keller unter der Küche befindet, erkennt Noëlle ernüchtert. Immerhin, sagt sie sich: Eine Schimäre weniger, der es nachzujagen gilt.

Durch die Wohnzimmertür tritt sie auf die Terrasse, wo weiße Plastikstühle und Liegen (neu?) unter einem breiten Stoffdach bereitstehen. Sie sind verwaist. Rechts ist der Garten verwildert, links sind schmale Beete angelegt, wo die Insassen aus therapeutischen Gründen Blumen und Gemüse ziehen, genau wie vor dem Haus. Ein Weg aus schmalen Steinplatten durchzieht die Grünfläche, die das ganze Gebäude umschließt. Man kann einen mehrminütigen Spaziergang unternehmen, um einmal um das Haus zu kommen. Sie reibt sich die Augen. War sie immer allein draußen?

Die Sonne prallt. Es ist Ende April.

Seit einem Jahr ist sie hier. Sie ist von allen am längsten hier.

Der Esel wendet den Kopf zu ihr.

Soll sie ihn streicheln?

Niemals! Das käme einer Kapitulation gleich.

Das wäre, als würde sie bewusst einem Hirngespinst nachgeben.

Sie weigert sich, das Therapietier zu streicheln.

Lätitia *(Wish you were here)* kommt in den Garten. Sie trägt ein hautenges Sommerkleid aus Batik-Stoff. Durch Abbindungen und verschiedene Farbbäder wurden Farbübergänge erzielt.

Dass die Ärzte sie ein Kleid tragen lassen, in dem sie aussieht wie der letzte nachtwandelnde Hippie (Paradiesvogel), verwundert Noëlle.

»Bist du oft hier draußen?«

»Ja. Das Haus gehört meinem Bruder. Er ist in Paris. Ich pflege den Garten, während er weg ist.«

Sie verdreht die Augen, als versuchte ihr Blick, an der Fassade hängen zu bleiben, wo ihr Bruder zu verorten ist. Noch eine, die sich in einem Familienhaus wähnt, denkt Noëlle. Scheint ein beliebter Irrglaube zu sein.

»Wir brauchen nicht oft im Dorf einzukaufen, wir können uns ein Stück weit vom Garten ernähren«, sagt Lätitia. »Es wächst allerlei Gemüse hier. Das Brot und die Milch bringt jeden Morgen der Milchmann ans Tor.«

»Trägt er weiß?«

»Ja, er ist ganz in Weiß, passend zu seinem Beruf«, lacht Lätitia.

Sofort sieht Noëlle den Wächter vor sich, der am Morgen das Tor besetzte. Das Personal, egal ob Arzt, Krankenpfleger oder Wachmann, trägt einen weißen Kittel und weiße Hosen. Lätitia hält den Wächter für den Milchmann, und Noëlle selbst hat ihn monatelang überhaupt nicht gesehen, komplett übersehen und aus ihrem Hirn gebannt.

Ist sie womöglich in einem weitverzweigten Krankenhaus gelandet, von einer dubiosen religiösen Organisation finanziert? Das ganze Dorf als einzige große Klinik, und keiner weiß es? Die hochgradig Gestörten leben im weißen Haus, die andern in diesen Bauernhöfen mit den identischen Sträuchern. Alle stehen unter Medikamenten, keiner merkt, dass er Patient ist, jeder hält sich für frei und freiwillig hier. Fliehen kann keiner. Wohin? Ins nächste Dorf? Überall haben sie ihre Spitzel. Das Gefängnis ist nicht mehr an einen Ort gebunden. Im nächsten Dorf haben sie auch eine Anstalt, haben sie auch Bauernhöfe, haben sie auch Doktoren, Stationen, und jeder Lieferant, Postbote und Milchmann spielt nur eine Rolle, ist insgeheim einer der Organisation. Und Pretty Liza? Sitzt im nächsten Dorf in der Anstalt und prüft ihr Gewicht.

Sie hält sich den Kopf, damit er nicht verschwimmt.

Ein Schwindel in den Augen. Goldene Punkte auf der Retina, die sich nur langsam wieder auflösen.

Neue Kleider online bestellen?

Für wen, was?

Lieber den Vorrat an Dingen, die sie hinterlassen wird, abbauen.

Es ist bedrückend, der eigenen Wahrnehmung nicht mehr zu trauen.

Was, wenn ihr gestörtes Verhältnis zur Wirklichkeit sich nicht mehr heilen lässt?

Sie inspiziert ihr Handy.

Keine Nachricht von David.

Wie wurde sie nicht ganz richtig im Kopf?

Begann es damit, dass sie David zu sich halluzinierte, weil sie ihn so gut wie nie zu Gesicht bekam? Sie holte ihn zu sich in die Küche, wo sie stundenlange Gespräche führten, unter die Dusche und ins Bett, wo alles irgendwie *Next Level* war. Sie wollte ihn sehen. Es ging nur in der Fantasie.

Er suggerierte, dass ihre fiktive Beziehung die Wirklichkeit übertraf.

Und tatsächlich existiert er in ihrem Bewusstsein, wie er es in einer gewöhnlichen Alltagswelt nie tun würde.

Erneuter Blick aufs Handy.

Noch immer keine Nachricht von ihm.

Nie Klarheit haben, immer in der Schwebe gehalten werden, das wirft sie ihm vor.

Selten versteht sie, was er meint.

Was meint er damit?

Vieles bleibt ihr schleierhaft.

Er deutet mehr an, als dass er ausspricht.

Es ist nicht leicht, hinter seine Gedanken zu kommen.

Wie oft hat sie versucht, sich in ihn zu versetzen. In seine Ängste. Seine Begierden und Fantasien.

Es klappt nicht.

Sie hat es mit etwas zu tun, das zu viele Schatten wirft.

Lätitias Gesicht verändert sich.

Ist sie die Frau von früher, von vor dem Wahnsinn?

Noëlle blickt zu ihren Füßen hinab, die in Zweiriemer-Sandalen stecken, und schreckt hoch: Der Nagellack ist weg – *weg*. Gestern hat sie die Nägel schwarz lackiert, sie ist sich ganz sicher.

Da ist die Farbe wieder – doch nicht – doch.

Liegt es an der Krümmung der Zehen, ob sie den Lack sieht oder nicht?

Alles, was ist, sehen wir nur, weil wir den Schein, den es reflektiert, sehen, nichts sonst ist sichtbar, hat Harry gesagt.

Bertram ruft an und klopft zynische Sprüche. Seit Jahren nur noch so. Er rächt sich an ihr, weil sie nichts mehr von ihm will. Ein verletzter Mann ist ein gefährlicher Mann, ein trauriger Mann beißt. Das weiß sie seit Langem.

Facebook auf.

Ein Zeichen für sie von David.

Hastig macht sie einen Screenshot und schließt die App wieder.

Unruhig schaut sie sich das Foto an, die Botschaft.

Sie zögert.

Sie will ihn, aber es stößt sie ab, dass sie von seiner Gnade abhängig ist.

Ihr Herz klopft wie wild.

Ruckartig öffnet sie Facebook wieder und liket.

Sie kann ihn nicht warten lassen. Sie kann einfach nicht. So wie sie früher Mutter nie warten lassen durfte, aus Prinzip.

Sie liket, um David zu zeigen, dass sie verstanden hat, dass sie ihm Bilder schicken wird, damit er darauf vorbereitet ist, damit er sein Handy ausschalten und sicherstellen kann, dass er allein ist, sobald er es wieder öffnet.

Sie bringt seine Ehe nicht in Gefahr.

Das ist auch gar nicht nötig.

Sie stört sein bereits zerstörtes Idyll nicht.

Sie hält sich geduldig zurück.

Sie teilt ihn mit dieser Frau, die sie einmal im Zara gesehen hat, und Fen findet sich mit allem ab, solange er sie und den Sohn versorgt und sie vor der chinesischen Gemeinschaft nicht endgültig bloßstellt.

Schnell zum Schrank und sich ausziehen.

Sie tut es, ohne nachzudenken. Sie versteht nicht, warum sie es macht. Sie versteht ja nicht einmal sich selbst. Ihr Verstand ist nicht beteiligt, wenn sie sich Dessous anzieht (BH, Höschen, Strumpfgürtel und Nylons), die Vorhänge schließt, das kleine Licht auf dem Nachttisch anknipst, die Kamera anstellt und von ihren ausschweifenden Fantasien zu erzählen beginnt, von denen David in wenigen Minuten erfahren wird, wenn er denn will. Die Bilder für immer auf seinem Handy, frei zur Verfügung, wann immer ihm danach ist (vermutlich schaut er sie auf dem Computerbildschirm an, wenn er allein ist). Sie glaubt wirklich, er sei da. In dem Moment, da sie es tut, ist er anwesend. Die Worte und Bewegungen kommen von selbst, kommen ganz selbstverständlich, als hätte sie schon immer gewusst, dass sie für David bestimmt sind, als gehörte sie für ihn auf dieses Bett. Sie ist ganz ruhig, während sie vor der Kamera wie in Trance die Augen aufreißt, den Mund aufreißt, damit er seinen mächtigen Schwanz in ihr versenkt. Von der körperlichen Erregung einmal abgesehen.

»Es geht darum, diese Einsamkeit zu überwinden«, sagt Sacha. »Mit Worten, mit Whatsapp, mit Bedürfnissen, die auf den Körper des andern zielen. Es geht ums Wahrgenommenwerden: Ich bin da! Sieh mich an! Aber die Gebrechlichkeit der Person, die das braucht ... Der souveräne Mensch braucht das nicht.«

Hat sie schon wieder geredet?

Mit den Fingern betastet sie die Lippen.

Spürt sie ein Kratzen in der Kehle?

Ja, denkt sie – ganz große Klasse wäre es, nicht nötig zu haben, sich hervorzutun. Einer, der mit sich zufrieden ist, braucht das nicht. Doch in Gedanken hört sie sich noch immer tief zu David flüstern, um ihn anzuspornen, damit er davon nur noch rasender wird, sie packt und auf den Boden schleift und von allen Seiten nimmt.

Sie liebt ihren Feind.

Er war nicht immer ihr Feind.

Er war ihr Liebhaber.

Es gab eine Zeit, da er den Namen verdient hat.

Bevor er sich mehr und mehr zurückzog.

Sie mit billigen Ausreden abspeiste.

Sie hat den Absprung nicht geschafft.

Sie hat es nie geschafft zu sagen: Er antwortet nicht, er investiert nichts in uns, ich lasse ihn fallen.

Deshalb ist sie verrückt geworden.

Wegen dieser Schwäche.

La folle.

In den Augen der Gesellschaft.

Und in den Augen Davids?

In ihren Augen nicht. In ihren Augen bräuchte es noch viel mehr, damit sie richtig verrückt wird.

Aber in den Augen Davids?

Sieht er sie als Verrückte?

Sieht er sie als Nutte?

Du strahlst so viel Sex aus, das sehe sicher nicht nur ich

Sieht er sich selber als verrückt?

Wie viel sieht er?

Sie könnte es nicht mit Gewissheit sagen.

Sie hat Lust zu fluchen.

Wie man sich im Kopf Schmutziges aufsagt manchmal.

Wie man im Bett Lust hat, vulgär zu reden manchmal.

Fick mich, du verfickte Sau.

Leider wird es schnell repetitiv.

Solange man die Welle reitet, geht es.

Sie hat die Balance verloren.

Sie hat schon länger das Gefühl, dass sie nicht mehr richtig anwesend ist.

Als würde sie auf jemanden warten (tut sie ja).

Als hätte sie einen geliebten Menschen an den Tod verloren, obwohl er wieder da ist, wenn auch kaum messbar.

Als wäre ein Teil von ihr mit hinübergegangen.

Dorthin.

Auf die andere Seite.

Ins andere.

Drüben.

Jenseits der Grenze.

Wir betreiben hier gerade Textpornografie, aber schöne. Du magst das?

Ja – ich mag es. Und du?

Auch, sehr

Man lotet über die Worte aneinander nach und nach die Grenzen aus, spannend. Ich war wahrscheinlich schon ein-zweimal über der Grenze, oder?

Das war in einem Chat.

Mit Sexting-König David.

Woher konnte der das so gut?

Erstes (oder wievieltes?) Ignorieren eines Warnzeichens.

Noëlle kam gehörig ins Schwitzen, während er einen sextriefenden Satz an den anderen reihte in einem ungeheuren Tempo.

Vielleicht weil er Deutscher ist, sagte sie sich. Der kann das besser als du, die Sprache und so. Für sie war Deutsch vier Jahre lang Fremdsprache. Nur Französisch geredet und dann der Umzug in die Deutschschweiz. Im Kindergarten kein Wort verstanden. Sich für Mutter geschämt, die sie abholte und (in den Ohren der andern) Kauderwelsch zu ihr sprach. Deutsch in Windeseile gelernt. Trotzdem bis heute Minderwertigkeitskomplexe, die Sprache nicht wahrhaftig zu beherrschen.

David sex-textete sie also zu, als hätte er nie etwas

anderes getan. Blieb dabei emotional immer schön sparsam. Und sie? Las um drei Uhr morgens (wenn er nicht sah, dass sie online war) alles wieder und wieder durch, fuhr zusammen, korrigierte sich, nahm sich vor, dieses und jenes das nächste Mal anders zu machen, besser zu sagen, und notierte sich zukünftige Wörter.

Das tut sie nicht mehr.

Sie schickt ihm wieder Fotos und Videos, aber überlegt sich nicht viel dabei.

Er antwortet noch immer nicht normal.

Es ist ihr egal.

Sportstunde im Raum mit Linoleumboden und Gerätschaften.

»Wie bewegst du dich gerne?«, fragt die Frau mit den langen weißen Haaren.

Tanz- und Ausdruckstherapeutin liest Noëlle auf ihrem Brustschild.

Wie mit David im Bett, würde sie gerne sagen. Stattdessen antwortet sie: »Wie ich mich gerne bewege? So vielleicht?« Und hebt die Arme seitlich an wie ein Baum. Dann hebt sie ein Bein an wie der Esel.

Die Frau macht so etwas wie Tanz mit ihr, irgendwie steckt da Therapie drin, das weiß die Weißhaarige besser. Sie redet nicht viel, aber Noëlle merkt schon, wie sie aus jeder ihrer Bewegungen Sachen zu deuten vermag. Es ist auch ein ziemlich reales Erlebnis, das Bein so anzuheben und den Arm so zu beugen. Außerdem ist es ärgerlich und erniedrigend, sich so zu verrenken, doch das sagt Noëlle nicht.

Zurück auf dem Zimmer, legt sie sich hin. Ihre Gelenke knirschen.

Gegen Ende der Stunde ist die Weißhaarige doch noch ins Reden gekommen.

Noëlle sei eine Verwöhnte, meinte sie. Mit vierundvierzig sehe sie aus wie vierunddreißig, guten Genen und aufwendiger Pflege gedankt. Doch auch die Verwöhnten würden irgendwann alt, und wenn der Prozess einsetze, würden sie panisch. Jemand, der schon mit dreißig Falten kenne, reagiere entspannter auf das Auftreten von Pigment- und Altersflecken und das Nachlassen der Hautelastizität. Danke, hat Noëlle gedacht. Jeder hat mindestens zwei Gesichter, und nicht jeder, der es gut mit dir meint, meint es ausschließlich und immer gut mit dir. Zum Teufel, Sporttherapeutin.

Tatsächlich eilt Noëlle ins Netz und bestellt für ein Vermögen Töpfchen und Tiegel. Seit zwei Jahren wartet sie auf David. Ab jetzt kommt nur noch der Verfall des eigenen Körpers, die Haare und Hormone fallen aus, die Vitalität geht verloren.

Was, wenn David sie nicht mehr will, wenn er sie besuchen kommt? Sich zu erhalten, ist nicht, was die Anziehung ausmacht, das ist ihr schon klar. Trotzdem würde sie sich lieber mit einem faltenlosen Dekolleté über David beugen und ohne Risse in der Oberlippe sich an ihm festsaugen. Er beobachtet sie dabei, sie vergisst sich dabei, aber sie weiß: Selbst im größten Rausch kann das Bewusstsein momenthaft aufscheinen und drohen, die Ekstase zu schmälern oder zu vernichten. Geschieht das nicht, kann das umgekehrte Phänomen einsetzen: Die Lust vergrößert sich, *Les Fleurs du Mal*, die Ästhetik des

Hässlichen, die Ästhetik des Bösen. Auch Abstoßendes führt zu Lustgewinn, auch moralisch Minderwertigem lässt sich Schönheit abtrotzen. Doch auch wenn Sex oft nichts anderes ist als eine Schlacht … UND David mit Schönheit berühren, DAS möchte Noëlle, sie will beides.

Und was lehrt sie *ihn*?

Ist sie dafür da, damit er versteht, dass es nicht nur gelungene *Ficks* waren?

Alles hat er darangesetzt, ihr kein Gefühl von Liebe zu geben, nachdem sie sich in ihn verliebt hatte. Einmal kam er und wollte sie nicht auf den Mund küssen. Er hat mit ihr geschlafen, ohne dass sich ihre Lippen ein einziges Mal berührt haben. Zwei Tage später hat er ihr einen kurzen Porno-Clip geschickt, in dem der Darsteller die Darstellerin von hinten kopfüber küsst. Von da an schrieb er Dinge wie:

> und ich schiebe dir meine Zunge in den Mund und dort bleibt sie, während du gefickt wirst

»Wie ein kleiner Junge«, hat Penelope sich aufgeregt. Maßlos aufgeregt hat sich Penelope. Ihre Stimme ist ganz hoch geworden.

»Wenn du glaubst, dass dies eine Zweitgeschichte ist, die zu etwas führt, irrst du dich«, hat er ein andermal versucht, sich abzusichern, nachdem er aus der Dusche gekommen war und sie im Bürostuhl auf seinem Schoß saß, noch ganz zerzaust und aufgelöst.

Ist er krank geworden, weil er eingesehen hat, dass es nicht nur Sex war?

Weil *unsere Körper mehr wissen als wir*?

Weil das Wissen sich in ihm breitgemacht hat und sein Recht fordert?

Penelope ruft an.

»Wie geht es dir?«

»Ehrlich gesagt, ich weiß es nicht.«

»Hm. In limbo.«

»Ich ziehe mich mehr und mehr zurück.«

Soll sie die pragmatische und skrupellose Penelope fragen, wie das mit der Liebe geht? Seit drei Jahren ist sie mit ihrem Markus liiert.

»Bist du noch glücklich verliebt?«

»Ja. Sehr stark und lustig und liebevoll. Dass es das gibt. Für mich! Ich staune oft.«

»Ihr lebt in zwei verschiedenen Städten.«

»Ja, das hält die Sehnsucht hoch. Wir telefonieren täglich.«

»Ich muss los. Mein Psychiater wartet.« (Eine Unwahrheit. Doch dass Penelope täglich mit ihrem Freund telefoniert, fühlt sich für Noëlle an wie ein Schlag ins Gesicht.)

»Verschwinde nicht zu weit. Man ist immer Eisberg unter der Wasseroberfläche.«

Auch Penelope hat sie nicht erzählt, dass David ihr wieder schreibt. Sie würde sich schämen, zuzugeben, dass sich nichts geändert hat zwischen ihnen.

Noëlle halluziniert, David hätte den Arm um sie gelegt und läge neben ihr im Bett.

Doch da ist kein David, das ist ihr schon klar und irgendwie auch nicht.

Wie ist es möglich, dass man sich jahrelang einbildet, man werde mit jemandem noch ganz zusammen sein, der in Wahrheit kaum über die Türschwelle tritt?

Welche Hirnstoffvorgänge laufen da falsch?

Kann ihr das jemand erklären?

Aber sicher, würde Sacha sagen. Du hast dich verliebt.

Früher wurden die Frauen als Hexen verbrannt, wenn sie sich derart in einen Mann verschauten. Es galt, die Gesellschaft vor Wahnsinn zu schützen. Heute richten sie sich selber mit Pistole oder Pillen. Aus dem Fenster springen oder sich erhängen.

Aber was redet sie?

Sie muss aufpassen, was sie schreibt. Was, wenn heimlich mitgelesen wird?

Spione, Wanzen, das ganze Abhörarsenal?

Im Namen der Gesundheit, ha, ha!

Paracelsus war ein seltsamer Kauz.

Er hat sich selbst vergiftet.

Hat alles notiert.

Hat Buch geführt.

Um des Wissens willen.

Um der Bücher willen.

Der große Kranke.

Bildet sich aus.

Verdaut das Gift.

Liefert sich ganz aus.

Gibt sich hin.

Ganz bewusst.

Kommt im Unbekannten an, wo er sich nur noch seiner Sinne bedienen kann.

Und lernt.

Lernt unter unsäglichen Qualen.

Verabscheut das Elend nicht.

Wird zum Wissenden.

Geht wie Dante durch die Hölle, um ins Paradies zu gelangen.

Geht wie Noëlle durchs Feuer, um David zu verstehen.

Der Weg zur Erkenntnis führt über das Monströse.

Sie ist irr, sie weiß es.

Sie hat sich absichtlich von David verwirren lassen.

Sie wollte es so.

Sie ist übergeschnappt, sie weiß es.

Von einer Sekunde auf die andere kann sie ihn hassen.

Abgrundtief hassen.

Ihn verachten.

Sich schwören, ihm nie wieder zu schreiben.

Sich sicher sein, ihn nicht mehr zu brauchen.

Über ihn hinweg zu sein.

Ihn nur aus einem Irrtum heraus zu lieben, weil er ihr im Grunde fremd ist.

Von einer Sekunde auf die andere ist sie froh, diesen Zombie, der ihr nichts gibt, los zu sein.

Und dann, wieder von einer Sekunde auf die andere, wird sie panisch, dass er ihr nicht schreibt, dass sie ihn verlieren könnte, dass eine andere ihm gefallen könnte, dass er sie geblockt und ausgeschlossen haben könnte (blocken, entblocken, blocken, entblocken), dass sie ihm wehtun könnte, dass er ihr Schweigen missverstehen könnte, sie für kalt halten könnte, wo sie in Wahrheit vor lauter Liebe zu ihm verzweifelt, vor lauter Liebe zu ihm trieft. Doch er sieht es nicht, er versteht einfach nicht, dass sie ihn aufrichtig liebt.

Sie wirft sich vor, ihn angeschwiegen zu haben.

Sie hasst sich dafür.

Sie könnte durchdrehen.

Ihr ist bewusst, dass sich das seltsam anhört, und irgendwie auch nicht.

Schwierig zu erklären.

Schwierig, das jemandem wie Sacha zu erklären.

Irgendwem zu erklären.

Wie dieses Hirn funktioniert.

Dieses vulkanische Empfinden.

Diese Extreme.

Von einem Pol zum anderen.

Tischtennis im Kopf.

Die sollten Tischtennis anbieten in der Klinik.

Mit Tischtennis weiß jeder Irre was anzufangen, das holt ihn ab.

Da ist man ganz Körper, das ist gut für den Kopf.

Beide Anteile sind gleich wahr, gleich da, der hassende und der liebende.

Wir sind alle viele, aber vielleicht nicht in so ausgeprägtem Maß.

Ob David sich auch den Kopf zerbricht?

Ob er was von ihren Gedanken spürt?

Und wenn ja: Was macht das mit ihm?

Hasst er sie auch, wenn sie ihn hasst?

Macht es ihn traurig?

David und traurig? Das passt nicht.

David und Wut? Passt.

David und *kill what kills you.*

David der Krieger. Der Kämpfer. *The Revenger*.

Sich selber hasst er auch.

Am meisten dann, wenn sie ihn am meisten liebt.

Er hasst sich für die neue Noëlle, die aus ihr geworden ist.

Diese zittrige, ängstliche, überempfindliche Frau.

Nur wegen ihm. Es ist alles seine Schuld, denkt er noch wütender als zuvor.

Sein Gesicht ist vor Wut und Kälte ganz weiß, stellt sie sich vor.

Wie er aus dieser strahlenden, fröhlichen, etwas zu gutgläubigen Noëlle äußerlich zwar eine noch attraktivere Version herausgeschält, innerlich aber ein Wrack gemacht hat.

Angespannt liest sie den letzten Whatsapp-Austausch durch, nach dem sie so aufgewühlt war, dass er nie einen Vorschlag macht, ob sie sich sehen können. Sie versucht herauszufinden, ob es möglich wäre, dass er ihren Wunsch, er möge zu ihr kommen, vielleicht gar nicht herausgehört hat. Ist es, merkt sie trotz innerem Widerstand. Wenn er ihre Hirngespinste (du bist bei mir und tust dies und das), von denen sie in den Videos spricht, genau als solche betrachtet, nämlich als Fantasien, es ihm aber um mehr geht und er deshalb nicht primitiv und gewöhnlich darauf antworten möchte (bin gleich da), sondern ihr Wiedersehen an etwas Höheres anknüpft, an Liebe.

Nicht Gleichgültigkeit und virtuelle Lust, sondern LIEBE. Zwischen diesen beiden Deutungsmöglichkeiten schwankt sie seit fünf Jahren, nie wissend, ob sie sich da vielleicht etwas vormacht, denn darin ist sie gut und wird immer besser: Verlust des Realitätsbezuges, Halluzinationen, Stimmen et cetera.

Sie sagt nach den Videos nicht: Komm zu mir. Sie sagt nichts und schließt die Reihe mit einem Selfie plus Kussmund-Emoji ab. Übersetzt: Ende der Diskussion, ich bin müde. Der Kuss ist das Resümee (es war elf Uhr abends).

Sie verstellt sich, weicht aus, ist nicht sie selbst, ist nicht ehrlich, ist zu vorsichtig, zu ängstlich (er könnte wieder verschwinden), er kann gar nicht wissen (kann er nicht?), wie sehr sie ihn liebt.

Doch acht Tage später hat sie Klartext gesprochen: *Können wir uns nächste Woche sehen? Missing you badly.* Man kann ihr nicht mehr vorwerfen, sich nicht klar ausgedrückt zu haben. Und wieder nichts. Vier Tage sind seither vergangen, doch auch das muss sie ihm durchgehen lassen, denn sie hat gefragt *nächste Woche*, und die ist noch nicht einmal angebrochen. Trotzdem: Es wäre nett, wenn er ihr antworten und mit ihr reden würde, wenn er ihr schreiben würde, wann immer sich die Möglichkeit dazu ergibt, wenn sie einfach *normal* kommunizieren könnten und er sie nicht ständig in diese Warteposition zwingen würde. Die Videos sollten nicht das Leben ersetzen, sie sollten es vorwegnehmen.

Er schaut sich die Bilder und Videos an und reagiert nicht darauf.

Als ob er die Trauer umeinander mag.

Als würden sie nicht existieren.

Doch sie existiert.

Sie ist nicht fort.

Er ist nicht fort.

Sie stehen einander gegenüber.

Und ich bin so neugierig, wie es ist, wenn wir mal Zeit und Raum haben, uns niemand hören und sehen kann.

Auf der Terrasse starrt sie in die zunehmende Dämmerung.

Abend für Abend um acht Uhr ins Bett, niemanden sehen. »Das ist kein Leben«, hört sie sich an sich selbst gewandt sagen. Und sich besinnend, fügt sie hinzu: »Aber vielleicht ist es genau das, was du willst: kein Leben.«

Sie hat David wissen lassen, dass sie nichts mehr unternimmt, um ihn zu suchen, so enttäuscht ist sie, dass er noch immer keine Anstalten macht, zu ihr zu kommen. Sie hat es in Form eines Liedes kommuniziert, das sie auf Facebook geteilt hat. Sie benimmt sich schon genauso kindisch wie er.

Er kann sich ja immer noch dazu entschließen, es nicht ernst zu nehmen. Das ist der Vorteil von kryptischen Nachrichten: Man kann so tun, als wären sie nicht ambivalent, als gäbe es keinen Spielraum, als ließe man es bleiben, hinter die Gedanken des anderen zu kommen (auch wenn es in Wirklichkeit ganz anders ist).

Seit sie die Klinikbilder sieht, die sie so lange unterdrückt und ignoriert hat, ist sie noch anfälliger geworden. Die Bilder sind erdrückend. Der Anblick der Kranken. Die gütig lächelnden Ärzte. Die Befehle an den Wänden. Die verkümmerten Kürbisse im Garten.

Auch alles Aufschreiben wird diese Bilder nicht aus

ihrem Kopf bringen. Bilder sind stärker als Worte. Unmittelbar. Das Sichtbare ist da. Da! Bilder brauchen die menschliche Sprache nicht, und die menschliche Sprache kann sie nicht wegschreiben. Bilder verfolgen dich, sie weiß das.

Sie kann sich an jedes Foto erinnern, das sie David geschickt hat. Ein Archiv an Bildern in ihrem Kopf, die sie lebenslänglich verfolgen und im gegebenen Augenblick die Panik in ihr aufsteigen lassen können. Erschreckende Vorstellung, dass Bilder den Rhythmus ihres Herzes vorgeben, sie kontrollieren. Wie sie nackt auf dem Bett liegt. Nackt von hinten auf allen vieren, Blick in die Kamera. Mit Reizwäsche, die sie für die Aufnahmen online bestellt hat. Kurze Videos, auf denen sie seltsame Geräusche macht. Für sie sind es nie Obszönitäten. Für sie ist es Liebe.

Knappe Sprache und Bilder. Längere zusammenhängende Wortpassagen hat sie noch nie gemocht. Sie denkt schon lange nur noch in Bildern, in zerhackter Sprache und in Bildern, die alles sagen, ohne ein Wort.

Was wird nächsten Sommer?

Nächstes Weihnachten?

Nächsten Geburtstag?

Immer Alleinsein?

Dasselbe jeden Tag?

Sie ist müde.

Dass man ihr in der Klinik nicht helfen kann, ist nicht traurig.

Traurig ist, dass sie David nicht zu Gesicht bekommt.

Traurig ist, dass David sich wieder gemeldet hat und sie noch immer traurig ist.

Traurig ist, dass David sich wieder gemeldet hat und es die Sehnsucht in ihr neu entfacht hat, aber diese noch immer nicht gestillt wird.

Ein Lamento.

Ein Vor und Zurück.

Niemand könnte es besser wissen als sie.

Traurig ist, dass sie allein ist. Wenn sie hier auscheckt, kostet es sie wahnsinnig viel Energie, zu Hause nicht allein rumzusitzen und jede Sekunde an ihn zu denken.

Bald wird sie von hier wegmüssen.

Und dann?

Ihr fehlt die Kraft, sich noch einmal aus einem Loch zu stemmen. Hier kann sie sich so schön gehen lassen.

Traurig ist, dass David noch verheiratet ist. Dass er seine Frau nicht verlassen kann. Dass er sie vor Fen versteckt. Dass Fen von ihr weiß, weil sie mitgelesen hat, aber nichts sagt und auf die Zähne beißt.

Es gibt keinen Ausweg. Sie kann ja schlecht seine Frau umbringen. Sie schafft es noch nicht einmal, an seiner Haustür zu klingeln oder mit dem Bus in sein Quartier zu fahren. Sie bleibt abseits und versinkt im Schmerz.

Das hat David nie begriffen: Sie ist nicht wütend oder eifersüchtig – sie ist traurig *(triste)*.

Davids Vorfahren waren Hugenotten (auf Mutters Seite). Das Französische liegt in seinen Genen, hat er gesagt. Das haben sie gemeinsam.

Mutter ruft an.

Noëlle nimmt den Anruf nicht entgegen.

Sie versucht es mit Malen.

Im Malatelier malen die einen Selbstporträts.

Die anderen Landschaftsbilder.

Seen, Berge, und hinter den Bergen sind Sachen versteckt – was genau, sagen sie nicht.

Sie kleckern den Boden und die Wände voll.

Noëlle schafft es nicht, ihren Pinsel ins Wasser zu tauchen, vor Sorge, die Borsten würden ertrinken.

Irgendwann hat die Spirale begonnen, und David wurde zur Obsession.

Jahre später, eines Morgens im Bett, konnte sie plötzlich nur noch weinen.

Sie konnte nicht mehr sprechen, nicht mehr aufstehen, nicht mehr gehen, sich kaum mehr bewegen, sie war abgeschnitten von allen normalen Kapazitäten wie essen, trinken, auf zwei Beinen stehen. Sie war nur noch Hirn. Ein krankes Hirn.

Sie hat sich eingeliefert.

Bertram hat sie gefahren.

Wie oft hat sie Sacha erklärt, sie müsse raus, unbedingt raus, arbeiten gehen. Ihr Ziel ist es, David zu sehen. Doch Sacha hat sie durchschaut und nicht entlassen.

Kopfschuss.

Ein Gewicht liegt auf ihrer Brust.

Es lastet auf ihr wie ein schwerer Stein.

Sie dachte, sie sei aus der Todeszone raus.

Jetzt ist das Gewicht zurück.

Das Gewicht brennt.

Es erinnert sie daran, dass es ihr schlecht geht.

Sie kann es nicht vergessen.

Sie kann es nicht benennen.

Es quetscht ihren Brustkorb zusammen, es löst sich ein Schrei.

Was war das?

Sie kann nur noch in Details denken, so sehr lebt sie in diesem Schmerz.

Vielleicht hat Sacha recht und ihr Verstand kehrt zurück.

Es fällt ihr schwer, daran zu glauben.

Was, wenn ihre Krankheit nicht heilbar ist?

Nicht mit Therapien.

Nicht mit Medikamenten.

Außer sie nimmt zu viel davon?

Sie geht zum blauen Zimmer, dem deprimierendsten Ort im ganzen Haus, wo sie sich jeden Morgen und Abend um die gleiche Zeit in die Schlange einreiht, um einen Papierbecher mit ihren Pillen und einen mit Wasser verabreicht zu bekommen. Vor der Pflegerin die Pillen in den Mund und mit Wasser runterspülen, Becher der Pflegerin zurückgeben und weiter. Pillen (die sie in Wahrheit nicht runtergeschluckt hat) sofort ausspucken und heimlich horten. Die Pflegerinnen lassen sich bei der Einnahme der Medikamente so leicht täuschen. Andere schlucken sie und erbrechen sie sofort wieder. Pillen sind die häufigste Art, sich umzubringen (nach Erhängen).

Auf dem Weg zum blauen Zimmer fährt sie sich mit den Nägeln über die blauen Venen unter der schneeweißen Haut ihres Unterarms. Sie könnte sie niemals aufkratzen.

Auch nicht mit einem Schlüssel. Hat sie eh keinen, noch nicht einmal eine Schlüsselkarte. Beim Eintritt in die Klinik musste sie alles abgeben. Tasche, Brieftasche – nur das Telefon durfte sie behalten, ausgerechnet, die schlimmste aller Waffen. Vor dem blauen Zimmer bleibt sie stehen und sieht sich um. Niemand ist da. Es ist acht. Die Tablettenabgabe war um sechs. Ohne Hoffnung auf Erfolg drückt sie gegen die Tür. Sie geht auf. Schnell schlüpft sie in das Zimmer und zieht die Tür hinter sich zu. Es ist dunkel. Sie ist allein. Medikamentenschränke bis zur Decke, alphabetisch geordnet. Wie heißt das Schlafmittel noch mal, das sie abends zu sich nehmen soll, um sich in den Schlaf zu boxen? Zolpidem. Zählt zu den *Z-Drugs*, die schlafanstoßend wirken und bei denen es die Regel zu beachten gilt: kleinste mögliche Dosis über den kürzest möglichen Zeitraum; kein abruptes Absetzen. Sie ist der Zolpidem-Profi. Die Schublade mit Z aufreißen. Da sind sie, Zolpidem-Schachteln in Reih und Glied, brav aufgereiht wie Zinnsoldaten. Seltsame Assoziation, aber so geht das mit einem Drogenhirn, Krankenhirn, die Synapsen schießen kreuz und quer, völlig irr, was da entsteht. Die Filmtabletten gibt es in den Stärken 5 mg und 10 mg. Sie nimmt sich zwei Schachteln 10 mg und schließt das Fach wieder. T wie Temesta Expidet, ihr bester Freund. Soll sie? Oder X wie der Angstlöser Xanax? Sie lässt es bleiben. Zolpidem sollte reichen. Vorschichtig zieht sie die Tür auf, der Flur ist leer, und geht zurück auf ihr Zimmer.

Die beiden Schachteln Zolpidem versteckt sie im Spiegelschrank, und dann raus, spazieren gehen.

Sie muss einen klaren Kopf bekommen.

Einen klaren Kopf.

Sie muss lachen.

Was für Luxus das wäre.

Die Treppe aus Stein hinab, durch die hohe Eingangshalle und in den Garten. Von dort durch das Tor, das ist ihr erlaubt.

Zu viel Natur.

Sonnenuntergang. Roter Himmel. Schwarze Umrisse der Bäume.

Es wird allmählich dunkel.

Die Welt verschwindet langsam.

Das ist die Antwort.

All das Leiden. Die Folter. Die Trübseligkeit der Landschaft.

Das ist sie: die Hölle, der Caspar-David-Friedrich-Moment, Werthers Leiden in einem Augenblick vereint.

Sie schießt drei Fotos des blanken Horrors, darauf in Variationen zu sehen: verblassende Wiesen, Bäume, der Himmel.

Sie hat das Land schon immer gehasst, mehr Hass geht gar nicht.

Sie prüft ihr Handy.

Keine Nachricht von David.

Sie könnte weinen, so dunkel ist es in ihr. Plötzlich sieht sie die Abgründe, die sich unter ihren Füßen auftun konnten, deutlich und unverhohlen vor ihr daliegen. Jetzt, wo sie hingesehen hat, sind sie nicht länger versteckt.

Sie will nicht in diese Welt zurück. Der Teufel hat sich in ihrem Haar verfangen.

Zurück auf ihrem Zimmer legt sie sich aufs Bett und tippt eine SMS an Bertram in ihr Telefon. Sie vergisst den Text im selben Moment, in dem sie ihn eingibt.

Jetzt nicht nachdenken.

Aufstehen und ins Bad gehen.

Sie schluckt eineinhalb Schachteln Schlaftabletten aufs Mal. Wenn sie Alkohol hätte, würde sie Alkohol dazu trinken, das verstärkt die Wirkung, doch sie hat nie Alkohol ins Zimmer geschmuggelt, also spült sie die Tabletten mit viel Wasser hinunter. Der Brei im Mund ist widerlich. Nicht würgen. Sie schafft es, alles runterzuschlucken.

Die Schachteln legt sie auf das Waschbecken und kehrt zurück ins Zimmer.

Ein unbewusstes Zeichen, das sie hinterlässt? Eine Hoffnung auf Rettung?

Das geht ihr noch durch den Kopf.

Sie legt sich aufs Bett und wird da später gefunden.

Sie erwacht.

Völlig benebelt.

Überall Schläuche an ihr.

Sie fühlt, wie ihr Körper bewegt wird.

Sie fährt die Leute an: »Ich will sterben! Ich will nicht mehr hier sein!«

Als sie begreift, dass das nichts nützt, wechselt sie die Strategie und schreit: »Ich bin hier bald weg, lasst mich in Ruhe! Behandelt mich nicht so! Mir geht es gut!«

Sie versucht ernsthaft so zu tun, als sei nichts geschehen.

Aber ihr Körper ist voller Pillen.

Sie saugen ihr den Magen aus.

Sie hat keine Kontrolle über sich.

Immer wieder fällt sie in den Schlaf zurück.

Ein Arzt meint vorwurfsvoll zu ihr: »Leute wie Sie kennen wir.«

Plötzlich wird sie gesiezt.

Das Bett ist ein Krankenhausbett.

Sie trägt ein Spitalhemd.

Sie binden sie fest.

Sie fällt in ein schwarzes Loch.

Zwei Tage später erwacht sie auf einer anderen Abteilung.

Im zweiten Stock. Nicht mehr im ersten, sagt man ihr.

Das Licht blendet. Der Kopf tut ihr weh.

Sie riecht Pisse, Erbrochenes, Kot.

Olfaktorische Halluzinationen, sagt man ihr. Nachwirkungen der Pillen.

Über eine Woche lang stinkt es. Und immer und überall das Gefühl von Krankheit.

Eine Alte im Kostüm geht zig Mal am Tag an ihrem Zimmer vorbei (die Tür muss offen bleiben, Anweisung von ganz oben, dem ärztlichen Leiter), blickt eifersüchtig zu ihr hinein und keift: »Wann kriege ich endlich mein Einzelzimmer? Ich habe dafür bezahlt!«

Man weiß wenig voneinander, aber jeder hat seine Obsession. Ihre ist also das Privatzimmer.

Im Essensraum, den Noëlle nun auf der zweiten Etage benutzt, gibt es diesen einen Mann, der völlig apathisch dasitzt, während jeder Mahlzeit sein Brötchen auf die exakt gleiche Weise zerlegt und isst, sonst bricht er in Tränen aus.

Ein anderer, schwierig zu sagen, wie alt er ist, sein

Gesicht ist von innerem Schmerz gezeichnet, geht ebenfalls den Gang auf und ab, aber nie zur selben Zeit wie die Frau im Kostüm. Was mag seine Geschichte sein? Hat er Kinder? Ist er verheiratet? Eines Tages joggt er im grauen Adidas-Trainingsanzug durch den Flur. Es geht ihm also besser, denkt Noëlle, er macht Sport, aber er ist noch immer hier.

»Zweieinhalb Monate«, sagen sie ihr.

Das ist die Zeit, die sie noch bleiben muss.

Hier?

Hier darf niemand sein, der versucht hat, sich umzubringen.

Solche Patienten werden verlegt.

Vielleicht macht Paracelsus eine Ausnahme für sie? Hier haben sie einen weit gefassten Begriff von Gesundheit.

Bertram hat die Klinik informiert. Sie hat ihm von den Tabletten geschrieben. Da hat er sich Sorgen gemacht.

Besuchen darf er sie nicht.

Kein Besuch auf der zweiten Etage.

Der Besuch könnte kontaminiert sein.

Mit schädlichen Stoffen, die nicht abwaschbar sind.

Mit keiner Seife, keinem Desinfektionsmittel.

David hat sie Fotos von sich im Mini und in Netzstrümpfen geschickt.

Sie weiß, er freut sich.

Sie weiß, er schaut sich die Bilder immer wieder an.

Ich muss mir glaub gleich wieder deine Fotos anschauen

Keine Ahnung, warum ihr das jetzt einfällt. Das ist eine Weile her.

Er hatte einen Song auf Facebook gepostet, den sie als an sich gerichtet gesehen hatte.

Da wusste sie: Ich habe gewonnen. Seine Frau ist bei ihm, aber ich bin in seinem Kopf.

Und plötzlich war eine Ruhe in ihr.

Wie der Abspann in einem Film.

»Zum Glück bist du nicht gestorben«, sagt eine Pflegerin.

Schlagartig öffnet Noëlle die Augen und richtet sich auf.

Bist du jetzt im Bett?

Weißt du, du machst mir schon immer viel Lust

Selten setzt David einen Punkt hinter seine Sätze.

Als wären sie nicht fertig.

Die Sätze nicht. Und auch sie beide nicht miteinander.

Er will es nicht zu einem Punkt bringen.

Nein, sie hat die Bilder nicht einfach so aufgenommen und verschickt.

Sie wollte ihn sehen.

Es sollte ein Tausch sein.

Er kann sie nicht sehen.

Warum auch immer.

Noëlle kommt auf ihr altes Zimmer zurück. (Im Warenlift, für den nur die Ärzte einen Badge haben.)

Hier hat sie wieder Stift und Papier. Computer.

Camille wohnt wieder neben ihr.

Sie kriegt einen Anruf von der Polizei.

Die Frau ihres Ex-Geliebten (sein Name ist Étienne) beschuldigt Camille, sie zu stalken.

»Sie mich auch«, brüllt Camille ins Telefon.

Der Beamte (er ist auf Lautsprecher, Noëlle kann ihn hören): »In solchen Fällen hat man wirklich keine Lust, das auf das nächste Level zu bringen. Lassen Sie es sein.«

Vielleicht auch ein Schamgefühl, das einen zur Vernunft bringt.

Oder in den Tod treibt.

Étienne (der Gekrönte).

Camille hat Étiennes Frau eine Mail mit Fotos geschickt, auf denen sie mit ihm nackt zu sehen ist.

Die Frau ist bei ihm geblieben.

Camille hat entdeckt, dass Étienne auf Tinder ein Konto führt, hat sich unter falschem Namen mit ihm in Verbindung gesetzt (Match) und Étiennes Frau eine Mail mit ihrem Sexting-Chatverlauf zukommen lassen, einfach um ihr zu zeigen: Er ist dir noch immer nicht treu, er ist ein Arschloch.

Die Frau ist bei ihm geblieben.

Étienne hat Camille angerufen, um ihr zu sagen, er liebe seine Frau nicht mehr.

Er ist mit seiner Frau noch immer zusammen.

»Horror! Stell dir bloß diese Beziehung vor«, kreischt Camille. »Und diese Frau, die alles schluckt!«

Camille ist in einer Gruppe von vier Patientinnen, die ihr Halt geben. »Wenn wir hier rauskommen, eröffnen wir eine Whatsapp-Gruppe mit dem Namen *Out there*. Als Motto-Profilbild nehmen wir die beiden Richtungstafeln vor dem Haus, die eine mit *Bahnhof*, die andere, in entgegengesetzte Richtung weisend, mit *Sanatorium* beschrieben«, lacht sie. Und fügt kleinlaut hinzu: »Du hast Angst, wenn du wieder hinauskommst. Der Alltag jagt dir Angst ein. In der Klinik hast du die Ärzte, die für dich da sind. Du kannst dich abgeben. Einmal aus der ersten Klinik draußen hatte ich sogar Sorge, einen Supermarkt oder die Straßenbahn zu betreten, überhaupt in die Öffentlichkeit zu gehen. Du kannst deine Geschichte nicht erzählen, und du willst sie auch nicht erzählen. Du bist asozial geworden. Das Leben der anderen ist weitergegangen, während du in deiner Blase warst. Zugleich immer die Befürchtung, in die Klinik zurückkehren zu müssen, wo sie vordergründig nett, aber brutal zu dir sein können.«

»Man hat mir gesagt«, meint Noëlle nachdenklich, »dass die meisten Ärzte und Pfleger ihre Patienten aufrichtig mögen.«

»Ja, du spürst die Empathie. Du bist froh über die Aufmerksamkeit und Zuwendung. Doch du weißt auch: Keiner kann dir wirklich helfen, nur du kannst dir helfen. Das ist deprimierend, da du immer denkst: Wann kommt es endlich? Wann schaffe ich es aus diesem Tief heraus? Die Ärzte wissen es auch: Du bist auf einer Reise, du kommst hier hoffentlich raus, aber es liegt an dir, ob du es schaffst. Sie verstehen zwar viel davon, weil sie es schon oft gesehen haben, aber in der letzten Konsequenz musst du dich selber retten. Sie haben die Krankheiten und ihre Symptome ja nie selber erfahren. Sie treiben dich nur an.«

Im Malatelier hat Camille ein Porträt von Étienne gemalt, zieht es jetzt hervor und erklärt es Noëlle. Zuerst die großen blauen Augen, dann die schwarz-grauen Locken, die fast das ganze Bild eingenommen haben (bis an die Ränder des Blattes nur krauses Haar), bis sie am Schluss mit schwarzer Farbe alles übermalt hat.

Camille beugt sich zu ihr vor.

»Das habe ich noch nie jemandem erzählt.«

»Ich behalte es für mich.«

»Ich habe auch einen Selbstmordversuch hinter mir.«

»Du hast das niemandem sonst erzählt?«

Camille schüttelt den Kopf, der wieder partiell gelöscht ist.

»Und deine Söhne?«

Camille hat zwei Kinder im Alter von acht und zehn Jahren.

»Die habe ich vorher zum Fußballspielen geschickt.«

Eine Weile herrscht Stille, in der es Noëlle kalt den Rücken hinunterläuft.

»Und dann?«

»Tabletten.«

»Und dann?«

»Mich rechtzeitig übergeben.«

»Und keiner hat etwas gemerkt?«

Wieder schüttelt Camille den Kopf.

»Hattest du einen Psychiater?«

»Ja, dem ist schon aufgefallen, dass ich etwas aufgekratzt war, aber ich habe es heruntergespielt. Er war nur ein Psychiater, der Medikamente verschreibt. Mit Mindtricks kannte der sich nicht aus.«

Noëlle nimmt ihr Notizheft und setzt sich an den Tisch.

Schreiben!

Sie ist die Stimme aus der Klinik.

Sie schreibt als Zeugin.

Als Stellvertreterin.

Jeder kennt einen David.

Vielleicht nicht in dieser extremen Ausprägung wie Camille, Lätitia und sie, aber ein bisschen David ist jedem schon einmal begegnet, ein bisschen Faszination für ihn hat jeder schon einmal empfunden und sich gefragt: Warum?

Faszination hat mit einem selbst zu tun.

Schon beginnt man zu grübeln.

Schon hat die David-Version dich in der Tasche.

Und was hat der kleine David davon?

Sein mickriges Ego wird gefüttert.

Sein eigenes Selbstbild poliert.

Doch er bleibt ein schwarzes Loch. Alles fällt hinein, nichts kommt wieder heraus.

Es ist für die Katz.

Schreiben!

Die Davids sind gefährlich.

Camille hat wegen ihrem den Verstand verloren. Sie erinnert sich noch nicht einmal daran, dass sie nach einem Suizidversuch in der geschlossenen Abteilung war. Sie hat es verdrängt, nachdem sie Noëlle bereits davon erzählt hatte.

Schreiben!

Sie ist selber wahnsinnig geworden.

Fast wäre sie zur Selbstmörderin geworden.

Als müsste sie für diese Sache sterben, durch diesen Tod hindurch und ganz von vorn anfangen, mit allem.

Schreiben!

Für diejenigen, die keine Worte mehr finden, die nicht mehr wissen was sagen, denen die Worte ausgegangen sind, nachdem sie jahrelang gegen eine menschliche Wand gesprochen haben.

Eine Zigarette rauchen, um klare Gedanken zu fassen.

Im zweiten Stock war Rauchen nicht erlaubt.

Keine Streichhölzer und Feuerzeuge.

Die Bettdecke könnte. Das Hemd.

Schreiben.

Eine psychiatrische Anstalt ist interessant.

Es gibt die verschiedensten.

Von der Universitätsklinik bis zum Privatsanatorium.

Gemeinsam ist ihnen diese unheimliche Mischung aus Fürsorge und Gefängnis.

Im Kerker sperren sie dich weg, weil du etwas verbrochen hast.

Im Klinikum, um dich vor dir selbst zu schützen.

Ein Hospital funktioniert furchtbar banal, wenn du es einmal durchschaut hast. Eine Art Klassenlager, wo du entindividualisiert wirst, dieses Gruppending, selbst wenn du auf dem Einzelzimmer liegst. Dieses: Raus aus deinem Alltag! Jetzt machst du, was wir dir sagen!

Das verlangt eine gewisse Bosheit.

Das verlangt eine gewisse Brutalität.

Und immer bist du die, die nicht normal ist.

Das sollten die Leute erfahren.

Eine Beichte auch, dieser Text.

Dieses unermüdliche Hoffen.

Diese Inbrunst.
Dieses Lechzen.
Dieses rasende Delirieren.
Sie möchte so gerne alle Camilles und Lätitias dieser Welt vor den Davids und vor Liebesverausgabung beschützen.
Camille, der es immer schlechter geht.
Seit einer halben Stunde sperrt sie sich im Zimmer ein.
Alarmstufe rot.
Sie hat die Tür verbarrikadiert.
Zu dritt stehen sie davor und brechen sie mit der Eisenstange auf.
Die Ärzte schreien durch die Tür.
Camille schreit zurück.
Sie randaliert.

Tischtennis im Garten.
Sie haben Noëlles Vorschlag vom Tischtennis angenommen.
Sie hat niemanden jemals spielen sehen.
Es gibt einen Therapiehund, zu dem die Patienten eine Beziehung aufbauen können. Sein Name ist John. Außerdem gibt es eine Therapiekatze, ihr Name ist Maus.
Ob der Esel einen Namen hat?
Noëlle stellt sich vor, wie er einer vorgehaltenen Karotte hinterherläuft. Eine Möhre als Anreiz reicht ihm, um ihn dazu zu bringen, in eine bestimmte Richtung zu laufen und dabei eine Last zu tragen. Er ist dumm. Er ist störrisch. Er begreift nicht, dass er die Möhre nie zu fassen kriegt, und trabt ihr trotzdem ständig hinterher.

Physiotherapie, falls einmal nicht nur die Seele schmerzt, sondern auch ein Körperteil (die Knochen).

Im Untersuchungszimmer: EKG, Waage, Meter.

Vortrag zum Thema: *Deeskalierendes Verhalten*.

Durchs Fenster sieht sie Capucine mit Therapiehund John spazieren gehen.

Ihr graues Haar steht steil in einem Kranz vom Kopf ab. Unübersehbarer Wahnsinn.

Im Tablettenzimmer steht eine Sirupflasche auf dem Kühlschrank, Geschmacksrichtung Himbeere.

Die Flure sehen nicht aus wie in einem Krankenhaus, doch es riecht nach Desinfektionsmittel.

Alles kann von Wichtigkeit sein. Jedes Detail. Das wissen Menschen in einer Klinik. Ob es die Ärzte auch immer wissen, ist ihr nicht ganz klar.

Einzeltherapie mit Sacha.

Schon stellt er wieder Fragen.

Camille hat sich beruhigt.

Vor ihrer Tür ist wieder alles *normal*.

Facebook auf.

Zum Teufel mit dem Tor, der auf Facebook Selfies seiner »Freundinnen« herzt.

Er ist zu nett zu anderen Frauen.

Ein Mann für alle.

Wer will das?

Wer will das schon?

Facebook zu.

Zwei Sekunden vergehen.

Facebook auf.

Verflucht sei er, der (*Gerade eben*) ihren Lieblingsautor gepostet hat, um bei ihr anzuknüpfen, der keinen persönlicheren Weg findet, um mit ihr zu kommunizieren.

Facebook zu.

Meine Güte, obwohl er die Herzen vor den Augen aller gibt, sogar vor den Augen der zuvor gelovten, die folgen sich ja gegenseitig und sehen das. Als ob es das Normalste auf der Welt wäre, anderen Frauen auf Facebook Herzen zu verschenken, als entstammte Noëlle verstaubten Kreisen (je nachdem, in welchen Kreisen man sich bewegt, hat er gesagt), bürgerlich und so, und wäre nicht souverän genug, um das locker zu sehen, würde aus diesem Grund was Falsches reininterpretieren und gehörte umerzogen.

Hält er es für normal, dass sie ihm nach einer einfachen Handlung wie dem Absetzen eines Posts Nacktfotos von sich schickt? Erwartet er wirklich, dass seine Posts sie berühren?

Wäre schön, wenn sie die Nummer eins wäre, wenn er da einen Unterschied machen würde, auch in der Öffentlichkeit. Wenn er seine Impulse und Triebe im Griff hätte und nicht auf den Knopf drücken würde, ohne sein Hirn einzuschalten, wenn es ihn schon so gelüstet, Fotos anderer Frauen zu herzen. Käme ihr nicht in den

Sinn, einem Mann auf Facebook ein Herz zu geben, hat sie noch nie getan, da muss sie sich gar nicht zurückhalten, es käme ihr absurd vor, ja lächerlich, geschmacklos, IRGENDeinen Beitrag eines Mannes zu herzen, geschweige denn ein Strandselfie. Sieht er denn nicht, dass die Beschenkten sich bei ihm was ausrechnen könnten? Liegt es daran, dass er immer hat für Aufmerksamkeit kämpfen müssen, sie im Gegensatz dazu sich ständig vor den Avancen anderer zu retten versucht? Wenn man ein Herz verschenkt, muss man mit dem Finger eine Weile auf dem Like-Daumen verweilen und dann nach rechts wischen, einen Extra-Aufwand betreiben. Jedes Herz ist aus Absicht entstanden, es passiert nicht einfach so, huch, aus Versehen auf den falschen Knopf gedrückt, tjanu. Ein Herz auf den sozialen Netzwerken ist immer zweideutig, da braucht man ihr nicht das Gegenteil zu behaupten. Man fragt sich: Ist da Verlangen im Spiel? Ist das nur Freundschaft? Seltsame Freundschaft, bewusst posierte nackte Beine mit einem Herz zu versehen. Man könnte wenigstens, gerade weil man weiß, dass es zweideutig aufgefasst werden kann, auf das traurige Herz (wie traurig sie virtuelle Herzen findet, wie abgrundtief traurig) verzichten. Die armen Verlierer, die virtuelle Herzen verteilen müssen. Man braucht nicht hochsensibel zu sein, um sich bei diesen Herzen was auszumalen, aber vielleicht ist es ja genau das, was der Loser beabsichtigt, weil er ein ewig Rückständiger und Benachteiligter ist. Er macht sich wichtig und verunsichert sein Umfeld mit einem einzigen Fingerklick, wie praktisch.

Einmal hat sie sich bei David beschwert.

Seine Antwort war: »Du solltest nicht zu viel Bedeutung darin legen, wen ich auf Facebook like.«

»Dann ist es dir also völlig egal?«

»Vielleicht nicht völlig egal«, sagte er zögerlich und wirkte, als wäre es ihm tatsächlich gleich, »aber es ist nicht wichtig.«

Flirtest du?

Kann schon sein. Aber halt immer in Grenzen

Bad reputation.

Beschwichtigungen.

Relativierungen.

Opferlamm spielen.

Mitleidstour einsetzen.

Ein weiteres Herz verpassen.

Kann schon sein. Als wüsste er es nicht so genau. Als wäre es stärker als er und als litte er unter einem Gefühl der Ohnmacht. Das glaubt sie ihm sogar. David eine Viertelstunde lang gegenüber zu sitzen, bedeutet, ungefähr fünf Rollen zu beobachten, in die er schlüpft. Man weiß nie, wer er wirklich ist. Keiner von allen, wie anzunehmen ist. Er stellt sich immer anders dar. Er ist ein Artefakt.

Überall sieht er Verräter und Konkurrenten.

Immer sieht er rot.

Die zweite Kategorie Herzen (oder ist es die erste?) verteilt er, wenn man ihn für seine Leistungen lobt, ihm gratuliert und Anerkennung zuteilwerden lässt.

Facebook auf.

Eine weitere verschlüsselte Nachricht?

Facebook zu.

Sie fasst sich an die Schläfen.

Der Intellekt taugt zu nichts mehr, ihr Hirn ist wie weggeblasen.

Vielleicht lernt sie gerade, dass es andere Wege geben muss, um zu begreifen.

Körperliche Wege.

Gefühlte Wege. Was weiß sie.

Er herzt, weil er die Macht dazu hat.

Er ist sich das gewohnt. Zu bewerten. Zu schwärmen. Zu vernichten.

Fan zu sein oder Hater.

Andere auszunutzen.

Zu begünstigen oder zu bestrafen.

Er macht das ganz mechanisch, maschinenhaft.

Oberlehrerhaft.

Sie herzt nicht.

Sie bezieht alles auf sich.

Facebook ist sein Revier.

Sie überlässt es ihm.

Seine Freunde sind ihr zuwider. »Igitt« entgleitet es ihr, wenn sie auf dem Netz über sie stolpert. Die Intellektuellen unter ihnen pflegen diesen bestimmten Stil, der gewollte Oberfläche ist, Affirmation, Scheinnaivität und Absurdität. Die anderen gebärden sich als pseudoradikal und pseudo-erfolgreich und drängen sich mit Deklamationen auf. Selbstbesessene Schreihälse, die auffällig häufig das Wort *sexy* benutzen *(Ich bin sexy!*

Mein Job ist sexy! Sexysexysexy!), nur dass ihnen eben echte Sexyness fehlt. Oder *love. Love THIS!* Sie werfen mit »Liebe« nur so um sich. Sie kommentieren alles, versehen es mit Herzen und Effekten, als hätte die ganze Welt auf sie gewartet, und falls nicht, hat man sich trotzdem für ihre Meinung zu interessieren, DAS IST EIN BEFEHL! (von mindestens einem Ausrufezeichen und Emoji gefolgt).

Narzissten unter sich. Gegenseitig schaukeln sie sich lobend hoch: *Du* bist genial. – *Du* bist genial. – *Du* bist genial. – *Du* bist genial. Kombatmäßige Selbstbeweihräucherung, christusartige Selbstwahrnehmung. Das einzig Geniale an ihnen ist die Täuschung und ihre Großmäuligkeit.

»Narzissten«, erklärt Sacha ihr, »suchen sich zwei Arten von Menschen aus: ebenfalls narzisstisch Veranlagte oder Abhängige. Mit diesen beiden funktioniert das Zusammenleben. Wer nicht mitmacht, sind die Reifen. Denen ist das zu anstrengend. Die merken schnell: Ich blase da die ganze Zeit in einen Ballon, und nichts ändert sich, nichts kommt dabei heraus und nichts kommt zurück.«

Sie geht ihren Schmuck durch. Schöne Dinge anzufassen, beruhigt sie. Jedes Stück von Bertram bezahlt, aber selber ausgesucht. Er wusste, dass er ihren Geschmack nicht trifft. Bis heute zahlt sie mit seiner Karte. Ihr Geld ist ihr Geld, und sein Geld ist ihr Geld, so wollte er es.

Sie hat immer so teuer wie möglich eingekauft. Sie hatte das Gefühl, Bertram mag es so, er liebe Verschwendung. Geldausgeben war seine Art von Exzess und Verausgabung.

Sie setzt sich an den Küchentisch und schreibt.

Macht eine Pause und bereitet sich einen Tee zu.

Während sie am Herd steht und aus dem Fenster auf die Linden starrt, landen zwei Käuze auf dem Fenstersims, blicken ihr in die Augen und flattern davon, als sie das Handy vom Tisch holen will, um ein Foto zu machen.

Dann sieht sie vom Fenster Camille auf der Feierabendbank unter der Linde. Ihr Gesicht ist grau und matt. Es erinnert Noëlle sofort an die Käuze.

Sie setzt sich zu Camille. Die Sonne scheint, der Himmel ist ohne Wolken. Die Bank ist immer sauber, fällt ihr auf. Wie groß ist wohl die Putzequipe dieser Anstalt? Wie viele putzende Gespenster? Camille trägt ein weites weißes Männerhemd und weiße Jeans. Wie Noëlle sieht, ist sie barfuß. Ihr kommt es vor, als sei das unbeabsichtigt, und sofort fragt sie sich, ob Camille gleich einen klaren Moment oder wieder wahnhafte Ideen zeigen wird. Erstaunlich, wie sich das abwechselt. Von der normalen Frau zum schrägen Vogel, der vor und zurück schaukelt und wirres Zeug murmelt oder schreit.

»Was gefällt dir an der Umgebung am besten?«, fragt Noëlle vorsichtig.

»Nichts. Mir geht es ja schlecht. Ich sehe die wunderschöne Aussicht, und es deprimiert mich nur noch mehr, weil ich mich nicht darüber freuen kann«, sagt Camille kalt.

Mit einer verspannten Geste zeigt sie über die Landschaft.

»Wusstest du, dass die meisten Leute im Frühling in die Klinik kommen? Sie werden noch depressiver, als sie es ohnehin sind, weil es die Jahreszeit ist, in der die Leute rausgehen und ihren Körper zeigen. Der Depressive hat keine Ausrede mehr, drinnen zu bleiben. Er WILL aber nicht nach draußen gehen.«

Ihr Gesicht verzieht sich.

»Ich meine, alles hier ist darauf angelegt, dass es dir gut geht: Das Essen ist top, die Aussicht ist schön, die Inneneinrichtung ist geschmackvoll, aber du freust dich nicht darüber. Am Anfang siehst du es nicht einmal. Gegen Ende etwas mehr, aber es bedeutet dir nichts.«

Noëlle nimmt Hektik auch in Camilles Gestik wahr.

»Einmal war ich in einem Ayurveda-Hotel am Atlantischen Ozean, es war die Katastrophe. Die wussten nicht, dass nur die helleren Gemüter das Meer ertragen, die ganz Verzweifelten werden vom Wasser nur noch zusätzlich hinuntergezogen. Den Blick aufs Meer finde ich bedrohlich. Ich finde das Meer nicht schön. Das Wasser ist dunkel, es ist tief, und dann seine AUSDEHNUNG. Es geht dir schlecht, und du weißt nicht, wann es fertig ist, daran erinnert dich das Meer die ganze Zeit. Es sagt dir: Es könnte noch EWIG dauern, KEIN ENDE in Sicht! Aus demselben Grund deprimieren mich die Alten. Ist dir schon aufgefallen, wie viele Greise deprimiert sind?«

»Ja.«

»Eine traurige Einheit: Alter und Depression. Da entwickelst du sogar Empathie, wenn du selber tiefkrank bist. Bei den Jungen ist immerhin die Hoffnung da, dass es besser werden kann. Aber bei den Alten? Da folgt nur noch der Tod.«

Camille nimmt einen tiefen Atemzug der warmen Luft und seufzt.

»Kürzlich hat einer im Speisesaal mit seinem Gast gefrühstückt. Wie deprimierend ist das denn? Sitzt der arme Kerl mitten unter uns Verrückten. Wir sehen ja nicht aus wie normal. Man sieht uns durchaus an, dass wir verstört sind. Ich würde meinen Besuch nicht hierher zum Essen einladen.«

»Dir gefällt hier also gar nichts?«

Camille zuckt mit den Schultern. »Zum Glück sind wir nicht am Meer. Und die Leute, die Kurse, der Sport sind okay. Aber wer hier ist, vergnügt sich nicht, das weißt du ja selbst.«

Noëlle versucht es und deutet an: »Warst du schon einmal in einer Nervenklinik?«

»Ja, und stell dir vor: Vor dem Austritt saß ich mit den Ärzten in der Abschlussuntersuchung im Kreis. Anhand des Gespräches würde entschieden werden, ob ich entlassen werde. Tausend Fragen, im Vorfeld zig Fragebogen mit Kästchen, die es auszufüllen galt. Spätestens als ich dasaß, merkte ich: Scheiße, die glauben mir wirklich und lassen mich gehen. Ich war schockiert, wie gut ich denen was vorspielen konnte. Allerdings ... genau aus dem Grund war ich ja dort.«

»Machst du das hier auch?«

»Hier sind sie etwas intelligenter. Und wo es viel Geld kostet, wird auf dich aufgepasst, so einfach ist das. Wenn du in einer öffentlichen Klinik mit tausend Betten liegst, konstatieren sie *depressiv* und lassen dich auf dem Zimmer liegen. Keine Kurse und Fünfgangmenüs. Allein die ärztlichen Kontrollen hier, alle zwei Tage eine. In der Universitätsklinik hieß es alle zwei Wochen Blutdruck messen, wiegen, reden, *that's it*. Aber eben: Zwei Wochen nachdem ich entlassen worden war, wurde ich wieder eingewiesen. Diesmal hierher. Sie hatten die Medikamente reduziert, es ging gut, doch dann ist meine Katze gestorben, und ich wurde panisch. Es ist traurig, dass diese Klischees wahr sind, aber ein solches Ereignis kann wirklich reichen, dass alles von vorne anfängt. Eine Katze stirbt und löst einen Zusammenbruch aus. Einer der Ärzte in der anderen Klinik hieß Doktor Iff, wie *Wenn*. In der Tat war bei dem immer alles möglich, ein wahrer Interpretationskünstler. DAS macht dich wahnsinnig und reißt dich in den Abgrund.«

»Ich glaube«, räuspert sich Noëlle, die sich plötzlich schuldig fühlt, sich in Camilles Leben einzumischen, »das Interesse an Geisteskranken ist riesig, weil allen ständig droht, es selber zu werden. Siehst du die Wolke dort oben? Sieht aus wie ein Gesicht, findest du nicht? Das Phänomen nennt sich Apophänie, hat Sacha mir erklärt, und besagt, dass der Mensch dazu neigt, Muster in den Dingen wahrzunehmen und sie in Beziehung zueinander zu setzen. Schon unsere Urahnen waren darauf programmiert, Zusammenhänge zu sehen. Ein Rascheln im Busch? Könnte ein Säbelzahntiger sein. Hätten sie nicht weiter über das Rascheln nachgedacht, wäre in drei von vier Fällen nichts passiert, im vierten Fall wären sie gestorben. Darum ist unser Hirn so programmiert: Wir sehen in allem etwas, wir sind Vorhersagemaschinen. Die Form des Bechers zum Beispiel?«

»Sieht aus wie ein Gummibärchen. Oder eine Matrjoschka. Darin ist eine kleinere und noch kleinere und noch kleinere Frau versteckt.«

»Es ist ein evolutionärer Vorteil, dass du das so siehst. *Survival of the fittest.* Es steckt in uns drin, das Verrücktsein.«

Auf Noëlles Handy leuchtet eine Nachrichtenanzeige.

Es ist Mutter.

Nicht David.

Sie dreht das Gerät um.

Sie verabschiedet sich von Camille und geht auf ihr Zimmer.

Setzt sich an den Tisch.

Facebook auf.

Ein geheimes Signal von David?

Facebook zu.

Ist sie selber Fiktion?

Vor ihr das offene Notizbuch.

Sie erzählt die Geschichte von David nicht nach, sie versucht es nicht einmal. Ihr Verstand ist nicht in der Lage, die Realität zu erfassen. Sie hat die Geschichte nicht im Griff.

Als ob es um Realität ginge.

Als ob es um Literatur ginge.

Er ist es, den sie in jedem Bild heraufbeschwören will, egal mit welchen Mitteln.

Warum wird sie nicht wie Millionen Menschen vor ihr und nach ihr mit ihren unerfüllten Sehnsüchten fertig?

Fünf Jahre ...

Zeit heilt keine Wunden.

Nicht bei ihr.

Zeit unterstreicht ihre Wunden.

David wird mit jedem Tag wirklicher.

Ob man ihn mittels eines chirurgischen Eingriffes aus ihrem Gehirn entfernen kann?

So wie Leonardo di Caprio sich in *Shutter Island* freiwillig unters Messer legt?

Wie kriegt man jemanden aus dem Kopf?

Indem man ihn sich hässlich vorstellt?

Hässlich in jeder Hinsicht?

In dem man ihn sich tot vorstellt? Als Skelett?

Willst du ein Skelett umarmen? Küssen?

Sicher nicht.

Indem du dir vorstellst, dass du selber bald ins Grab wanderst und alles unwichtig wird?

Etwas muss doch funktionieren.

Facebook auf.

Er wurde markiert.

Er war mit anderen Leuten essen.

Natürlich mit anderen, nicht mit ihr.

Dieses schiefe Lächeln.

Diese künstlich weit aufgerissenen Augen (um was zu demonstrieren? Wahn?).

Sieht das denn keiner?

Sie hat es immer gesehen.

Und sieht ihn plötzlich auch anders.

Sie ist nicht mehr geflasht.

Keine Eifersuchtsattacke mehr.

Kein rauschendes Blut in den Ohren.

Die ganze Wut und der ganze Hass auf ihn sind zwar

nicht weg, doch zum ersten Mal denkt sie analytisch kühl: Er bricht dir das Genick.

Was alles nicht gesagt wurde.

Was ungenau gesagt wurde.

Was nur am Rande gesagt wurde.

Was falsch gesagt wurde.

Fotos. Videos. Keuchen. Zuckungen.

Genügt ihm nicht. Er kommt nicht zu ihr.

Oder es genügt ihm gerade doch, und er setzt sich deshalb nicht in Bewegung.

Satt. Gesättigt. Ruhig.

Wie ein Boot im Hafen.

Die Dinge nicht aussprechen.

Unverarbeitet lassen.

Sie tief und tiefer in sich senken lassen.

Tim hört schon den ganzen Morgen Disturbed, *Down with the Sickness*. Breitbeinig steht er auf dem Flur, die Arme von sich gestreckt, von einem Gegner ist keine Spur zu sehen. Er hält sich für einen Spartaner, eine Kampfmaschine mit Helm und Schild, dabei ist er in Wirklichkeit Banker, ein Schaf, das gut im Mitlaufen ist.

»Guten Morgen, Tim.«

Er antwortet nicht, macht nur einen Schritt zur Seite.

Vielleicht ist das so ein Männerding, das Schweigen.

»Hallo«, hört sie in dem Moment in ihrem Rücken.

Alle reden mit ihr, außer David.

Sie wird sich nie daran gewöhnen.

Spazierengehen.

Lindenblüten steht im Wochenprogramm. *Alles zum Thema Lindenblüten mit Naturheilärztin Sandra.*

Seit ihrer Kindheit hat Noëlle keinen Lindenblütentee mehr getrunken. Jetzt will sie einen.

Mittagsruhe.

Bis 13 Uhr.

Online bestellt sie eine Sonnenbrille.

Psychotherapie

Kunsttherapie

Bewegungstherapie

Aromatherapie

Klingt nach Sucht.

ALLES hier ist Therapie. Beginnt man das Leben durch diese Brille zu betrachten, wird man noch paranoider, als man als Süchtiger ohnehin schon ist.

Praktische Probleme lösen.

Eine Birne essen.

Etel (die Edle), drei Zimmer weiter auf derselben Etage, will sterben. Sie ist in eine menschenunwürdige Situation geraten, erklärt sie Noëlle, der sie im Garten begegnet. Noëlle folgt ihr auf dem Spaziergang ums Haus. »Meine Demenz schreitet immer weiter vor. Mitten in der Nacht wache ich auf, das Grauen packt mich und ich heule wie ein Wolf, höre nicht auf zu schreien, wie man mir erzählt hat, lasse mir kaum Zeit, Luft zu holen, so groß sind die furchtbaren Urängste, die in mir hochsteigen.«

»Ich habe nie was gehört«, sagt Noëlle erstaunt.

»Wir haben extradicke Türen vom Schreiner, genau aus diesem Grund. Und du wolltest es nicht hören.«

Wie muss es sein, denkt Noëlle, die Dinge zu vergessen und zu verwechseln, nach ihnen zu suchen, sie nicht zu finden, einfach weil man alt ist, nicht weil man aus Schwachsinn deliriert?

Sie ist hinter Etel zurückgefallen.

»Hier im Garten gehe ich immer den Weg, der im Kreis um das Haus führt«, sagt Etel mit fuchtelnden Armen. »So kann ich mich nicht verlaufen, aber mein Verlangen nach Bewegung ausleben. Die Klinik hat den Pfad extra für Patienten wie mich angelegt, damit wir beim Spazieren nicht verloren gehen.« Sie setzt ihren Weg fort, ohne auf Noëlle zu warten. »Ich habe den Film *The Fool on the Hill* mit den Beatles gesehen. Es ist aber nicht so, dass man in sich versunken in den Sonnenuntergang lächelt, das stimmt nicht. Mit jeder weiteren Minute droht mir, völlig den Verstand zu verlieren. Ich habe von einem gehört, der seinen Kot verrührt hat, weil er es für Schokoladecreme hielt. So weit darf es mit mir nicht kommen.«

Plötzlich bleibt sie stehen, als hätte jemand nach ihr gerufen. »Es ist wie bei der Gymnastik«, sagt sie, beugt sich zu Noëlle vor, die sie eingeholt hat, und flüstert ihr verschwörerisch ins Ohr: »Auch der Abgang wird bewertet.«

»Wie begeht man Selbstmord?«, fragt Noëlle Sacha.

Prüfend schaut er sie an.

»Kommt darauf an, ob es ein Hilferuf sein soll oder ob es wirklich klappen soll ...«

Sie verspürt einen Anfall von Frust. Nimmt er ihr den Selbstmordversuch nicht ab?

»Rein technisch: Schneidet man sich die Pulsadern auf?«

»Dann musst du sie längs aufschneiden, nicht quer, damit du sie sicher nicht mehr abbinden und schließen kannst.« Mit der linken Hand fährt er die Pulsader entlang, vom Handgelenk hoch bis zur Armbeuge, um es zu demonstrieren.

»Etel will zu Exit«, sagt Noëlle mit einem Gefühl der Übelkeit. »Sie befürchtet, dass sie komplett den Verstand verliert und nur noch vor sich hin vegetiert, dass es bald zu spät für Sterbehilfe sein könnte. Ich habe das Gefühl, dass sie mit ihrem Leben abgeschlossen hat.«

»Wie ein Philosoph oder Psychiater«, entgegnet Sacha trocken. »Wir schließen dauernd mit unseren Leben ab. Das haben wir mit unseren Patienten gemeinsam.«

Er macht sich Notizen.

»Ich fasse zusammen«, setzt er fort.

Noëlle stößt ein leises Lachen aus.

Sacha blickt von seinem Heft hoch und runzelt die Stirn.

Davids Bild schiebt sich vor Noëlles Augen. In Wahrheit ist David an ihr gescheitert, denkt sie insgeheim. Sie liebt ihn nicht. Kann man jemanden lieben, der nicht für einen da ist? Das ist wie ein Luftschloss, ein Kartenhaus. Sie hätte ihn gerne geliebt. Wirklich? Ist das Ganze nicht lediglich eine selbst auferlegte Übung? Eine Schriftstellerin muss alles aushalten können, alles. Also macht sie sich einen Sport daraus, dass man sich so gut wie alles mit ihr erlauben kann, ohne dass sie reagiert. Sie bleibt ruhig und hört zu. Hält still. Beobachtet. Nicht zu reagieren, ist ihre Wunderwaffe, die es ihr erlaubt, sich neu zu erfinden und zu schreiben. Sie hat David ausgewählt, um sich selbst auf die Probe zu stellen. Was hier stattfindet, ist eine Zulassung zu den Mysterien. Eine Aufnahme in den Kreis der Wahnsinnigen, in einen neuen Seinszustand.

Von der Novizin zur Nonne.

Vom Laien zum Schamanen.

Eine Taufe.

Ein Experiment.

Der Ritus: die erhabene Trauer um einen Abwesenden.

Sie lernt, der Fantasie zu trauen.

Sacha durchbricht das Schweigen, das entstanden ist.

»Es geht immer um Ambivalenzen. In der Liebe. Im Schreiben.«

Aber in welchem Maß, denkt Noëlle.

Ganz am Anfang war die List mit Davids Ehering gewesen, um sie von seiner Verfügbarkeit zu überzeugen.

»Den hat nur ihre Familie mir an den Finger gesteckt, ich bin gar nicht verheiratet.«

Gelogen. David ist verheiratet, wie Noëlle schon kurz nach dem ersten Zusammentreffen herausgefunden hat. Eine Täuschung, von Beginn weg.

David Gaukelei.

Taschenspieler.

Blender.

Maskenkönig.

Spiegelfechter.

Blutsauger.

Spürhund.

Er liest ihre Emotionen.

Aber kann sie nicht teilen.

Vielleicht war es auch keine List, sondern ein Omen.

Ja, dann. Wann ist der Ring weg?

Und natürlich spinnt sie auch.

Hör mit deiner Fixierung auf meine Person auf

Auch jemanden ständig zu enttäuschen, kann belastend sein

Wie lange hatte er darauf gewartet, ihr das zu sagen?

Angefangen hatte es anders.

Angefangen hatte es mit einer Mail von ihm.

Wollen wir uns mal verabreden?

Sie vereinbarten einen Tag.

Er vergaß die Verabredung in der Bar.

Zwanzig Minuten nach der Zeit hatte sie ihm geschrieben, worauf er nach ihrer Nummer gefragt und gesagt hatte, dass er eile. Da war er: nervös und im Besitz ihrer Nummer, was ihr auf einmal wie der Trick eines kleinen Gauners vorkam.

»Entschuldige meine Unpünktlichkeit ... hervorragender Ersteindruck!«

(Vielleicht hätte sie ihn an die Verabredung erinnern müssen? Vielleicht hatte er gedacht, sie denkt da gar nicht mehr dran? Schon da ging das Rätselraten los, von der ersten Minute an.)

Nach der Bar begleitete er sie zur Straßenbahn. Dort

standen sie, mitten in der Stadt, seine Hände immer irgendwo auf ihr: abrupte, lang gezogene Berührungen ihres Armes, der Rundung ihrer Taille, des anderen Armes ... Zwischendurch sein goldener Ring, der im Abendrot blitzte. Bevor sie einstieg, hielt er einige Sekunden ihren Arm fest. Dann lösten sie sich. Einmal im Wagen drehte sie sich nach ihm um. Er gab ihr ein Zeichen, indem er die Augen schloss. (Was wollte er sagen? Sie konnte es unmöglich wissen.) Ihre Straßenbahn fuhr los. Sie blickte auf das Licht des Sees, glücklich, ohne rechtes Bewusstsein, eingebunden im Stoffwechsel der Welt. An ihrer Haltestelle angekommen, ging die zweite Nachricht von ihm ein.

War schön mit dir heute Abend!

Von da an schrieb er ihr jeden Tag.

Bis sie ihm so oft schrieb wie er ihr.

Bis er ihr eines Tages vorwarf, sie sei auf ihn fixiert.

Bis er sich nicht mehr blicken ließ, gar nicht mehr (er war schon immer schwer fassbar gewesen, sein Aggregatzustand scheint irgendwie flüssig oder gasförmig zu sein).

Bis er sie blockte und entblockte und die Macht über sie über die technischen Geräte ausübte. (Oh, ich sehe sein Profilbild wieder, ich bin ihm also doch nicht egal!)

»Der hat einfach zu viele Frauengeschichten«, hat Davids Freund vor Jahren einmal zu ihr gesagt. Mit keinem Wort hatte sie David erwähnt, also hatte David von ihr und ihrer gemeinsamen Geschichte erzählt.

Und als der Freund sah, dass sich unter ihren Füßen der Boden auftat: »Er ist immer am Telefon.«

»Also nicht in echt?«

»Das weiß ich nicht. Das ist ein Kind«, versuchte er sie zu trösten.

Doch im Stillen dachte Noëlle nur: David hält ihn für einen seiner besten Freunde, aber er hat nichts Gutes über ihn zu sagen. *Das ist ein Kind* ist noch das Schmeichelhafteste, was er über ihn zu berichten weiß. Und schon tat David ihr wieder leid.

Warum – fragt sie sich heute – ärgert sie sich bis auf die Knochen, dass er flirten könnte? Sie ist mit Tichon ins Bett. Weshalb sieht sie sich als Opfer?

Weil sie nicht verliebt ist in Tichon, antwortet sie sich selbst, David aber allein mit Text Intimität aufbaut, bis die Frauen sich in ihn verlieben. Und er macht es mit Absicht.

Sag mir, dass du niemandem sonst schreibst.

Also ich schreibe schon noch anderen Leuten tagtäglich.

Aber so wie wir schreibe ich mit niemandem sonst.

Hast du viele Freundinnen? Aber ich will nicht zu aufdringlich sein.

Also ich gehe mit keiner von denen ins Bett.

Zwar wendet er sich immer wieder anderen Frauen zu, mit denen er sich befreundet, aber das sind dann meistens Arbeitskolleginnen, und Noëlle kann sich mit dem Gedanken trösten, dass er nur mit ihr ins Bett geht, mit keiner der anderen. Was er mit ihr tut, tut er mit niemand anderem, das ist ihre konspirative Gemeinschaft. (Ein karges Mahl, wie Penelope sagen würde.) Zwar stirbt sie fast aus Sehnsucht nach ihm, doch die emotionale Kränkung, dass er sie nicht mehr will, ist ihr erspart geblieben.

Sie muss hinzufügen: Ihre erste Begegnung begann, noch bevor David das Lokal betrat. Er lief ins Bild rein, so fing alles an. Ungeduldig war sie aus ihrem Sessel, der der gläsernen Eingangstür zugewandt war, aufgestanden, und hatte einen Blick auf die Straße geworfen.

Dort ging er, auf der anderen Seite, bereits am Lokal vorbei, mit gesenktem Kopf, und schien trotz seiner Verspätung in tiefem Nachdenken versunken zu sein, um sich auf das Treffen vorzubereiten. Sofort bemerkte sie an ihm das viele Haar, den unruhigen Gang, die gebeugte Gestalt. Das waren die Merkmale, an denen sie ihn erkannte. Und obwohl er nichts von dem war, was sie sich jemals vorgestellt hatte, rief er sofort dieses warme Gefühl in ihr hervor.

Sie setzte sich wieder hin. Wenig später ging die Tür auf und er stand da.

»Entschuldige meine Unpünktlichkeit ... hervorragender Ersteindruck!«

Bertram will sie besuchen. Aus Zürich kommend, bedeutet das eine zweieinhalbstündige Autofahrt für ihn. Soll er kommen. Meistens ist er nett. Erst seit Kurzem fürchtet sie ihn. Er ist fast zwei Meter groß und wiegt hundert Kilo. Was früher nie von Bedeutung war (oder von guter), ist bedrohlich geworden, seit sie seine Feindin ist. (Und seine Feindin ist sie geworden.)

Es ist heiß für April. Sechsundzwanzig Grad.

Ihr Kopf glüht. Sie wankt zu Mohn.

Sie denkt an den kühlen Fußboden. Betritt sie das Haus, zieht sie die Schuhe aus und freut sich über den kurzen Stich in den Sohlen, der von der Kälte herrührt und bald einem Gefühl der Erfrischung weicht.

Sinneseindrücke wechseln schnell, das sei wichtig zu wissen, hat Sacha gesagt. Wann immer sie verzweifle, solle sie daran denken, dass kein Gefühl länger als zwölf Minuten anhalte.

Zwölf Minuten?

Denkt er sich das aus?

Außerdem gibt es die buddhistische Philosophie auf Instagram. *Es ist nur ein schlechter Tag, kein schlechtes Leben.* Hilft manchmal wirklich. Oder die Videos, in denen kleine Kätzchen in die Kamera blicken und mit ihren feinen, hellen Stimmen miauen. Noëlle könnte sie stundenlang anschauen. Doch die Kraft der schwarzen Decke namens Depression, die sich immer wieder plötzlich über sie legt, ist die eines LKW im Vergleich zu diesen Weisheitsstützen. Die Biochemie schlägt jede Vernunft, weiß jeder.

Reine Triebe

Hat David geschrieben.

Es fiel im Zusammenhang mit seiner Aussage, wie sehr er sie besitzen wolle.

Das fällt ihr wieder ein.

Ich hätte damals einfach stundenlang bei dir in der Wohnung bleiben sollen. Ich wollte dich da einfach nur besitzen.

Was bedeutet das?

Hat später die Liebe eingesetzt, die größer ist als der Wunsch zu besitzen? Oder meinte er damit, die Sehnsucht nach einander hätte nie eingesetzt, wenn das Begehren gestillt worden wäre?

Außerdem mag sie den Blick aus ihrem Fenster in die Bäume.

Ich habe mein Leben und du hast deins

Auch das war David.

Lange ist es her.

Kopfschmerzen.

Wasser trinken.

Sie könnte zum blauen Zimmer gehen und nach Aspirin fragen.

Lieber Kopfschmerzen.

Das Schlimmste ist das blaue Zimmer.

Maus, die Katze, die zum Haus gehört, ist superkompliziert. Die Patienten nehmen sie in den Arm oder kraulen sie hinter dem Ohr. Ein Brüderpaar aus dem Dorf ist dazugekommen, verfressen und gut drauf. Verglichen mit Maus die reinen Prolls. Das Brüderpaar war nicht nur auf Streifzug, sie wollen nicht mehr weg. Sie sind genauso gepflegt und sauber wie Maus, in der Klinik kümmert man sich schon um sie.

Bertram ist angekommen. Er wirkt auf sie irgendwie unreal. Holt sie Luft, während er spricht, schaut er verärgert drein. Es soll eine Warnung sein. *Unterbrich mich nicht!* Er spricht nur von sich. Nach drei Stunden bricht er auf.

Eigentlich möchte sie sich das Rauchen abgewöhnen, aber jetzt zündet sie sich eine Zigarette an.

Am folgenden Tag erfährt sie von Sacha, dass Bertram genug davon hat, die Zwanzigtausend pro Monat für ihren Aufenthalt in der Klinik zu zahlen. Eine Viertelmillion hat er schon ausgegeben, und er wollte von Sacha wissen, wie die Therapie anschlägt und mit welcher Zeitspanne für ihre Unterbringung noch zu rechnen ist.

»Und?«

»*Schwierig zu sagen*, habe ich geantwortet, *aber es zeichnet sich Besserung ab.*«

»Tut es das?«

»Was denkst du?«, fragt er zurück.

»Du bist der Arzt.«

»Ich wollte ihm etwas Erleichterung in Aussicht stellen, das ist alles. Doch ich denke wirklich, dass du allmählich gesund wirst. Diesmal wirklich.«

Als sie David kennenlernte, schliefen Bertram und sie bereits seit Jahren getrennt.

Sie weiß nicht, ob jemand das zu wissen braucht.

David sagt gerne: »So.« Und alle denken, jetzt leitet er eine Aktion ein. Doch da kommt nichts.

»Das ist ein Schwätzer«, sagt Penelope am Telefon.

»Er hat deine Ehrlichkeit nicht verdient«, sagt Camille, die ihr im Gang über den Weg läuft.

Wie funktioniert das mit der Sucht? Wie macht David das, dass sie sich ihm nicht entziehen kann? Noëlle hat mehrere Menschen ins Vertrauen gezogen, und alle, ausnahmslos alle haben gesagt: Was für eine Katastrophe, lass den Typ sitzen!

So einfach ist es nicht.

Die Liebe stirbt nicht.

Auch wenn sie ihn nicht mehr sieht.

Sie wird ihn lieben, solange sie lebt.

Solange er nicht da ist, um sie von dieser Liebe zu erlösen.

Sie wird ihn lieben bis in alle Ewigkeit.

Ist vielleicht auch eine Grundverfassung, eine Liebeskrankheit.

»Eine so schöne Frau wie du und keine Affären?«, hat er beim dritten Treffen gesagt. »Das kann ich mir fast nicht vorstellen.«

»Mir gefällt nie einer«, hat sie geantwortet.

»Das ist ein gutes Argument.«

»Das ist ein Dachs«, sagt Camille.

»Ein Dachs?«

»Oui, c'est un blaireau.«

Noëlle geht ins Netz.

Was würde sie ohne das Netz tun?

Hinter dem Dachs verbirgt sich in Sagen und Märchen das Fabelwesen Grimbart. Er gilt als nachdenklich und ruhig. Wesentlich ist, dass diese menschlichen Charaktereigenschaften sich im Verlauf einer Erzählung nicht ändern. Grimbart entwickelt sich nicht, weshalb für den Leser vorhersehbar ist, wie er sich verhalten wird.

Noëlle löst den Blick vom Bildschirm. Auch David entwickelt sich nicht. Er entzieht sich, damit sie ihn nicht kennenlernen kann. Er hat Angst, dass sie mit ihm fertig wird. Für sie war nicht vorhersehbar, dass er in der Anfangsphase stecken bleibt, starr vor Furcht, verlassen zu werden.

Das letzte Mal bei ihr war er im Sommer.

Sie hatten sich im Seebad verabredet. Sie ist ihm davongelaufen.

Er hatte ihr erzählt, dass er am Tag zuvor seinen Freund (der nicht sein Freund war, wie sie da schon wusste) in Basel besucht hatte.

Das hatte ihr einen Stich gegeben.

Seit Monaten hatte er keine Zeit für sie, für den »Freund« nahm er sich einen ganzen Tag, und sie bekam eine läppische Stunde im Freibad, obwohl sie allein zu Hause war und mit ihm allein sein wollte. Was sollte sie sagen? Sie ging.

Er hatte ihr hinterhergeschrieben und war doch noch zu ihr gekommen, obwohl er das ursprünglich hatte vermeiden wollen *(weil ich mich dann nicht zurückhalten werde)*.

Da war er.

»Bist du sexsüchtig?«, fragte er. »Dabei hätte ich mir so gewünscht, mit dir zu reden, weil es auch so vieles gibt, über das ich nur mit dir reden kann.«

Sie war kein Sexmonster. Aber sie sehnte sich nach ihm auf eine Art, wie man am See nicht zusammen sein konnte, nach mehr Intimität. Vielleicht fand er die öffentliche Intimität interessanter? Im Sommerbad hatte er sich vor sie hingestellt, die Brust rausgestreckt und ihr die Tube Sonnencreme in die Hand gedrückt. Er wollte, dass sie seine Brust einrieb, die er selber hätte einreiben können. Sie hatte es getan. Sie hatte ihm vor den Augen aller die Brust eingerieben, als wäre sie seine Freundin.

Mit Camille reden.

Camille liegt im Bett und sieht fern.

Sie schaltet das Gerät aus, nachdem Noëlle das Zimmer betreten hat.

Noëlle setzt sich zu ihr an die Bettkante, so vertraut sind sie schon.

»Was hast du dir angesehen?«

»Nichts. Ich schaue fern, weil man da nichts falsch macht. Und die Fernbedienung antwortet immer.«

Noëlle muss lachen. Dann bricht sie ab.

»Vielleicht sollte ich David stellen. Ein einziges Mal. Ihn fragen: Wann sagst du es deiner Frau?«

»Tu es nicht, auf gar keinen Fall«, regt Camille sich auf. »Irgendwann ist das alles Geschichte, du blickst zurück und ärgerst dich, dass du es gesagt hast. Es wird sowieso nichts ändern. Glaubst du, er wird seine Frau deshalb verlassen? Sag es nicht! Du verlierst deine Würde!«

Diese Worte aus dem Mund einer Frau, die wegen eines verheirateten Mannes einen Selbstmordversuch hinter sich hat, nimmt Noëlle ernst.

Würde spielt also auch eine Rolle.

Später.

Wenn alles vorbei ist.

Im Moment verliert sie keinen Gedanken daran.

Sie ist sich für nichts zu schade, rechnet nichts auf (außer ihr Verstand setzt für einen Augenblick ein).

»Mein Arzt hat gesagt«, ergänzt Camille, »es sei erschütternd, mitansehen zu müssen, wie hörige, obsessive Verliebte jeden Selbstwert verlieren und sich komplett lächerlich machen, und das ausgerechnet vor den Menschen, die sie am meisten verehren. Mir war klar: Das ist ein Wink an mich. Das hat mich getroffen.«

Julie, neu im Haus, sitzt zusammengekauert in einem Sessel im Fernsehraum und schmettert in ihr Smartphone: »Sie spionieren mich aus! Sie vertrauen mir nicht!«

Noch ist sie voller Medikamente von der vorhergehenden Klinik. Sedative, die sie irre reden lassen, jetzt, wo sie langsam davon herunterkommt.

Sie brüllt ins Telefon, sie brauche Mascara. »Du kannst alles vergessen: die Kleider, die Cremes, aber nicht die Mascara! Geh in die Apotheke und kauf mir welche! Nein! Mir egal! Ich brauche Mascara! Ohne gehe ich nicht aus dem Zimmer!«

Keiner schminkt sich hier, außer der Alten im Kostüm. Aber Julies Obsession ist also Wimperntusche.

Noëlle fragt Julie (dem Jupiter geweiht), warum sie nicht selbst Mascara kaufen geht.

»Die lassen mich nicht raus.«

»Bestell welche, die organisieren das für dich.«

»Tun sie nicht! Mascara? Vergessen Sie's, haben sie gesagt. Also muss ich Besuch arrangieren, der mir welche bringt.«

Noëlle glaubt ihr kein Wort. Julies Stoffwechsel muss die Medikamente aus ihrem Blut schaffen, vorher beruhigt sie sich nicht.

Einzelsitzung mit Sacha.

»Ich frage mich, ob ich David alles sagen soll.«

Sacha verzieht das Gesicht und wippt mit dem Kopf.

»Könnte nicht den gewünschten Effekt haben. Könnte wie das Abschießen einer Harpune sein: Du hängst dran.«

Sie versucht, sich nicht über Bertram aufzuregen, der am andern Ende der Leitung ist.

Das ist ein Automatismus.

Er sagt etwas, sie nervt sich.

Sie will versuchen, ruhig zu bleiben.

Seit zwei Minuten telefonieren sie.

Sein Problem, will sie in Zukunft denken, nicht meins.

Wenn jemand Fangen spielen möchte und du läufst nicht davon, gibt es kein Fangenspiel, so einfach ist das.

Nicht zu reagieren, ist eine Superkraft.

Schwierig zu erlernen, aber sehr effektiv.

Mitten in Bertrams Satz schaltet sie das Telefon aus.

Sacha macht sich Notizen. Die Vorstellung, dass ihr Name auf einem Blatt Papier steht, dahinter medizinische Fachbegriffe und Stichworte, bereitet ihr Kopfschmerzen. Sie hat eine ganz andere Version der Geschichte, da ist sie sich sicher. Sie will nicht krank sein, sie will diese Akte in Sachas Händen vernichten.

Cranio-Sacral-Therapie.

Sacha ist Rechtshänder.

Ihr ist aufgefallen: Je verrückter einer ist, desto mehr redet er.

In der Gruppentherapie ist dieser geistlose Kiffer, den sie nicht ausstehen kann, sein Name ist Ludovic. In kurzen Hosen und im Poloshirt, despektierlich gegenüber den Leitern, hängt er schlaff auf seinem Stuhl, als säße er auf einem Segelboot. Alle andern geben sich Mühe, sich angemessen zu kleiden und mit der Situation einigermaßen würdevoll umzugehen, einander respektvoll zu behandeln, aber Ludovic redet ständig krauses Zeug, lässt seinen Müll ungefiltert raus und sinkt dabei immer tiefer in seinen Stuhl. Da legt sie sich mit ihm an und konfrontiert ihn, was sonst nicht ihre Art ist. Sie nimmt ihren Hocker, setzt sich vor ihn hin und sagt: »Mich nervt, wie du hier alle zutextest mit deinem unreflektierten Mist.« Sie blickt in die Runde. »Wie geht es euch?«

Zwei Frauen beginnen zu weinen.

Jaja, lebenslang die Dinge nicht thematisieren und krank werden davon, das ist in ihnen programmiert. Deshalb weinen sie, wenn sie den Spiegel vorgehalten bekommen.

»Hast du ein Segelboot?«

Und der Typ antwortet prompt: »Ja.«

Sie könnte ihm auf den Schädel schlagen.

Ihr ist noch etwas aufgefallen: Man kann anhand des Gangs auf die mentale Verfassung von jemandem schließen. Je kleiner die Schritte, desto verrückter ist einer. Ludovic steht beleidigt auf und trippelt davon. Er geht gebeugt. Ein kranker Mensch geht nicht aufrecht.

Tai Chi.

Nordic Walking.

Sie leiht sich ein paar Stöcke aus und zieht los.

Versucht, möglichst aufrecht zu gehen und große Schritte zu machen.

Brettspiele im Aufenthaltsraum. Julie würfelt immer eine Sechs, wie sie behauptet, und bringt damit alle gegen sich auf. Bis ein Pfleger reinplatzt (ein hochgewachsener Blonder, der auffallende Ähnlichkeiten mit Tichon hat) und alle nur noch lauter werden. Julie schreit plötzlich wie der Esel, wieder und wieder laut hintereinander, jedes Mal greller, bis man ihr den Mund zuhält.

Ludovic (der ruhmreiche Krieger) beklagt sich, dass Escitalopram zu Libidoverlust und Erektionsstörungen führt. Er lasse das Medikament jetzt ausschleichen, er wolle am Morgen beim Erwachen wieder einen Ständer haben.

Julie legt den Kopf in den Nacken und lacht.

Auch wenn Ludovic von sich als ruhmreichem Krieger denkt, wird er nie zu einem werden, geht es Noëlle durch den Kopf.

Manchmal herrscht so eine merkwürdig sexualisierte Stimmung im Haus, die sie hasst.

Viele Aspekte in der Psychiatrie kreuzen sich mit Erotik.

Sie hat gesehen, wie das passiert.

Wenn Ärzte sich zu ihren Patientinnen hingezogen fühlen, weil sie wahrgenommen werden, es aber unausgesprochen bleibt.

Manchmal provozieren die Patientinnen die männlichen Ärzte auch. Es ist förmlich zu spüren im Raum.

Soll sie Tichon fragen, ob er wirklich hier war? Er war nicht hier, sie hatte einen manischen Schub und hat sich seinen Besuch nur ausgemalt. Tichon ist offenkundig ein Pfleger, der sich um sie kümmert.

Eine Nacht.

Ein neuer Tag.

Jeden Morgen vor dem Frühstück eine gemeinsame Achtsamkeitsübung im Speisesaal. Mitmachen ist freiwillig. Die Übung besteht aus einer geleiteten Fantasiereise (oder Minitrance oder Hypnose oder wie sie es nennen), die im Grunde nichts anderes ist als ein weiteres Fantasma, auf das hier ohnehin alle spezialisiert sind. Die meisten nehmen das Angebot denn auch wahr und schließen die Augen. Heute geht es auf einen Berg. Gestern war Noëlle eine Schneeflocke. Vorgestern war sie auf einer Reise ins Innere der Mutter Erde. Sie weiß nicht mehr, ob sie von dort unten etwas mitgebracht hat. Völlig unberechenbar, was auf diesen Trips geschieht.

Heute ist da plötzlich ein Pfarrer, der sagt: »Wenn Sie ein christliches Angebot wahrnehmen wollen ... ich habe im dritten Stock eine provisorische Kapelle eingerichtet.«

Im dritten Stock? Das Haus scheint immer größer zu werden.

Noëlle muss in die ärztliche Kontrolle, Blutdruck und Gewicht messen. Besser ein paar harte Fakten geliefert bekommen, als sich weiteren mentalen Spinnereien hinzugeben. Wie freiwillig sind ihre Halluzinationen jeweils?

Sie notiert:

noch drei Frauen (die Parzen)
die Alte im Kostüm (Einzelzimmer)
Typ im Adidas-Trainingsanzug (gezeichnet)
Tim *(Down with the Sickness)*

Etel (dement)
Julie (Mascara)
Ludovic (Kiffer)
Maus (Hauskatze)
John (Therapiehund)
Esel

Mutter nennt sie selten beim Namen.

Stattdessen nennt sie sie Poupotch.

Das kommt von *poupée* und bedeutet auf Französisch Puppe.

Schon ihr ganzes Leben lang nennt Mutter sie Poupotch.

Puppe statt Weihnachten.

Am Vorabend hat David der Öffentlichkeit mitgeteilt, dass er demnächst einen Vortrag hält.

Sie liket nicht.

Sie ist enttäuscht, dass sie keine Botschaft an sich darin erkennen kann.

Sie sagt sich, vielleicht denkt er, ich sei in Delémont bei einem Pferderennen gewesen und habe es nicht gesehen.

Schon glaubt sie, dass sie beim Pferderennen war.

Sie war nicht beim Pferderennen.

Sie lag traurig im Bett und hat ihn vermisst.

Aber jetzt lebt sie in der Version Pferderennen.

Sie war beim Pferderennen, obwohl sie nicht beim Pferderennen war *(course de chevaux)*.

Und er?

Was glaubt er?

»In einem Punkt ist Denken Existieren«, sagt Sacha. »Wenn du an etwas glaubst, das nicht existiert, existiert es in dem einen Moment doch.«

Capucine (Fahrradunfall) will gehen.

Gehenwollen ist ein gutes Indiz dafür, dass es einem besser geht. Vermutlich wird sie entlassen werden, nachdem sie eine Tonne detaillierter Fragebögen ausgefüllt und sich einem inquisitorischen Abschlussgespräch mit mehreren Ärzten gestellt hat.

Angefangen hat sie auf Abteilung C, der Abteilung, *wenn du nichts Spezielles hast*. Ziel ist Abteilung A. Nach A wirst du entlassen.

Alphabetische Reihenfolgen zählen zu den einprägsamen Dingen, denkt Noëlle, während sie Capucine zuhört. Das ist ihr schon öfter aufgefallen. Alphabetische oder numerische Abfolgen. Wie Sachas Tipp: »Das nächste Mal, wenn du Angst hast, zählst du von fünf zurück auf eins, um in die Gegenwart zurückzukehren. Fünf, vier, drei, zwei, eins. Angst ist nichts anderes als der Blick in die Zukunft.« Es ist der hilfreichste Trick, den Noëlle kennt. Fünf, vier, drei, zwei, eins.

Oder der: Abteilung C, B, A, und du bist draußen. C, B, A, und du bist draußen.

Capucine hat ihre Therapiestunde während eines Spaziergangs.

Kann man machen, wenn man sich in einer solchen Gegend aufhält.

Sacha hat das nie vorgeschlagen.

Beim Verlassen des Hauses sieht Noëlle ein Buch offen auf der Kommode liegen.

Sie wirft einen Blick hinein.

Eine Art Logbuch, in das sich die Patienten, die das Haus verlassen, eintragen.

1h Waldspaziergang / Spazierengehen / Denkengehen.

Noëlle geht näher heran.

Ist das ihre Schrift?

Und was ist das auf dem Boden? Sie bückt sich. Hausschuhe? Sicher zwanzig Paar identische graue Filzhausschuhe stehen da. Eigentum der Klinik, wird ihr klar.

Julie (Wimperntusche) geht nur geschminkt zu Bett, wie sich herumgesprochen hat. Für den Fall, dass sie nicht mehr aufwacht und als Leiche aufgefunden wird. In ihrer Stadtwohnung, wo sie allein lebt, zieht sie abends den Schlüssel, damit man im Notfall zu ihr vordringen kann.

»Und hier erst«, jammert sie. »Dieser diagnostische Blick, die weißen Kittel, die Stethoskope ...«

»Keiner schaut dich komisch an, du bist in einer Klinik«, erklärt ihr Noëlle.

Ergotherapie (Stricken, Nähen, Töpfern).

Auf der Terrasse sieht Noëlle sich die Irren an. Sie fühlt sich nicht wie sie.

Wenn sie auf einer Skala von eins bis zehn ankreuzen müsste, als wie abgedreht sie sich empfindet, würde sie zehn ankreuzen (Topskorer), und trotzdem hält sie die andern um sich herum für viel absonderlicher als sich.

Von innen betrachtet ist man nicht verrückt. Von innen betrachtet ergibt alles Sinn.

Liebeswahnsinnige sind die unschuldigsten Geschöpfe. Sie lieben wirklich.

Jeder Geisteskranke behauptet von sich, er sei nicht geisteskrank.

Daraus folgt, sagt der Arzt, dass er geisteskrank ist.

Es ist ein Syllogismus.

Aus dieser Logik gibt es kein Entrinnen.

Hält man dich für verrückt, kannst du das Gegenteil nicht mehr beweisen.

Du sitzt in der Falle.

Sacha findet, sie wirke niedergeschlagen.

Ja, wenn Maus, die Hauskatze, im Garten einen Schmetterling jagt, der sie an der Nase herumführt, findet Noëlle das nicht mehr lustig wie alle andern. Zwar tut die Sonne auch ihr gut, die Wärme, die sich im Bauch ausbreitet, doch sie glaubt nicht, dass sie ein Lächeln auf dem Gesicht hat.

»Es ist Frühling, die deprimierendste Jahreszeit von allen«, versucht Camille sie zu trösten.

Maus will sich von Noëlle streicheln lassen und streift mit einem fordernden Maunzen um ihre Beine.

Noëlle kann sie nicht streicheln, auch wenn sie gerne möchte. Sie ist allergisch auf Katzenhaare.

»Du bist eine Untröstliche«, sagt Penelope am Telefon.

Noch aus dem Zusammenhang herausgerissen ergeben ihre Sätze Sinn.

Maus hat an den Lilien geschnüffelt, die ein Besuch für Belle mitgebracht hat.

Jetzt ist Maus übel.

Sacha kommt.

Bestimmt hat er Fragen.

Und David?

Fragt er denn nie?

Fragt er nie, ob er zu ihr kommen kann?

»Ich dachte schon, du fragst nie.«

Wird sie diesen Satz eines Tages zu ihm sagen?

Bricht die Liebe irgendwann aus ihm heraus?

Sie denkt nicht mehr an ihre Fragen, wenn sie vor ihm steht.

Alle Fragen verschwinden.

Sie hat keine Zeit zum Nachdenken, wenn er da ist.

Sie hört ihm zu und versteht nichts und versteht doch alles.

Er ist wie ein Kristall, durch den sie blickt.

Sie sieht glasklar und sie sieht nichts.

Ihre Erwartungen sind wohl nur Druck für ihn.

Wenn sie David durch ihren eigenen Namen ersetzt und sich gewisse Nachrichten anhört, wird ihr schlecht.

Videotalk. Aufgenommen und abgeschickt. Unwiderruflich.

Egal. Muss sie sich ja sagen, sie hat eh keine Wahl. Es ist zu spät.

Da ist es vielleicht noch besser, Befragte zu sein. Ausgequetscht zu werden wie eine Zitrone zu Saft, wie es am Anfang der Fall war.

Was, wenn Geben besser ist als Nehmen?

Sie hat David des größten Geschenkes beraubt: ihr etwas geben zu können, indem sie ihm immer wieder zuvorkommt und ihn mit ihren Liebesschwüren überhäuft.

»Die Mathematik der Liebe«, erklärt ihr Camille. »Wer nichts gibt, bekommt. Minus eins braucht plus eins, um sich auszugleichen. Wer liebt, ist auf der Verliererstraße. Chinesisches Sprichwort.«

Jetzt kommt die ihr mit China, denkt Noëlle.

Schon klar, sie könnte David an sich binden, indem sie ihm nie sagt, wie sehr sie ihn liebt, indem sie den Zweifel an ihm nagen lässt, indem sie ihm ein höheres Ziel gibt, einen WUNSCH. Ihm, der für den Kampf gemacht ist, dem Mann der Waffen, der alles erreicht hat, dem alle zu Füßen liegen, dem alle nachgeben. Sie könnte ihm die Illusion geben, sie von Tag zu Tag neu erobern zu müssen. Sie könnte seinen Wunsch erfüllen, dass sie ihm widersteht. Sie könnte ihn haben, wenn sie seine Sehnsucht nach ihr nie ganz stillen, die Flamme der Sehnsucht am Brennen halten, indem sie sich entziehen, indem sie schweigen würde wie er, und zwar *immer*. Sie könnte ihn durch eine unergründliche Leidenschaft (Leiden!) an sich binden und versklaven. Aber zu welchem Preis?

Sie könnte aufhören zu schreiben.

Nichts mehr verfassen.

Und ihn so zu sich holen.

Erst wenn sie aufhört zu schreiben, ihn in Gedanken zu umkreisen, kann sie in ihrer Küche aufstehen und zu ihm gehen.

Sie besitzt ihn während des Schreibens nicht.

Auch nicht ein bisschen.

Das ist eine Illusion.

Die Beschwörung funktioniert nicht.

Der Verlag hat sich gemeldet.

Sie hat nicht geantwortet.

Instagram auf.

Instagram zu.

Passen nicht schlecht, die Quotes, die bei ihr landen.

Sie kriegt eine Menge davon *(Vorgeschlagene Beiträge)*.

Eine veritable Zitatensammlung wie Davids, Penelopes und Sachas Angelhaken-Sätze.

Vielleicht hat Muira recht und das Universum sorgt für sie.

Das Universum oder der Algorithmus. Ist vielleicht dasselbe.

Von David seit einigen Tagen wieder nichts.

Es ist ihr egal.

Sie ist sogar froh.

Sie hätte jetzt wirklich keine Lust, sich auszuziehen und Fotos von sich zu machen.

Das Comeback hat sie sich anders vorgestellt. Davids monatelanges Schweigen hatte sie so verstanden, dass er zu ihr findet, sich von seiner Frau löst und sich auf das Wesentliche besinnt. Aber sie merkt schon nach dem ersten Kontakt: Er kommt noch immer nicht. Er reagiert wieder nicht darauf, dass sie in jedem Video sagt, wie sehr sie sich wünscht, er wäre hier, und gibt nur dahingehend Zeichen, dass er mehr Material sehen will. Sie möchte aber in seinen Arm. Dazu kein Sterbenswort.

Ihr Mitteilungsdrang versiegt.

Sie empfindet nichts mehr.

Er hat ihre Sehnsucht wieder geweckt, wieder enttäuscht, jetzt ist sie leer.

Es hat nichts gebracht.

Die ganze Warterei war für nichts.

Sie lacht.

Man lacht nur bei einer doppelten Enttäuschung, hat sie irgendwo gelesen.

Er liest ihre Whatsapp-Nachrichten wieder (zwei Haken, ein sichtbares Profilbild, kein Avatar), doch sie hat nichts mehr zu sagen, verspürt überhaupt keine Lust mehr, etwas zu schreiben. Ihr alter Chat-Verlauf, den sie nie gelöscht hat (keine Zeile, kein Foto, kein Video), ist ein Schlachtfeld, ein Trümmerhaufen, der Beweis ihrer vernichtenden Niederlage, Nachricht für Nachricht, auf die sie keine Antwort erhalten hat.

Was bleibt noch, wenn er selbst nach Monaten der Einkehr und des Rückzugs nicht bereit ist, zu ihr zu kommen? Was hat er denn, was er ihr nicht sagen kann? Was ist denn so schwer?

Spazierengehen.

Bewegung war schon immer ein probates Mittel, um in der Gegenwart verhaftet zu bleiben und sich zu beruhigen.

Looping.

Er ist ganz aufgeregt wegen ihrer Rückkehr, das hat sie gemerkt. Die vielen Fotos, die er geherzt hat. Nicht ihre. Die Sachen anderer Frauen. Aber sie hat darin die Euphoriewelle herausgespürt, das High, auf dem er reitet, das ihn hinforträgt und das auf sie zurückzuführen ist. Auf sie, die Unsichtbare, Ungefragte, Angeschwiegene. Kann er denn nicht verstehen, dass sie hin und wieder auch etwas Aufmerksamkeit braucht? Woher diese protestantische Moral, seine Liebste leiden zu lassen?

»Wie kann er dich so abhängig machen«, sagt Penelope am Telefon. »Allein dieses habituelle Ghosting zu hören, macht mich wütend. Es ist so mickrig. Und lüstern finde ich es. So offensichtlich ... durchtrieben. Es wirkt, als wollte er sich auf keinen Fall so sehen. Also muss er immer Brüche schaffen, wenn es ihm zu viel wird.«

Noëlle hat Porridge gekocht.

Ohne Salz, ohne Zucker, ohne Zimt, ohne Früchte. Nur Haferflocken. Zur Hälfte in Milch, zur Hälfte in Wasser gekocht.

Sie stellt sich vor, dass ihre Leiche auf dem Weg nach Zürich ist. Im Leichenwagen.

In der Klinik herrscht unterdrückte Aufregung. Schlecht für die Moral und die Nerven und noch schlechter für den Ruf des Hauses, wenn eine Patientin Selbstmord begangen hat und keiner es verhindern konnte.

Der Pfarrer hält vor dem Frühstück eine Rede.

Zuvor war Sacha an der Reihe, er war ihr behandelnder Arzt.

Sie befinden sich in der Kapelle im dritten Stock. (Das Haus hat zehn Stockwerke, es ist eine Pyramide, und sie ist Alice im Wunderland, auf einmal viermal so groß wie alle andern.)

Es wird gemurmelt und mit den Stühlen gerückt, die Patienten gehen gebeugt, noch gebeugter als sonst. Um sechs Uhr früh haben sie es erfahren: Noëlle hat sich vergiftet. Überdosis Schlaftabletten. Der Patrouille hat sie um fünf Uhr fünfundvierzig noch durch ein Röcheln ein Lebenszeichen gegeben. Um sechs Uhr früh nicht mehr. Der Nachtwächter ist ins Zimmer gestürmt und hat ihren Tod festgestellt. *CODE RED.* Alarmstufe rot. Allerdings die geheime, von der die Patienten nichts mitkriegen sollen. Hat nicht funktioniert. Zwei Stunden später die öffentliche Bekanntgabe, während die Leute im Frühstücksraum sitzen und gleich etwas zu essen bekommen. (Sitzen ist in solchen Momenten wichtig, der Blutzuckerspiegel auch.) Da und dort wird getuschelt: Wie kam Noëlle an die Pillen heran? Doch die Frage ist nicht relevant, da sie freien Ausgang hatte und sie überall hätte beschaffen können (Apotheke, Besucher, Dealer).

Die Polizei ist da, natürlich.

Und Bertram. Ein Schweigsamer, der genau das sagt, was von ihm erwartet wird. Sogar vor ihrer Leiche lächelt er noch aufgesetzt, wenn er von einer fremden Person angesprochen wird.

Noëlle geht auf ihr Zimmer (sie ist wieder klein genug, um durch die Tür zu kommen), setzt sich an den Schreibtisch und wartet, bis man sie sucht.

Keiner kommt. Zwei Uhr nachmittags. Vermutlich haben sie alle Hände voll zu tun. Sie werden später vorbeischauen, wenn sie nicht wie gewöhnlich funktioniert.

»Versprich mir, dass ich eines Tages neben dir aufwachen darf.«

David hat als junger Mann in der Psychiatrie gearbeitet, er kennt sich aus mit Psychotricks. Er weiß, wie schlimm es für Menschen ist, im Ungewissen gehalten zu werden. Um seiner Folter zu entkommen, müsste sie die Initiative ergreifen.

»Ja«, ruft Sacha, der sie auf ihrem Zimmer sucht. (Es ist halb vier. Eineinhalb Stunden hat es gedauert, bis man sich um sie sorgt.) »Du solltest ihn testen, ihm sagen, dass dir das alles zu anstrengend ist. Du solltest die Führung übernehmen, auf allen Fronten angreifen. Angriff ist die beste Verteidigung, passiv zu sein, ist immer das Schlimmste. Du solltest dich nicht in das nette Angora-Kaninchen verwandeln, das vor der Schlange steht. Du solltest eine Frau von vierundvierzig Jahren sein, zwei Jahre älter als er. Du musst die Führung übernehmen. Sag ihm, dass du dir nicht vorstellen kannst, so weiterzumachen. Ich vermute, dass dann paradoxe Reaktionen von ihm zu erwarten sind. Sei das Killerkaninchen, das Zähne zeigt!«

Auch Sacha ändert hin und wieder seine Meinung, wie sie erkennt. Hat er das letzte Mal nicht bemerkt, David zu konfrontieren könnte wie das Abschießen einer Harpune sein und nicht den gewünschten Effekt zeigen (du hängst dran)?

> Ich bin hier an meinem Schreibtisch einigermaßen sicher vor mir. In deinem Haus wäre ich es nicht.

Hat David geschrieben.

Aus der Fülle von Textnachrichten, welche wählen, um ihre Geschichte zu collagieren?

Diesmal muss es ihr gelingen, das Geschehen festzuhalten, das Unmögliche zu zeigen: eine Geschichte voller Brüche und ihre Zusammenhänge darin, die Logik der Fantasie und der Träume.

Ihr Blick fällt zum Tor.

Vorher will sie hier nicht auschecken.

Sie will nicht nach Zürich in das Doppelbett mit nur einem Kissen und einer Decke zurück, solange sie so unruhig ist.

Sie will nicht allein am Küchentisch sitzen für drei Mahlzeiten am Tag, die sie allein zubereitet hat, bevor sie nicht stabiler ist.

Wenn sie aus dieser Geschichte etwas gelernt hat, dann das: Man muss aufpassen. Die Grenzen, die weit weg scheinen, sind näher, als man meint. Man ist schneller verrückt, als man ein Spiegelei gebraten hat.

»Es ist wichtig, dass man sich Zeit lässt«, hört sie David sagen. »Am Anfang kann es sehr intensiv sein.«

Er wusste von Beginn weg, was er tat.

Und schreibe nachher nicht so viel Böses über mich ;-)

Ich schreibe gar nichts Böses über dich. Aber die Leute werden denken, ich sei wohl sehr erhitzt gewesen.

Gut so

Wie leicht es für ihn wäre, sie zu beruhigen.

Ein Wort würde genügen.

Ein Wort, das sie über den Tag trägt.

Er tut es nicht.

Sie wird wieder viel zu lange ohne Nachricht von ihm sein, auf sich selbst gestellt, phasenweise verzweifelt.

Sie schaut über die Schulter, und sie ist allein.

Aber nein, sie ist nicht allein. Da ist ihr Band. Sie denkt an ihn. Er denkt an sie.

Wie schwierig es ist, nur aus diesem Band genügend Sicherheit zu ziehen!

Ruhig.

Ganz ruhig.

Finger weg von der Tastatur! Bloß nicht texten in diesem Zustand.

All die Sprüche, die sie gelernt hat, die Atemtricks, Entspannungstechniken, Visualisierungen, Meditationen, Hypnosen, PLUS die Medikamente. Damit sollte sie gerüstet sein, um nicht mehr in ein Loch zu fallen.

Hätte sie dieses Loch bloß nie kennengelernt. Es ist wie mit der Farbe Blau. Wenn du einmal weißt, was Blau ist, kannst du es nie mehr *nicht* sehen. Genau so ist es mit dem Loch in dir. Wenn du die Öffnung einmal kennst, siehst du sie immer wieder. Und das Schlimmste ist: Du kannst zuunterst sein und wissen, dass es noch schlimmer wird. Die Redensart *tiefer kann man nicht fallen* stimmt eben nicht. Man kann zuunterst sein und noch tiefer fallen. Es ist immer möglich, noch tiefer zu fallen. Es geht immer noch tiefer.

Sie blickt auf ihr Handy. Nichts.

David will sie wieder nur in Mikrodosen, sie aus der Ferne verehren.

Er kommt nicht.

Bertram hat gesagt: »Er hat alles bekommen, was er wollte. Du nichts.«

Das hat sie geärgert und ärgert sie noch immer.

Was versteht Bertram schon davon?

Von großer Leidenschaft?

»Das Wichtigste für eine Schreibende«, sagt Penelope am Telefon, »geht beim Liebeswahn kaputt: der Kopf. Er kostet dich deine ganze mentale Kraft. Er ist abscheulich, dass er dir nicht antwortet.«

Noëlle hat Penelope noch immer nicht erzählt, dass David sich bei ihr gemeldet hat. Sie hütet es wie einen Schatz.

Klopfakupressur *(Tapping)*, um die Energiebahnen wieder zu öffnen.

Wahnsinn.

Sie will das nicht.

»Ich will das nicht«, sagt sie.

Kein Mensch hört ihr zu.

Sie nimmt einen Zettel und schreibt in ihrer schönsten Schrift seinen Namen darauf: *David*.

Geht ins Bad, zerreißt das Papier, wirft die Stücke in die Toilette und spült sie hinunter.

Wie oft hat sie David um ein Gespräch gebeten?

Ein Gespräch gilt es unbedingt zu vermeiden, scheint er lautlos zu rufen. Die Fiktion ist besser als die Realität. Die Intimität unserer Chats würde dem Treffen nicht standhalten.

Wer will schon Beziehungssex, scheint er zu sagen. Da steckt das Aus doch bereits drin.

Er versucht, ein Kunst-Ding zu entwerfen, in dem sie leben, ein abstraktes Nicht-Sein.

Sich irgendwie außerirdisch lieben, weil eine alltäglich gelebte Liebe sich eines Tages erschöpfen würde.

Für sie entsteht daraus nur eines: Überforderung und Taumel.

David zur Rede stellen hat noch nie funktioniert.

Es gibt Menschen, die wegen geringeren Problemen verrückt geworden sind.

Jede andere hätte ihn längst stehen lassen, wenn keine Antwort kommt.

Sie bleibt. Sie muss das Unheil *begreifen*, theoretisch verstehen reicht ihr nicht.

Funktioniert das wirklich: etwas kreieren, das nicht existiert? Eine Nähe, die den Abstand braucht? Dieser ständige Wechsel zwischen Anwesenheit und Abwesenheit? Würde gemeinsam zu leben, wirklich scheitern und ein Unheil sein?

Sie schreibt auf.

Um den Wahnsinn zu zeigen. Den kann sie in ihrer Lage unverfälscht wiedergeben. Ausnahmsweise gilt nicht: Man braucht Distanz, um über etwas schreiben zu können. Mit Distanz würde sie die irrwitzigen Wege, die ihr Hirn nimmt, bloß vergessen haben. Also aus dem Vollen schöpfen und nicht abwarten, abwägen, bereinigen, schönfärben oder die Quintessenz aus dem Erlebten ziehen, sondern unmittelbar und direkt die ganze Abhängigkeit zeigen und schildern, wie es sich anfühlt, in diesem Kopf gefangen zu sein, in dieser wahnwitzigen Welt von Zeichen, die sie nicht immer sinnvoll zu entschlüsseln weiß. Vielleicht wirkt das abschreckend auf andere. Vielleicht können andere sich so frühzeitig retten.

Streng blickt Sacha sie an. »Ich empfehle dir, eine Liste anzufertigen, in die du die schlimmsten Dinge schreibst, die er dir angetan hat. Wenn du alles schwarz auf weiß siehst, wird deutlich: Keine Rechtfertigung der Welt kann das jemals wieder geradebiegen.«

»Ja, nein ... aber wenn er plötzlich vor mir stehen würde, ich würde sofort zu allem Ja sagen. Ich weiß, das ist verrückt.«

»Das lässt sich so erklären«, sagt Sacha, »dass du immer noch das Ideal aus der Anfangszeit deiner Beziehung im Kopf hast: seine Zuwendung und Hingabe. Es gab eine Zeit, in der er dich glücklich gemacht hat, und du glaubst, es könnte wieder so werden. Diese Art zu denken, funktioniert zum Teil auch dann noch, wenn unsere Vernunft längst gesiegt hat und wir uns aus der ungesunden Bindung gelöst haben. Niemand ist vor dieser Art zu denken gefeit.«

Schwarz auf weiß.

David simuliert ihr gegenüber Wärme und Ansprache in seinen Posts, die in Wirklichkeit an alle sind, die Selbstzweck sind, aber eben auch verstellte, verschlüsselte Nachrichten an sie darstellen. Dabei kombiniert er Dinge, die sich für sie nicht kombinieren lassen, lichtet sich mit anderen Frauen ab, und Noëlle denkt bei sich: Ist die Botschaft wirklich an mich? Netter Versuch, sich die Weste reinzuwaschen, indem er so tut, als hätte die Frau auf dem Foto nichts zu bedeuten. Doch sie weiß, mit wem sie es zu tun hat: Er flirtet mit allen. Mir damit zu kommen, denkt sie. Und liket nicht.

Oder was stellen diese Hinweise in Davids Augen dar? Geschenke? Geheimnisse?

Sollte sie sein Aufgreifen und Weiterspielen von gemeinsamen Erlebnissen mehr wertschätzen?

Sie weiß mit dieser Form von Austausch wenig anzufangen.

Für ihren Geschmack entwickelt sich ihre Beziehung in die falsche Richtung.

Sie will die Wärme seines Körpers.

Ein Abschlussgespräch wurde anberaumt, übermorgen soll es stattfinden. Das Gericht kommt über sie, die äußere Wende *(katastrophé)*: der Austritt.

Penelope sagt: »Du warst glücklich, bevor du ihn kanntest, und wirst es wieder sein.«

»Nein, nein«, kontert Noëlle. »Penelope und Odysseus wurden glücklich, als Odysseus endlich wieder bei Penelope war. Ich hatte dieses Bild, wie wir uns zum ersten Mal öffentlich bei der Hand nehmen, David und ich.«

»Dieses Bild habe ich jetzt auch«, seufzt Penelope.

Ich hätte dich vorhin fast auf den Mund geküsst

Hat David geschrieben. Da kannten sie sich kaum.

Er hatte sie gebeten, bei einer Gesprächsrunde, die er moderierte, vorbeizuschauen.

Sie war hingegangen, obwohl es sie nicht interessierte (das Thema nicht und auch nicht, David in einer Gruppe von fremden Menschen zu sehen).

Oh, wieso hast du nicht?

Zürich ist sehr, sehr klein. Vor allem, wenn viele Leute um einen rumstehen, die Freunde und Familie kennen.

Es klang in ihren Ohren, als würde ihm die Gefahr gefallen.

Im Laufe der Zeit fragte er sie nicht mehr, ob sie zu Veranstaltungen komme. Einmal noch war sie zu einer gegangen; er hatte sie knapp gegrüßt. Danach hatte sie einen guten Grund (oder eine gute Ausrede, wenn er sie denn gefragt hätte), nicht mehr aufzutauchen.

Noëlle tippt Wörter und Zeichen in Whatsapp und löscht sie wieder.

Geht alles nicht, weil es nur von ihr spricht.

Sie könnte schreiben: *Liebst du mich?*

Oder nur: *?*

Was würde es nützen?

Schweigend würde er sagen: Erschöpfung!

Er ist so erschöpft.

Er hat so viel Angst.

Stell dir vor, alles was du hast, gerät ins Wanken.

Sie verfasst ein paar weitere Nachrichten an ihn. Und löscht sie wieder.

Buchstabe um Buchstabe.

Zeichen um Zeichen.

Haben Sie Freude am Leben hat sie auf Instagram gelesen (*Gesponsert*).

Sie könnte auf Facebook etwas hochladen, das ihm zeigt, wie es ihr geht (aber was?).

Er weiß noch nicht einmal, dass es ihr schlecht geht. Sie schätzt, er interpretiert ihr Schweigen wieder einmal dahingehend, dass sie wütend auf ihn ist, und kehrt die Schuld auf sie.

Sie muss an das Kloster auf Mykonos denken, das sie vor Jahren besucht hat, gemeinsam mit Bertram. Im Dorf hatte man ihr erzählt, dass eine einzige Nonne noch dort lebte. Die andern waren weggezogen oder gestorben.

Das Kloster stand auf einem nackten Hügel, die Insel war eine triste Mondlandschaft. Starke Winde. Nachdem Noëlle an die Tür geklopft hatte, wartete sie, bis ihr geöffnet wurde. Es dauerte ewig. Die Nonne drückte die Tür auf und lächelte. Sie sprach fließend Englisch. Noëlle fand keine Worte.

Die letzte Schwester bemalte die Türen und Wände des Klosters mit roten Blumen. Menschen aus der Umgebung brachten ihr Nahrung. Im Garten wuchsen Tomaten. Sie trug bodenlange schwarze Kleidung und ein schweres Kruzifix um den Hals. Sie war noch keine vierzig. Sie war so fröhlich.

David hat auf Facebook ein Zeichen hinterlassen, und Noëlle eilt aufs Zimmer.

Schiebt den Stuhl vor die Tür, öffnet den Wandschrank und zieht sich aus.

Die Jeans.

Den Pullover.

Den Büstenhalter.

Den Slip.

Öffnet DHL-Pakete mit schwarzen Spitzendessous darin, zieht sich um.

Wäscheservice liest sie auf einem weißen Stoffsack, der auf dem Schrankboden liegt, und staunt.

Ein frivoles Top, an dem sie herumnestelt, das sie aber nicht über die Brüste zieht.

Nackte Brüste.

Nacktes Geschlecht.

Strümpfe.

Sie geht ins Bad und schminkt sich.

Die Lippen rot.

Die Augen mit schwarzem Lidstrich.

Setzt sich auf die kalten Fliesen (so ist eine zweite Tür zwischen ihr und der Außenwelt, falls jemand das Zimmer betreten sollte), dreht die Kamera auf Selbstansicht und beginnt sich zu filmen.

Sie spricht und spricht.

Als hätte sie noch nie gesprochen.

Mit einer Stimme, die sie noch nie gehört hat.

Nichts ist erfunden, alles wünscht sie sich wirklich, alle Bilder in ihrem Kopf, die sie hemmungslos preisgibt, von denen sie vorher nicht einmal wusste, dass sie existieren.

Das Blut schießt ihr in die Wangen, während sie sich ihrer Fantasie hingibt.

Heiseres Flüstern, Stöhnen, Flehen.

Sie sieht ihren offenen Mund.

Sie spürt das Wasser unter der Zunge.

Sie fühlt sich mit David verbunden.

Auch ohne Antwort von ihm zu erhalten.

Sie begreift, dass sie nach all den Jahren ein schweigendes, gegenseitiges Verstehen gefunden haben.

Nachdem sie alles abgeschickt hat, zieht sie sich an, legt sich aufs Bett und ruht sich aus. Dann versinkt sie in einen todesähnlichen Schlaf.

Aus dem Nichts erscheint ein blinkender Schriftzug: *NO MORE REALITY*. Und verschwindet wieder.

Sie dreht sich um. Sie steht inmitten einer arg verlassenen Wüstenlandschaft.

Da wird ihr klar: Sie lebt in einer Hyperrealität, die den Bezug zur Wirklichkeit verloren hat.

Bewegt sich in einer Matrix.

Ausgewandert in ein virtuelles Paradies.

In eine utopische Zone.

In eine andere Dimension.

Die totale Freiheit.

Alles ist möglich.

»Ich habe das Gefühl, da geht noch was«, hört sie David zu ihr sagen.

»Aber das virtuelle Netz bekommt der Seele des Menschen nicht«, hört sie Sacha leise sagen.

»Der Mensch kommt emotional an seine Grenzen«, hört sie sich noch leiser David anhauchen. Und schließlich im erregten Tonfall: »Ist das Ganze bloß ein Scherz? Verarschst du mich etwa?«

Dann schreckt sie aus ihrem Traum auf, ohne eine Ahnung zu haben, wo sie sich befindet. Nur sehr langsam kommt sie wieder zu sich. Sie greift zum Handy, das auf dem Nachttisch liegt. Er hat auf ihre Bilder nicht reagiert, wie erwartet. Hintereinander schließt sie Whatsapp, Signal, Facebook, Instagram, Twitter und Google. Sie drückt auf den seitlichen Knopf des Gerätes, und der Bildschirm wird schwarz. Das Tor zu David hat sich geschlossen. Bleibt nur noch die Luft als Übermittlerin und um ihn zu wittern.

David und sie haben begonnen, sich immer freitags beieinander zu melden.

Er setzt einen Post für sie ab, sie schickt ihm Bilder per Whatsapp.

Auch ungeschönte, unvorteilhafte, um die Lust zu steigern.

Keine Ahnung, wie lange das gut geht.

Sie hat ein neues Level erreicht.

Mittlerweile versucht sie die Realität nicht mehr zu imitieren. Sie erzeugt eine neue, selbstständige Realität mit ihren Bildern.

In ihren Bildern steckt alles.

Nicht wie eine Folie.

Nicht wie ein Übergangsritus.

Die Bilder stehen für sich.

Sie sollen nichts mehr vorwegnehmen.

Sie ist im Jetzt angekommen.

Ohne dass David etwas kommentiert.

Es stört sie nicht mehr.

In ihrer Sehnsucht nach dem anderen sind sie einander anwesend.

Sie sind nun zusammen.

Was man sich vorstellt, ist auch da.

Die Codes werden immer einfacher zu entziffern. Sie errät,

was seine Worte und Fotos in den sozialen Netzwerken aussagen sollen, und deutet an, dass sie versteht, schickt ihm ein erotisches Versprechen, bevor sie neue Aufnahmen von sich versendet (Sicherheitsvorkehrung vor wem oder was eigentlich noch?), stellt ihm in Aussicht, dass sie neue Aufnahmen von sich machen wird, und tut dies zuverlässig auch wirklich. Manchmal (bei sehr eindeutigen Posts) übermittelt sie ihm die Fotos und Videos auch direkt und ohne Vorankündigung. (Soll Fen doch alles sehen und einen psychischen Schock erleiden, vielleicht kommt so etwas Bewegung in die festgefahrene Sache.)

Beim Schreiben kommt sie endlich voran.

Bei David meldet sie sich nur noch für die Bilder.

Sonst schreibt sie ihm nicht.

Stellt keine großen Fragen.

Beklagt sich nicht.

Erklärt nicht.

So funktioniert es.

Sie weiß jetzt auch, dass man mit Liebesschwüren niemanden erobert.

Nicht mit Liebesschwüren und Liebesaufwallungen.

Sie wahrt die Distanz, die er gewaltsam errichtet hat.

Wenn sie ihm zu viel schreibt, macht sie alles kaputt.

Passiert es ihr doch wieder einmal, dass eine Nachricht von ihr nach einer Antwort verlangt, gibt sie die Hoffnung darauf gleich wieder auf.

Alles dreht sich um Davids Libido.

Das ist in Ordnung.

Nur manchmal hat sie Bedenken um ihr Herz, weil sie es ihm so selten zeigt.

Dann sagt sie sich: Du musst nur ganz genau hinsehen, er zeigt dir seins, du zeigst ihm deins, sie stecken in den Bildern.

Ob Muira auch auf Fotos die Aura wahrnehmen kann?

Ihre Realität ist nun auf Frage und Antwort reduziert. Auf ein duales Prinzip.

Sie schreibt vielleicht auf seinen Post hin:

Foto?

Zurück kommt ein zwinkerndes Smiley.

;-)

Und schon sprudeln die Bilder.

David antwortet nur noch mit Emojis oder einzelnen Wörtern. Nie ein ganzer Satz. Und doch weitet sich ihr Raum genau in diesem Moment ins Unbegrenzte aus.

Es heißt, ein Gespräch spiele sich in erster Linie nicht auf der Inhaltsebene, sondern in der Emotionalität ab. Mit all unseren Sinnen spüren wir unser Gegenüber. Online nicht. Davids Geruch, sein Geschmack, seine taktilen Berührungen: Darauf muss sie verzichten. Der Zauber, der erst entsteht, wenn man sich zusammen in einem Raum befindet: ersetzt durch die Macht der fantastischen Fiktion, die jede Realität übertrifft.

Sie blickt auf ihr Notizbuch.

David hat sie geprägt.

Sein Blick auf die Welt hat sie verändert.

Sie fühlt sich weniger allein beim Gedanken, dass er in allem, wie sie die Welt sieht, anwesend ist.

Bald geht ihr Aufenthalt im Jura zu Ende.

Das größte Vergnügen, das sie an den Aufnahmen hat, ist, Unterwäsche und Kleider zu bestellen. Zu posieren. Zu fantasieren. Das Spiel mit dem Schein. Die Inszenierung. Das Zitieren.

Um immer wieder ein und demselben Mann zu gefallen, muss sie sich ihm immer wieder neu zeigen. Neue Kleider in neuen Farben, neues Make-up, neue Geschichten. (DHL klingelt die ganze Zeit.)

Aber die Fotos sind auch gefährlich.

In Wirklichkeit sehen ihre Beine nicht immer so vorteilhaft aus.

Oder er würde sehen, dass sie einen Pickel abgedeckt hat, wenn er ihr das Gesicht ableckt.

Sie trägt Lippenstift auf den Fotos, den er ihr in Wirklichkeit weggeküsst hätte.

Sie schwitzt nicht wie bei echtem Sex und wählt sorgfältig den Bildausschnitt, bevor sie das Foto abschickt.

Die Bilder sind intim, ohne dass sie beide intim miteinander sind.

Sie sind nicht beieinander, wenn er sie anschaut, jeder ist für sich.

Und doch sind diese Fotos ihr schönster Besitz.

David beobachtet sie. Und dadurch existiert sie.

Wenn Fen die Bilder sehen würde ... es wäre der Tod für sie. Nicht wirklich, nur im übertragenen Sinn, in diesem vergrößernden, totalen Sinn. Die Bilder legen sich über alles.

Manchmal packt Noëlle das Grauen, dass sie komplett den Verstand verlieren und eine Nacktaufnahme von sich posten könnte.

Bilanzsuizid nennt sich das, was sie versucht hat zu tun.
Klinikvokabular.
Sie möchte nie, wirklich nie in ihrer Akte nachlesen, was Sacha über sie geschrieben hat.
Pat. Salomon Noëlle.
Und dann?
Eine andere Ausgabe von ihr? Eine objektiv betrachtete?

Seit sechs Jahren arbeitet sie an diesem Text. Ein Buch auf dem Smartphone geschrieben, getippt, geröchelt, gestöhnt. Später die Notizhefte. Es ist ihr erst gelungen, die Geschichte festzuhalten, als sie völlig umnachtet im Jura angekommen ist, mit diesen Wahnvorstellungen, woanders zu sein, jemand anderer zu sein, mit dieser maximalen Distanz zu David. Es gibt das Leben, und es gibt den Stoff, das muss man erst mal begreifen.

Gruppensitzung. Die meisten reden Deutsch. Noëlle betrachtet sie, dann bedeckt sie das Gesicht mit den Händen. Die Einsicht setzt ihr zu: Sie sind Patienten aus der Deutschschweiz, die in den französischsprachigen Jura verfrachtet worden sind (auch wenn sie aus eigenem Antrieb gekommen ist). Danach schnell aufs Zimmer.

Jetzt, da sie David nicht mehr braucht, funktioniert es zwischen ihnen. Merk dir das, Noëlle: Jetzt, wo du ihn nicht mehr brauchst, funktioniert es mit ihm. Jetzt, wo du zur Kunstfigur geworden bist, keine Bedürfnisse mehr anbringst, nur noch Fotos und Videos von dir schickst, in denen du ihn stets begehrst und liebst und seine Fiktion nicht mehr störst, jetzt geht es.

Und natürlich ist vorauszusehen, wie die ganze Situation für David kippen wird. Er wird sie weiterhin auf allen Kanälen stalken, doch plötzlich eifersüchtig darauf reagieren, dass sie sich mit anderen trifft und nie mit ihm, obwohl er es so wollte. Sein Drang zur Bosheit ihr gegenüber wird sich gegen ihn selbst wenden. Andere Menschen werden sich freundschaftlich mit ihr verabreden, ihm wird sie nur noch Videos schicken, ansonsten spricht sie nicht mehr mit ihm, fragt ihn nie mehr, ob sie sich sehen können, geht zu keiner Veranstaltung, bei der er anwesend sein könnte, weil er es so wollte. Die völlige Einsamkeit, in die er sie verbannt hat, wird ihn plötzlich selbst schlagen. Das fühlt sich an wie ein Brand in ihm. Es macht ihn wütend. Es ist zu still zwischen ihnen. Nur noch ihre unverfrorenen und obszönen Gedanken für ihn. Liebt sie ihn denn nicht mehr? Ist sie noch abhängig von ihm? Die Kälte, die er ihr gegenüber aufgebaut hat, schlägt ihm ins Gesicht.

»Keine interessanten Leute hier«, meint die Frau im Kostüm.

Sie hält eine Teetasse in der Hand. Sie lauert vor Noëlles Tür.

Noch immer wartet sie auf ihr Einzelzimmer, aber sie moduliert ihre Stimme plötzlich nicht mehr, registriert Noëlle.

Ihr fällt nichts Besseres ein, als zu sagen: »Essenszeit.«

Und gemeinsam steigen sie die breite Treppe zum Speisesaal hinunter.

Sie braucht nicht mehr selber zu kochen.

Genug Fortschritte gemacht, hat Sacha gesagt.

Ab jetzt wird sie bedient.

Alle sind sie Privatpatienten hier.

Sie kann sich keinen Reim darauf machen, warum die Goldbehangene in einem Zweibettzimmer liegt.

»Wie heißt du eigentlich?«, fragt Noëlle. (Wo ist der Teil, der aufs Ganze schließen lässt?)

Bevor ihr Aufenthalt hier zu Ende geht, zieht es sie noch einmal zu Muira.

Die Sonne scheint.

Kühe verteilen sich auf der Weide.

Die Glocken klingen am Hals der Tiere.

Für einen kurzen Moment glaubt sie, das Klingeln über Muiras Tür zu hören.

Sie zwickt sich in den Arm.

Ist es das Bimmeln der Weideglocken gewesen, das sich zum Klingeln von Muiras Geschäftstür verwandelt hat? Wird sie gleich nichts über Muiras Tür finden, wenn sie zur Decke schaut?

»Heute ist Leermond«, ruft Muira heiter, als sie Noëlle kommen sieht.

Keine Glöckchen über dem Eingang, kein Klingeln. Noëlle hat sie nur geträumt.

»Das ist ein guter Tag für euch, um eine Kerze anzuzünden. Und der Leermond ist diesmal sogar um eine humane Zeit.«

»Wann?«, versucht Noëlle sich auf Muira zu konzentrieren.

»Um einundzwanzig Uhr zweiundfünfzig.«

»Welche?«

»Diese.«

Muira verschwindet und kehrt mit einer roten Kerze im Glas zurück.

»Come to me!«

Eine Halbnackte in Riemchenschuhen und rotem Kleid, die Schenkel gespreizt. Das Gesicht nicht erkennbar, eine gelbe Fläche ohne Augen und Mund, gelb wie die Arme und Beine, rotes Haar (in alle Richtungen).

»Was ist der Unterschied zwischen *Attraction* und *Come to me*?«

»*Attraction* ist für Sex. Mit *Come to me* bleibt er auch.«

Erkennt Muira, dass David sich bei ihr gemeldet hat?

Muira lächelt ihr schweigendes Sprechen.

Vielleicht, sagt sich Noëlle, misst sie dem Schweigen anderer Leute zu viel Bedeutung bei. Vielleicht hört sie Dinge, die nicht da sind, weil sie die Autorin ist.

Muira trägt fast immer dasselbe, fällt ihr auf: schwarze Hosen, schwarzes Shirt, schwarze Strickjacke.

»Ich trage diese Jacke und die langen Hosen nur wegen der Narben«, sagt Muira, als beantwortete sie Noëlles Gedanken.

Sieh an, denkt Noëlle. Denn sie ist sich sicher, nicht gesprochen zu haben.

»Raubüberfall. Pfefferspray.«

»Ach Gott«, sagt Noëlle ehrlich bekümmert.

»2017 – an einem Dienstagabend kurz vor Ladenschluss – betreten zwei Typen das Geschäft: GELD HER, schreien sie. Der eine hat sofort gesprayt.«

»Konntest du dich nicht wehren, hast du keinen Spray? Oder dieses Schwert hinter dir an der Wand?«

»Dieses Schwert sowieso nicht, nein, ich habe keinen Spray. Das würde sich nur gegen mich selbst wenden. Aber diesen Herbst werde ich die Narben mit dem Laser entfernen lassen.«

»Warum Narben?«

»Ich bin allergisch auf Pfefferspray. Und diese elende Neurodermitis!«

Muira vertieft sich wieder in ihren Bildschirm.

»Der kommt schon noch«, sagt sie, ohne Noëlle weiter anzublicken. »Manchmal geht es schnell. Zack: Er verlässt seine Frau und steht bei dir auf der Matte, er hat alles entschieden. Aber es muss nach seinem Tempo gehen. Er allein bestimmt, wann er kommt. Das macht ihn nicht zwingend zu einem schlechten Menschen. Im Gegenteil, ich finde das gut.«

Noëlle öffnet den Deckel der Kerze.

Ven a mi. Come to me. In gelben Buchstaben auf schwarzem Grund. *Made in Mexico.*

Die Kerze duftet stark.

Sie erzählt Muira nicht, dass David und sie einander wieder schreiben.

Sie behält es für sich.

Sie lügt nicht.

Sie sagt nur nicht alles.

Wie Muira.

Wir nähern uns einander an, denkt Noëlle. Ich werde langsam zur Hexe.

Acht Uhr fünfzehn am nächsten Morgen.

Leermond seit zehn Stunden.

Am Vorabend ist sie früh zu Bett, in Kauf nehmend, dass sie den exakten Zeitpunkt für das Entzünden der Kerze verschlief. Das Wichtigste sei, die Kerze nicht zu *früh* anzuzünden, hat Muira gesagt, und Noëlle wisse schon selber, wann der richtige Zeitpunkt dafür sei.

Sie entfacht ein Streichholz, hält es dicht an den Docht (ein langer Docht, drei Zentimeter lang, kürzen verboten), bis er Feuer fängt. Eine unruhige und unförmige Flamme schlängelt sich das Garn hinab zur obersten Wachsschicht (rot), die mit weißen Körnern besprenkelt ist. Es fängt an zu knistern. Der Klang von Popcorn. Was sind das für Körner? Bei Gelegenheit Muira fragen. Die Kerze brennt.

Zuvor hat sie auf einem orangefarbenen Post-it in schönster Schrift das Wichtigste festgehalten: *David.*

Sie hat den Zettel gefaltet und mit Klebstreifen unten am Glas befestigt.

Sacha schaut sie träge an.

»Brauchst du noch was?«

Er verliert sein Interesse an ihr.

Sie ist schon zu lange hier.

Sie kann es ihm nicht verdenken.

Das Gesprächsthema ändert sich nicht.

Er täuscht sich. Sie hat sich verändert. Sie ist gezwungen gewesen, sich weiterzuentwickeln.

Na schön, vielleicht hat sie sich auch nur an den Höllentrip gewöhnt.

Sacha kratzt sich an der Schläfe und richtet sich auf.

»Philosophisch löst du dein Problem so, dass du das Leben akzeptierst. Dein Menschenbild ist vielleicht etwas schlechter geworden, aber auch klarer. Somit war das Ganze vielleicht doch für etwas gut.«

Die Sonne scheint.

Noëlle setzt sich unter die verkrüppelte Linde auf die Bank. Die nackten Äste ragen wie Speere in den Himmel. (Quecksilberoxyd im Knauf?)

Camille kommt vor das Haus. Der Kopf hängt. Die Schultern hängen. Sie beklagt sich, dass sie dieses Jahr noch kein Sonnenblumenfeld gesehen hat. Plötzlich richtet sie sich auf und gerät völlig außer sich. Ein Arzt, der unversehens dasteht, versucht, sie zu beruhigen, und bittet den herbeigerufenen Fahrer, mit ihr einen Ausflug zu unternehmen, hin zu einem solchen Feld. Vorher wird ihr eine Spritze verabreicht und eine Pflegerin setzt sich zu ihr in die schwarze Limousine, die zur Klinik gehört, wie Noëlle erkennt.

Sonnenblumen … Völlig unvorhersehbar, was den Leuten fehlt.

»Warum Sonnenblumen?«, fragt sie Camille, als diese auf ihr Zimmer zurückkehrt.

»Ich wollte sicher sein, dass sie ihre Köpfe nicht runterbeugen.«

Noëlle bemerkt die Sonnenblumen in Camilles Hand. Sie hat sie geköpft.

»Und wenn doch?«

»Richte ich sie eigenhändig wieder auf.«

»Musstest du?«

Camille schüttelt den Kopf.

»Sonnenblumenstängel verkrümmen sich nun mal«, sagt Noëlle und spürt die Lust zu weinen in sich aufsteigen.

Etwas hat sie aus dem Schlaf gerissen.

Es ist dunkel.

Wie stark die Kerze riecht. Bald sollte sie runtergebrannt sein.

Seit dreieinhalb Tagen brennt sie.

Das mit den sieben Tagen stimmt ja nicht.

Keine Kerze hat sieben Tage lang gebrannt.

Die *Fixed Candles* aus Muiras Geschäft brennen vier Tage lang, nicht sieben. Und vielleicht können Kerzen lügen.

Noëlle steht auf und geht ins Bad.

Riecht es nicht verbrannt?

Das Glas ist auf der linken Seite, vom Boden bis zum Rand, rußbedeckt.

Sie blickt hinein.

Die Flamme ist fast zuunterst angelangt, klebt am Glas und lechzt sich hoch.

Muss sie die Kerze jetzt löschen?

Auf keinen Fall!

Niemals löschen, hat Muira gesagt.

Noëlle nimmt einen Waschlappen, legt ihn um das Glas und hebt es vorsichtig an, um es vom Waschbecken in die Dusche zu stellen. So steht es auf einer großen Fläche, sollte es zerspringen. Hat Muira nicht ohnehin gesagt, sie solle die Kerze in die Dusche stellen, wenn sie das Haus verlässt? Da bricht der Boden ab und Wachs schießt heraus. Schnell stellt sie das Glas hin, eilt ins Zimmer, greift nach einem Notizbuch, kehrt zurück ins Bad, schiebt das Buch unter die Kerze und trägt sie zur Dusche. Wachs tropft zu Boden, Tupfen und Schlieren überall, die innerhalb von Sekunden ihren flüssigen Oberflächenglanz verlieren, eintrocknen und ermatten. Schnell versucht Noëlle, so viel wie möglich davon mit einem Tuch aufzusaugen. Wie hartnäckig Wachsflecken zu entfernen sind, weiß sie aus Erfahrung. Das wird eine schöne Schweinerei geben, wenn sie die morgen wegschaben und -kratzen oder mit einem Föhn erhitzen muss, um sie wegzubringen. Vieles bleibt trotz dem Tuch zurück. Um den Rest kümmert sie sich morgen. Jetzt rasch ins Zimmer, das Fenster öffnen und lüften. Es riecht verkohlt. Sonst merkt das noch jemand und kommt nachschauen, was los ist.

Wie lange brennt die Kerze noch? Noëlle dreht sich auf ihrem Bett zur Seite und begreift, dass es ihr zu lange dauert. Sie steht auf und geht ins Bad. Ich muss sie löschen, denkt sie, ich muss! Sie nimmt den Brausekopf, stellt das Wasser an und spritzt so viel Wasser ins Glas, bis die Flamme zischend erstickt. Mit einem Druck auf der Brust legt sie sich wieder hin. Eiskalte Luft füllt das Zimmer, doch sie muss warten, bis der Geruch sich vollständig verflüchtigt hat. Fest wickelt sie sich in die Decke ein, von abergläubischem Horror gepackt. Es wird schon keinen schlechten Einfluss haben, dass sie die Kerze löschen musste, es bringt kein Unglück. Jetzt ist der Zettel voller Wachs. Wie bringt sie den weg? Sie kann ja schlecht den Zettel mitsamt dem Glasboden in den

Fluss werfen, oder doch? Gut. Das war die letzte *Fixed Candle*, die sie abgebrannt hat. Das viele Wachs. Sie steht auf und schließt das Fenster.

Penelope kommt zu Besuch. Mit einem Luftballon in Form eines Zebras, groß wie ein Hund. Nach dem letzten Telefonat habe sie sich Sorgen gemacht (Odysseus, der von seiner Reise zurückkehrt und glücklich wird mit Penelope).

»Schwarz auf weiß, das sind die Schutztiere der Schreibenden. Am Bahnhof war Markt.«

Noëlle freut sich über das Geschenk. Am Ende der Schnur ist ein Gewicht angebracht, um das heliumgefüllte Zebra am Davonfliegen zu hindern.

»Tapire gibt es ja selten als Ballons«, sagt Penelope. »Oder Pandas. Das sind auch Schwarz-auf-Weiß-Tiere, Schutztiere der Schreibenden.«

»Oder Dachse«, sagt Noëlle.

»Ja, Dachse«, sagt Penelope.

Sie setzen sich in die Küche. *C'est un blaireau*, geht es Noëlle durch den Kopf. Dachse sind Schutztiere der Schreibenden. David befruchtet ihr Buch. Er macht es absichtlich.

Penelope holt tief Luft und setzt vorsichtig an zu dem, was die Mission ihrer Reise zu sein scheint. »Du bist einem Liebeswahn verfallen.« Sie pickt eine Heidelbeere aus der Schale, die vor ihnen auf dem Tisch steht. »Es geht jetzt darum, dass du diesen einen Menschen, den du erhoben hast, zurück in das Meer der Menschen bringst.« Sie führt die Heidelbeere zurück zu den anderen, ohne sie loszulassen. Das erlaubt ihr der Anstand nicht, denkt Noëlle mit Genugtuung, und folgt gebannt Penelopes Bewegungen.

Man legt eine Frucht, die man in den Händen hielt, nicht zurück in die Schale, aber sie weiß schon, was ihre Freundin mit dem Beispiel meint. Dass David wieder einer von vielen werden muss, dass die Verliebtheit aufhören muss, dieses Ich-stelle-David-auf-einen-Sockel. Sonst wird sie immer kränker und die Verliebtheit verbrennt sie.

»*Du* bist eine Penelope«, sagt Penelope. »Deine Männer ziehen in allerlei Odysseen, und du wartest.«

»Wie ewige Weihnachten«, sagt Noëlle.

Penelope legt den Kopf schräg und betrachtet sie eindringlich.

»Schreib darüber.«

»Tu ich ja.«

»Ja, du wirkst wie jemand, der geschrieben hat.«

»Wie denn?«

»Ruhig. Ich kenne viele Romanciers. Genau so sind sie, nachdem sie geschrieben haben.«

»Ach ja?«

Penelope scheint zufrieden und sieht sich um.

»Zeigst du mir dein Zimmer?«

Noëlle führt sie hinauf.

Ihre Freundin hat den engen Raum schnell gesehen und wirft einen Blick ins Bad.

»Die vielen schönen Sachen«, ruft sie und meint damit die Kosmetikartikel, die Noëlle aus Zürich mitgebracht und online bestellt hat. »Träume! Das sind alles Träume!«

Wie recht sie immer hat, denkt Noëlle: Träume.

Dann wird Penelope ruhig.

»Du wirst zu Hause ankommen und ihn nicht mehr brauchen.«

»Warum?«

»Weil du die Reise ganz alleine gemacht hast.«

Noëlle weiß nicht, was sie darauf antworten soll.

Penelope schaut ihr in die Augen.

»Selbst wenn du eines Tages zu mir kommen und sagen würdest: *Wir sind zusammen, alles ist gut*, könnte ich mich nicht freuen wegen all der Schmerzen, die dir diese Beziehung bereitet hat. Das war ein Domino an Enttäuschungen die letzten Jahre.«

Noëlle erzählt Penelope noch immer nicht, dass sie David jede Woche Aufnahmen von sich schickt. Penelope drückt sie an sich.

Der Dachs, liest Noëlle auf Wikipedia, ist ein kompakter, gedrungener Erdmarder mit einem schlanken Kopf, einer rüsselartigen Schnauze und kräftigen Grabpfoten.

Sie sucht nach Davids Foto im Netz und gleicht die Bilder ab.

Es klopft an der Tür. Es ist Camille.

»Darf ich?«, fragt sie mit unruhigen Augen hinter sich blickend.

»Bitte«, sagt Noëlle und macht eine einladende Geste in Richtung Schreibtisch, während sie die Tür schließt.

Sie geht zu Camille hinüber, die sich gesetzt hat, und bleibt am Fenster stehen, weil es nur einen Stuhl gibt.

Schweigend kramt Camille einen Zettel aus der Hosentasche und schiebt ihn Noëlle über den Tisch zu.

SCHALTE DEIN HANDY AUS steht in Großbuchstaben geschrieben.

Noëlle zieht die Augenbrauen hoch, holt das Gerät aus der Tasche hervor und schaltet es auf lautlos.

Camille greift zum Stift, der auf dem Tisch liegt, und kritzelt auf das Papier: *GANZ*.

Noëlle schaltet das Handy ganz aus.

Camille nickt und macht es ihr nach.

Wieder schaut sie sich um, als ob sich eine weitere Person im Raum befinden würde.

»Ich will, dass sie geht«, flüstert sie, zu Noëlle vorgebeugt.

»Wer?«

»Seine Frau.«

»Étiennes Frau?«

»Ja.«

»Und jetzt? Was kannst du tun? «

»Ich engagiere jemanden.«

»Camille, jetzt drehst du völlig durch.«

»Ja. Ich halte das nicht mehr aus.«

»Ich dachte, du seist über ihn hinweg?«

»Offensichtlich nicht. Man kommt nie darüber hinweg, die Nummer zwei zu sein, man arrangiert sich höchstens damit.«

»Genau das sagt Sacha auch zu mir: Du lernst, das Leben zu akzeptieren.«

»Ein Philosoph kann das vielleicht, ich nicht«, sagt Camille, verschluckt sich fast und hustet. »Ich bin kein Esel.«

»Beruhige dich. Wenn du Étienne hättest, würdest du ihn nicht mehr wollen.«

»Ha! Sagst ausgerechnet du zu mir! Was ist mit deinem David? Den willst du doch auch, obwohl er ein völliger Vollidiot ist!«

Noëlle verkrampft sich.

»Siehst du, das ist die wahre Tragik: wider besseres Wissen«, sagt Camille.

»Deshalb muss deine Aggression aber nicht in echte Aggression umschlagen. Ich verstehe ja, dass du wütend bist ...«

Unvermittelt schießt Camille aus ihrem Stuhl auf und stößt mit einem festen Ruck den Tisch um. Ein lautes Krachen. Noëlle macht einen Satz, Camille erstarrt mitten in der Bewegung, fixiert einen Augenblick entrückt die Wand und flieht aus dem Zimmer.

Noëlle tippt in den glühenden Bildschirm vom Handy, dass es sie traurig macht, David nicht zu sehen, und schickt ihm die Nachricht.

Danach hat sie seit Langem wieder mal eine Idee, einen strahlenden Moment. Ihr Kopf und ihr Körper bestehen aus Licht. Sie betrachtet sich im Spiegel. Sie sieht gut aus. Sie zieht sich aus.

Nackt setzt sie sich aufs Bett und spricht in die laufende Kamera.

Vielleicht akzeptiert er auf diese Weise, dass sie von sich zu ihm spricht: wenn sie virtuell ist. In der realen Welt würde er nicht bekommen wollen, was sie mit ihm zu teilen hat. Das Handy ist sein Ventil zur Welt, das er öffnen und schließen kann, je nach Verlangen.

Auch das Video schickt sie ab.

Ein Haken. Wie immer schaltet er das Handy nur sporadisch ein, um alles unter Kontrolle zu haben, denkt sie sich. Und am Rande ihrer Gedanken, etwas missmutig: Was für Nachrichten erwartet er denn?

Zwölf Stunden später immer noch nur ein Haken.

Zwei Tage später immer noch. Das Profilbild ist noch da, also hat er sie nicht gesperrt.

Er ist vermutlich traurig, dass sie traurig ist, und überlegt sich, was er ihr antworten könnte (auf dem Bildschirm ist ihr Satz aufgeleuchtet, er hat ihn gelesen, ohne die Nachricht zu öffnen).

Nach drei Tagen wird sie skeptisch. David kann unmöglich so lange ohne Whatsapp leben. Sie klickt auf sein Profilbild, und es verschwindet im selben Moment, als sie den Finger draufhält. Er hat sie gesperrt.

Da sagt sie ihm *ein* Mal, dass sie traurig ist, und er blockt sie. Sie haben keine Beziehung. Sie ist ihm nur eine visuelle Erscheinung, eine Triebbefriedigung.

Sie spürt, wie ihr Puls sich beschleunigt.

Schnell spazieren gehen und sich dem Herzrhythmus anpassen.

Die Sonne ist riesengroß. Mitten auf dem Feld bleibt sie stehen und ruft ihn an. Nach vier Mal Klingeln schaltet sich die Mailbox ein, und sie spricht darauf: »Gerade habe ich gesehen …« Alles viel zu nett und zart wieder mal. Statt zu sagen: DU!

Sie schreibt ihm über Signal, ihren gemeinsamen Ausweichkanal.

Und ich habe ein Video für dich gedreht und ich will dir das zeigen. Darf ich?

Binnen Minuten entsperrt er sie. Sein Profilbild auf Whatsapp ist wiedererschienen.

Sie schickt ihm das Video (erneut).

Und in ihrer alten (uralten) Angst textet sie hinzu:

Ich liebe dich.

Mit einem roten Herz anstelle von »liebe«, obwohl sie digitale Herzen hasst.

Du kannst das nun mal nicht ändern, dass ich nicht genug von dir bekommen kann.

Senden. Handy zurück in die Hosentasche (sie hält es umklammert) und weiter.

Nach einigen Schritten merkt sie: So geht das nicht. Die Panik hat sie fest im Griff. Ihr Herz schlägt unregelmäßig, ihre Achseln sind schweißnass. Sie macht ja vieles mit, das Arbeiterkind verfügt über eine hohe Resilienz, das dumme Ding überlistet immer wieder ihr eigenes Denken, in der Hoffnung, David zu verstehen; aber wie Dreck behandelt zu werden, wie Dreck vom Herausholen der Rüben aus der Tiefe, das geht nicht. Ein Mann, der sie blockt, wenn sie reden will, das geht nicht. Ein Mann, der sie so gar nicht abholt, was sollte ihr daran liegen? Er kann vielleicht nichts daran ändern, dass sie nicht genug von ihm kriegen kann, *sie* aber schon.

»Sag ihm, dass du dir nicht vorstellen kannst, so weiterzumachen«, hat Sacha gesagt. »Ich vermute, dass dann paradoxe Reaktionen von ihm zu erwarten sind.« Sacha lag richtig in seiner Annahme. Und sie hat David noch nicht einmal gesagt, dass sie sich nicht vorstellen kann, so weiterzumachen, sie hat lediglich geschrieben, sie sei traurig, dass sie sich nicht sehen. Auch damit hatte Sacha recht: dass sie bislang nicht hat wissen wollen, wie David reagieren würde, wenn sie mal spricht. »Sonst hättest du ihn längst zur Rede gestellt oder aufgegeben.«

Nun, jetzt hat sie einen Satz geschrieben. *Es macht mich traurig, dass wir uns nicht sehen.* Ein zu klarer Satz für David (der nur aus Buchstaben besteht). Man sollte ihn in seiner Realitätsflucht besser nicht stören. Man sollte ihn lieber nur mit vagen Sätzen konfrontieren.

Das hat sie noch nie getan. Sie leiht sich ein Fahrrad aus. *Türe muss immer geschlossen bleiben* ist ans Tor geschlagen. Eine Garage, darin ein paar Fahrräder und die schwarze Limousine, die zur Klinik gehört. Es ist frühmorgendlich dunkel. Sie nimmt die Landstraße, den Wind in den Haaren. Sie hält das Gleichgewicht. Sie hält es so gut, dass sie den Lenker loslassen und freihändig fahren kann. Da hört sie deutlich wie aus einem Lautsprecher Stimmen. Sie fährt an Leuten vorbei, düsteren Gestalten in Fetzen gehüllt, die sprechen wie in einem Dokumentarfilm. »Ich bin in einer psychiatrischen Klinik, ich nehme die und die Medikamente, ich bin so und so alt.« Ihr bleibt nicht genug Zeit, um die Geschichten zu hören, sie fährt zu schnell an ihnen vorbei. Zwischendurch sieht sie sich aus der Vogelperspektive, aus der Totalen, wie in einem Film. Sie beginnt zu singen. Am Horizont erkennt sie die Dämmerung, ein oranges Licht. Plötzlich antworten ihr die Vögel. Es antworten ihr große Wale am Himmel. Es antworten ihr die Bäume, die sich vor ihr verneigen und sanft im Wind wiegen. Es antworten ihr die Tiere in den Kronen. Eulen. Kinder. Es antwortet ihr die Sonne. Der Wind. Der Wolf. Sie hört sein Heulen. Ein ganzer Chor, der in ihr Singen einstimmt. Und sie muss weinen.

Hier, inmitten der Natur, zu der sie dazugehört, durchschaut sie plötzlich, dass ihr Glück nicht von David abhängt. Plötzlich entdeckt sie an der ganz großen Einheit, an der sie doch noch hängt, eine eigentümliche Freude und sieht ihre Lächerlichkeit ein. Sie erinnert sich an ihre Auseinandersetzungen mit ihren Rückschlägen in Verbindung mit David, aber im Grunde, sieht sie jetzt, hat ihr innerstes Selbst mit all dem nichts zu tun, weder mit Erfolg noch mit Misserfolg bei David.

Sie blickt zu den Bäumen hoch, die ihr Schutz bieten. Durch eine Lücke in den Kronen sieht sie eine Schar Vögel über sich hinwegziehen. Mit einem Mal spürt sie einen kühlen Wind, der hervortritt, und sie schlägt den Jackenkragen hoch. Es würde sie nicht wundern, wenn sie in diesem Moment einer Frau begegnen würde, die aussieht wie eine erschöpfte Hysterikerin, und sie sich fragen würde: Bin ich so eine? Aber es begegnet ihr niemand.

Das orange Licht pulsiert.

»*Paludes*, Sümpfe«, murmelt sie in sich hinein.

Ein allerletztes Mal zu Muira.

Muira steht mitten im Geschäft, nicht wie sonst hinter der Theke. Das weiß gepuderte Gesicht mit den dunklen Lippen dreht sich zu ihr.

»Ich musste die Kerze löschen, das Glas ging kaputt. Habe ich etwas zu befürchten?«

»Nein, das ist gut«, ruft Muira. »Er ist nur symbolisch weg, jetzt kommt er richtig!«

Noëlle fällt ein rosa Schimmer auf Muiras Lidern auf.

»Du bist anders geschminkt.«

»Ja, das ist von *Bourgeois* und nennt sich *rose ancien*. Ausgerechnet die Palette gibt es nicht mehr. Ich habe aufgehört, schwarzen Kajal zu verwenden.«

»Rose ancien«, wiederholt Noëlle mit Erstaunen. Wie ihre nächtliche Küche im Schein der Alarmanlage. Die vielen Wiederholungen im Leben ... Wiederholungen und Variationen und Kreise. »Soll ich mir die Haare schneiden lassen?«

»Nein«, heult Muira voller Vorwurf in der Stimme auf. »Nein!«

Noëlle muss lachen. Das Unheimliche und das Komische liegen so nahe beieinander. Endlich verspürt sie eine Ruhe in sich, die Muira und niemand sonst mehr stören kann.

Muira fährt sich durch die Haarspitzen.

»Ich gehe nie zum Friseur, der würde mir sofort so viel abschneiden.«

In den Fingern hält sie eine zehn Zentimeter lange Locke. Sie lässt sie los und macht zwei Schritte nach vorn, wo niemand ist, gefolgt von einer eulenhaften Kopfdrehung.

»Der kommt«, sagt sie, Noëlle starr in die Augen blickend. »Glaub mir, ich weiß es. Der kommt und der bleibt. Es ist nur eine Frage der Zeit.«

Wie sich Liebeswahn anfühlt? Wie die ganze Nacht kein Auge zuzutun und eine Textnachricht zu verfassen, die du zehnmal hintereinander durchliest, den Finger über der *Senden*-Taste schwebend, auf einmal unsicher an einigen Stellen, ob die Vorwürfe auch wirklich stimmen.

Als ob du dich zur Sicherheit dazu entschließt, das Ganze doch zu fotografieren (falls du später darauf zurückgreifen möchtest), anschließend alles löschst, rückwärts, Buchstabe für Buchstabe, zähneknirschend und leise bereuend, dass du es an Mut mangeln lässt, denn die Erlösung wird fehlen, selbst wenn du dich in fünf Minuten dazu entschließen solltest, den Text doch noch zu tippen und abzusenden, es wird nicht dasselbe sein, die rohe Wut ist weg, einmal ein Feigling, immer ein Feigling, du weißt es.

Liebeswahn fühlt sich an, wie vier Videos zu drehen, in denen du jammerst, wie schlecht es dir geht, ob er denn nicht versteht, wann er denn endlich mit dir redet, die du nie abschickst. Während du dir beim Reden zusiehst, bist du mehr auf deine Stirnfalten als auf den Inhalt deiner Worte fokussiert, interessiert eh keinen, es geht darum, *wie* etwas gesagt wird, nicht *was*, weiß jeder. David im Speziellen geht es sowieso nur darum, wie du aussiehst.

Liebeswahn fühlt sich an wie das Ausmalen eines Höllenbildes. Jede Hexe, jedes Raubtier, jedes Feuer füllst du mit Farbe.

Liebeswahn fühlt sich an wie ein zäher Nebel im Kopf. Du kannst nicht mehr klar denken, nicht mehr scharf sehen, deinem Verstand nicht mehr trauen. Während du zum zehnten Mal seinen Facebook-Eintrag vom Vortag liest, verschwimmt alles vor deinen Augen, du machst einen Screenshot, um das Bild auf dem Display zu vergrößern, noch mehr zu vergrößern, noch mehr zu vergrößern, bis es schließlich aus dem Bildschirm rutscht.

Liebeswahn fühlt sich an, als ob du im Feuer schmachtest und gleichzeitig frierst.

Noëlle sieht, wie sie noch einmal vor dem Baum steht, ohne ihn zu berühren, ohne etwas zu seinen Wurzeln zu vergraben, ihn nur betrachtet, mit einem Schirm in der Hand. Es regnet, es schüttet aus Kübeln, die Zweige drücken schwer auf ihren Schirm, streifen ihr Wasser ab, sodass sie den Kopf einziehen muss, unter ihrem Schirm, unter einem Wasserfall.

David hat ein Zeichen für sie auf Facebook hinterlassen.

Will sie sich ihm zeigen?

Sie wartet.

Sie lässt sich Zeit.

Vorher muss sie noch was erledigen.

Das Buch ist fertig hat sie dem Verlag geschrieben. (Ist es ja wirklich. Und doch ist es gelogen. Es bleibt eine unabgeschlossene Geschichte.)

Nur der Titel fehlt.

Momentum? Wahnsinn? Das Experiment?

Nein, jetzt weiß sie: *NOËLLE (Weihnachten).*

»*Noëlle* versteht in Deutschland niemand«, sagt Penelope am Telefon. »Da lesen die Leute Nölle. Da ist *Wahnsinn* eindeutig besser. *Noëlle* ist unmöglich im deutschen Sprachraum.«

»Dann nehme ich *Fest* oder so.«

Es ist ruhig am andern Ende der Leitung, und Penelope fragt ungewohnt leise: *»Fest?«*

Foto: Joel Hunn

Die Autorin

Mireille Zindel, geboren 1973 in Baden (AG), ist eine Schweizer Schriftstellerin. Sie hat Germanistik und Romanistik studiert. Ihre vier Romane »Irrgast« (2008), »Laura Theiler« (2010), »Kreuzfahrt« (2016) und »Die Zone« (2021) wurden mehrfach ausgezeichnet.